EDIÇÕES BESTBOLSO

Sexta-Feira ou os limbos do Pacífico

Michel Tournier nasceu em Paris, no ano de 1924. Tendo cursado Filosofia e Direito na Sorbonne, define-se como "contrabandista da filosofia" por inserir ou citar alguns filósofos em suas narrativas. Além de *Sexta-Feira ou os limbos do Pacífico*, que ganhou uma premiada adaptação para o público mais jovem chamada *Sexta-Feira ou a vida selvagem*, publicou diversos outros títulos, entre eles *Eleazar ou a fonte e a sarça*, *A gota de ouro* e *Gilles & Jeanne*.

Michel Tournier

SEXTA-FEIRA OU OS LIMBOS DO PACÍFICO

Tradução de
FERNANDA BOTELHO

Prefácio à edição de bolso de
JOÃO REZENDE

1ª edição

EDIÇÕES
BestBolso

RIO DE JANEIRO – 2014

CIP-BRASIL. CATALOGAÇÃO NA PUBLICAÇÃO
SINDICATO NACIONAL DOS EDITORES DE LIVROS, RJ

Tournier, Michel
T663s Sexta-Feira ou os limbos do Pacífico / Michel Tournier; tradução Fernanda Botelho. – 1ª ed. – Rio de Janeiro: BestBolso, 2014.
12 × 18 cm.

Tradução de: Vendredi ou les limbes du Pacifique
ISBN 978-85-7799-432-8

1. Ficção francesa. I. Botelho, Fernanda. II. Título.

13-06228 CDD: 843
CDU: 821.133.1-3

Sexta-Feira ou os limbos do Pacífico, de autoria de Michel Tournier.
Título número 358 das Edições BestBolso.
Primeira edição impressa em janeiro de 2014.
Texto revisado conforme o Acordo Ortográfico da Língua Portuguesa.

Título original francês:
VENDREDI OU LES LIMBES DU PACIFIQUE

www.edicoesbestbolso.com.br

Nesta edição de bolso, a tradução das páginas 187 a 190 foi realizada por Clarissa Peixoto.

Capa: Carolina Vaz, a partir da foto fornecida por Education Images/UIG/Getty Images intitulada "Robinson Crusoe Island, Chile, Puerto Ingles".
Posfácio: Gilles Deleuze.
Revisão de tradução: Silvio Donizete Chagas.

Rua Argentina 171 – 20921-380 – Rio de Janeiro, RJ – Tel.: 2585-2000.

Impresso no Brasil

ISBN 978-85-7799-432-8

Prefácio à edição de bolso

UMA DAS MAIS BELAS HISTÓRIAS ACERCA DA *SOLIDÃO SINGULAR* DESSE LENDÁRIO *ROBINSON CRUSOÉ*, AQUI NARRADA E REINVENTADA PELO GENIAL ESCRITOR DA LÍNGUA FRANCESA MICHEL TOURNIER.

O leitor da língua portuguesa tem, uma vez mais, a oportunidade de apreciar esta bela *obra literária e pedagógica* elaborada por Michel Tournier: o seu já clássico *Sexta-Feira ou os limbos do Pacífico.*

Este livro de M. Tournier, publicado pela primeira vez em 1967, foi composto, como o próprio autor nos conta,* a partir dos *contágios* provocados por uma renomada e antiga história, mesclada tanto de ficção quanto de realidade: *As aventuras de Robinson Crusoé*, escrita pela primeira vez por Daniel Defoe, e por mais de uma vez "reescrita" nesses quase três séculos transcorridos desde o seu lançamento, em 1719, e ainda hoje pouco conhecida na sua versão original e autêntica.

Com certeza, esse famoso Robinson criado por Defoe possuiria, não propriamente uma pré-história, mas, antes, seu próprio campo de contágio, que em parte provém dos registros de relatos escritos ou contados nas embarcações que cruzavam a costa do Pacífico no início do século XVIII. Sabe-se que Daniel

*TOURNIER, Michel. "Existe uma literatura infantil?". *Revista Correio da Unesco*. 1982, ano 10, nº 8, p. 33.

Defoe conheceu as anotações deixadas pelo capitão Wood Rogers que, no ano de 1709, ancorou o navio *Duke* na ilha Juan Fernández, no Pacífico, e recolheu o náufrago Alexander Selkirk. Tratava-se então de um timoneiro escocês que em 1703 largara em Downs, na galera *Cinque Portes*, como contramestre dessa embarcação que Charles Pickering capitaneava e que tinha como imediato Thomas Stradling. Na sequência, esse navio aportou no Brasil e ali morreu Charles Pickering. Aconteceu que A. Selkirk não se dava bem com o novo capitão; parece que havia muitas desavenças acerca das manobras do barco e as discussões eram frequentes. Sucedeu-se então que, em setembro de 1704, o contramestre do *Cinque Portes* decidiu desembarcar na ilha Juan Fernández com sua bagagem; permanecendo ali, segundo contam, quatro anos e quatro meses. Até o dia em que o navio *Duke* aportou naquele pedaço de terra da costa do Pacífico, e levou de volta à pátria o "timoneiro abandonado".

Seria mesmo quase impossível e, em muitos casos totalmente desnecessário, estabelecer com precisão os limites fronteiriços que entrelaçam os acontecimentos dessa trama original na qual se inscreve a saga do Robinson Crusoé de Defoe. Se por um lado constata-se o quase total desconhecimento dos registros colhidos pelos capitães Wood Rogers e Edward Cooke, como também os de Sir Richard Steeleke, por outro é notório o sucesso universal dessa célebre obra da literatura inglesa, que haveria de imortalizar Daniel Defoe. Já no prefácio de *As aventuras de Robinson Crusoé*, o autor nos deixa um alerta: "*A história é contada com modéstia, com seriedade e com um propósito religioso ao qual homens sensatos sempre se dedicam, isto é, para a instrução de outros (...); não há nela qualquer aspecto de ficção: e quem imaginar – porque todas essas coisas são discutíveis – que servirá tanto para a distração quanto para a instrução do leitor, que assim seja (...).*"*

*DEFOE, Daniel. *Robinson Crusoé*. Rio de Janeiro: BestBolso, 2009, p. 9.

A dimensão instrutiva de uma obra literária não passou desapercebida nem por Defoe nem por Tournier. Daí as possibilidades que surgem no traçado desses caminhos encruzilhados onde o autor e sua obra encontram o leitor e sua disposição. De um lado a pergunta inocente e sincera que Tournier recebe tanto do jovem como do leitor adulto, "*o que existe de verdade em suas histórias*?" – suscitando problemas *estético-literários*, como também epistemológicos –, junto à enigmática e paradoxal resposta, "*eu sou uma mentira que diz sempre a verdade*".* E, dessa maneira, reverteria os princípios mais evidentes do ato de conhecer.

Quanto a isso, o belo livro *Sexta-Feira ou os limbos do Pacífico* de Michel Tournier atende, e de modo bastante peculiar, às exigências de recriação despertadas pelo relato estabelecido por Defoe. Tournier nos conta ainda que a verdadeira força e o valor da obra de Defoe residem no fato de ela criar uma necessidade irresistível de ser reescrita: "*Para mim, a regra do jogo era permanecer tão fiel quanto possível ao meu modelo, mas introduzindo nele – discretamente, secretamente e como que de contrabando – todo um aparato moderno, que era ao mesmo tempo filosófico, psicanalítico e etnográfico*".** Daí se compreende a existência de várias versões dessa obra, tal como *A ilha misteriosa* de Julio Verne, *A família do Robinson suíço* de R. Wyss, *Images à Crusoé* de Saint-John Perse, entre outros. E do próprio Tournier, que escreveu outro livro ainda com o mesmo mote, *Sexta-Feira ou a vida selvagem*, para que "até mesmo" uma criança pudesse ler.

Esta versão que o leitor tem em mãos, vasto e potente romance filosófico – assim analisado por Gilles Deleuze no posfácio desta edição –, traz o surgimento de um peralta *Sexta-Feira-bufão*,

---

*Frase de Jean Cocteau citada por Michel Tournier. TOURNIER, Michel. "Existe uma literatura infantil?". *Revista Correio da Unesco*, 1982, ano 10, nº 8, p. 34.
***Idem*. p. 34.

com seu sorriso diabólico que desconcerta a séria-solidão de um sagaz *Robinson-pensador*, rodeado pelo sensível cachorro Tenn, um *setter laverack* afetuoso como uma criança.

Encontraremos todos jogados nesse ilhéu, tornada terra de muitos nomes: maldição e desolação no início, depois *Speranza*, amada, ultrajada e perdoada. São essas "figuras", únicas e excessivas, compostas e elementares, que se defrontarão nessa peleja fantástica, envolvendo acontecimentos de ordens e reinos diversos, tecendo as bordas de *mundos* tão vastos como distintos, num jogo entrelaçado de aproximações, afastamentos, como também de deslocamentos e condensações. O autor está ciente da densidade do feixe de problemas apresentados e da carga filosófica que sua empreitada coloca em movimento.

Pareceria então que, de algum modo, a obra de Tournier esboça um conjunto de problemas que giram em torno de um sentimento precioso para a modernidade: a exigência, quase fatídica, da existência de um *Eu* e de um *Outrem* para a constituição do que veio a ser denominado por *Homem*, enquanto indivíduo humano. Essa será uma das provas de Robinson. Ora costurando em seu corpo os limites da ausência de *Outrem*; ora tecendo em sua consciência uma subjetividade esvaziada de alteridade. Com o tempo, chegando mesmo a comprovar na contramão do pensamento contemporâneo que se *Outrem* é um elemento fundamental do indivíduo humano, nem por isso é insubstituível. Em outras palavras, se *Outrem* era necessário para Robinson, não lhe foi indispensável. O cachorro Tenn o estranhou, Sexta-Feira chegou tarde demais.

Teria então sido possível, num dado momento, a formalização dessa exigência jurídico-filosófica, de que o homem só toma consciência de si no instante em que, pela primeira vez, diz *Eu*. E já que se tratava de um *Eu* revelado pela palavra, o que se tornava mais necessário era a presença de um *Outrem*, para que esse *Eu* falado pudesse ter um verdadeiro e reconhecido valor no seu modo de existir. Um *Eu* falado para si mesmo estaria fadado ao silêncio, e neste caso específico, impossibilitado de possuir um verdadeiro e legítimo *Eu*.

Este será um dos problemas filosófico-existenciais que o Robinson de Tournier não cessará de se defrontar ao longo de sua jornada nessa ilha, donde será levado a realizar uma série de modificações em seu modo de viver; donde também operará uma série de metamorfoses nos atributos de seu ser. Haveria mesmo de chegar esse momento marcante em que Robinson, não podendo mais se reconhecer como antes, tanto mais recheado de elementos quanto esvaziado de individualidade, pergunta de modo insólito: *eu, quem?*

Em um dado momento Robinson se defrontará com esse problema dos efeitos de uma longa ausência de outrem: reclamará da falta da prática da linguagem. Inventará estratégias na sua constante resistência ao desvario total. Determinará a voz alta nos seus rituais administrativos da ilha, na tentativa de manter vivo o ato de falar. Haverá também esse instante em que Robinson começa a sentir mais a presença da ilha que a ausência de outrem. Efeitos evidentes de seu novo regime de existência.

O encontro de Robinson com aquele mestiço que salvara por acidente, contra sua vontade, e que tomou como seu escravo, abrirá um novo capítulo nessa série de acontecimentos. Já que Robinson não lhe pode dar um nome de pessoa-humana – pois que não pode reconhecê-lo como tal –, mas também não quer chamá-lo pelo nome de qualquer-coisa, dá-lhe então o nome de Sexta-Feira. Nem homem, nem coisa, o dia de um acontecimento. Logo Sexta-Feira deixa de ser simples escravo; torna-se um irmãozinho, semelhante, depois traidor e por fim mestre de iniciação aeromusical.

Tudo isso nessa ilha, que no princípio era amaldiçoada, deixará Robinson desolado. Depois, quando bem administrada, o salvará. Na rotina do trabalho, o aprisionará. Após a explosão, o libertará.

Eis algumas imagens desta inebriante obra literária. E no mais, boas aventuras, caro leitor.

João Rezende
Professor do Instituto de
Ciências Humanas e Filosofia da UFF

Com o rigor de um fio de prumo, a lanterna pendurada no teto da cabine media pelas oscilações a extensão da inclinação que o Virginie *sofria sobre ondas cada vez maiores. O capitão Pieter van Deyssel debruçou-se por sobre a barriga para pousar o baralho de tarô na frente de Robinson.*

– Corte e vire a primeira carta – disse-lhe.

Deixou-se depois cair na poltrona e deu uma tragada no cachimbo de porcelana.

– É o Mago – comentou. – Um dos três arcanos maiores fundamentais. Representa um saltimbanco de pé, em frente a uma banca coberta com objetos heteróclitos. Isto significa que existe em você um organizador. Ele luta contra um universo em desordem, que se esforça por dominar por meio da sorte. Parece consegui-lo, mas não devemos esquecer que este Mago é também ilusionista: a sua obra é ilusão, a sua ordem é ilusória. Infelizmente, ignora-o. O ceticismo não é o seu forte.

Um choque surdo sacudiu o navio enquanto a lanterna formava com o teto um ângulo de 45 graus. Uma súbita reviravolta havia arrastado o Virginie *quase contra o vento e uma vaga desabara sobre a ponte com um barulho de canhoneio. Robinson virou uma segunda carta. Via-se nela, emporcalhada com nódoas de gordura, uma personagem de coroa e cetro, em pé sobre um carro puxado por dois corcéis.*

– Marte – pronunciou o capitão. – O pequeno mago alcançou sobre a natureza uma vitória aparente. Triunfou pela força e impôs à sua volta uma ordem à própria imagem.

Afundado no assento como um buda, Van Deyssel envolveu Robinson num olhar cintilante de malícia.

– Uma ordem à sua imagem – repetiu pensativo. – Nada melhor para penetrar fundo na alma de um homem do que imaginá-lo revestido de poder absoluto, graças ao qual pode sem obstáculos impor a sua vontade. Robinson-Rei... Você tem 22 anos. Abandonou... hum!... deixou em York uma jovem esposa e dois filhos para, a exemplo de muitos dos seus compatriotas, tentar fortuna no Novo Mundo. A família virá mais tarde ter consigo. Se Deus quiser, claro... Os seus cabelos bem curtos, a barba ruiva e quadrada, o olhar claro, muito franco, mas com algo de fixo e de limitado, a aparência, cuja austeridade se aproxima da afetação, tudo isso classifica-o na feliz categoria dos que nunca duvidaram de coisa alguma. Você é piedoso, avarento e puro. O reino de que seria soberano provavelmente seria semelhante àqueles armários domésticos nos quais as mulheres da nossa terra arrumam pilhas de lençóis e toalhas imaculadas e perfumadas com saquinhos de lavanda. Não se zangue. Não fique corado. O que estou lhe dizendo só seria mortificante caso você tivesse vinte anos a mais. Na verdade, falta-lhe aprender tudo. Não volte a corar e escolha uma carta... Ora vejam! Que lhe dizia eu? Está a dar-me o Eremita. O Guerreiro tomou consciência da própria solidão. Retirou-se para o fundo de uma gruta para reencontrar as suas raízes. Mas, mergulhando assim no seio da terra, realizando esta viagem ao fundo de si próprio, tornou-se outro homem. Se alguma vez deixar esse retiro, notará que a sua alma monolítica sofreu íntimas rachaduras. Vire, por favor, outra carta.

Robinson hesitou. Aquele obeso sileno holandês, escondido por trás de seu materialismo gozador, tinha decididamente palavras de inquietante ressonância. Desde que, em Lima, embarcara no Virginie, *Robinson conseguira evitar qualquer conversa a sós com o diabo daquele homem, pois bem depressa o chocaram a sua inteligência corrosiva e o cínico epicurismo que ostentava. Tinha sido necessária aquela tempestade para que se encontrasse como que prisioneiro na cabine dele – único lugar do navio que oferecia, em tal ocorrência, um resto de conforto.*

O holandês parecia decidido a aproveitar completamente aquela ocasião de se divertir à custa do ingênuo passageiro. Como Robinson se recusasse a beber, o baralho de tarô surgira da gaveta da mesa, e Van Deyssel dava livre curso à sua veia divinatória – ao mesmo tempo em que a algazarra da tempestade ressoava aos ouvidos de Robinson como a de uma assembleia de bruxas a acompanhar o jogo maléfico em que ele, quisesse ou não, estava metido.

– Aqui está quem vai obrigar o Eremita a sair do buraco! Vênus em pessoa emerge das águas e penetra em seus domínios. Outra carta, por favor; obrigado. Sexto arcano: o Sagitário. Vênus transformada em anjo alado atira flechas para o Sol. Mais uma carta. Aqui está. Desgraça! Você acaba de virar o vigésimo primeiro arcano, o do Caos! O bicho da terra luta com um monstro de chamas. O homem que está vendo, encurralado entre forças contrárias, logo se reconhece, pelo cetro, que é um louco. Por menos o seríamos nós. Passe-me outra carta. Muito bem. Era de esperar, é Saturno, do décimo segundo arcano, representando um enforcado. Mas, veja só, o que há de mais significativo nesta figura é estar pendurada pelos pés. *Ei-lo, portanto, de cabeça para baixo, meu pobre Crusoé! Trate de me dar a carta seguinte. Aqui está. Décimo quinto arcano: os Gêmeos. Já perguntava a mim mesmo qual seria a nova forma da nossa Vênus metamorfoseada em arqueiro. Tornou-se o seu irmão gêmeo. Os Gêmeos apresentam-se ligados pelo pescoço aos pés do Anjo bissexuado. Lembre-se bem disto.*

Robinson estava distraído. No entanto, os gemidos do casco sob o assalto das vagas não o inquietavam demasiadamente. Não mais que as evoluções de um punhado de estrelas que dançavam no campo da vigia situada acima da cabeça do capitão.*

**Vigia*: abertura, geralmente circular, no costado ou numa superestrutura de embarcação, com a função de iluminar-lhe e arejar-lhe o interior, e que pode ser fechada com uma tampa de vidro grosso. (*N. do E.*)

O Virginie – *medíocre veleiro em tempo bom – era embarcação a toda prova quando surgiam os maus momentos. Com a mastreação baixa e sem audácia, o bojo curto e roliço com a capacidade de 250 toneladas de arqueação, assemelhava-se mais a uma panela ou a um caixote do que a um corcel dos mares, e a sua lentidão era motivo de riso em todos os portos do mundo onde tivesse arribado. Porém, podiam os seus homens, no mais forte da tempestade, dormir a sono solto, desde que a mais próxima costa não constituísse ameaça. A isto se acrescentava a natureza do comandante, que não era homem de lutar contra ventos e marés e de correr riscos para não se desviar da rota.*

Ao fim da tarde daquele 29 de setembro de 1759, quando o Virginie *devia encontrar-se ao nível do paralelo 32 de latitude sul, o barômetro acusara uma queda vertical, enquanto fogos de santelmo se acendiam como penachos luminosos na extremidade dos mastros e das vergas, anunciando tempestade de rara violência. O horizonte meridional para o qual preguiçosamente avançava a galeota estava tão negro que, ao esmagarem-se contra a ponte as primeiras gotas, espantou-se Robinson de que fossem incolores. Fechava-se sobre o navio uma noite diabólica quando se levantou, procelosa, uma brisa de noroeste, não obstante desigual e variável, que devia oscilar entre cinco e seis quartas. Valentemente lutava o pacífico* Virginie *com todos os seus fracos meios contra um vagalhão longo e côncavo que, a cada pancada, o fazia afocinhar, mas traçava a sua rota com uma obstinação tão fiel que fez assomar aos olhos zombeteiros de Van Deyssel uma lágrima de enternecimento. No entanto, quando duas horas mais tarde uma dilacerante detonação o precipitou para a ponte a ver o traquete, rebentado como um balão, oferecer ao vento apenas um pano esfarrapado, considerou que a honra já estava suficientemente salva e que não seria prudente obstinar-se. Mandou pôr a capa e ordenou ao timoneiro que deixasse abordar. Logo pareceu que a tempestade ficara grata ao* Virginie *pela obediência. Avançava sem tropeço por um mar borbulhante, cuja fúria parecia de repen-*

te desinteressada dele. Tendo mandado fechar cuidadosamente as escotilhas, Van Deyssel mandou a tripulação para a entrecoberta – com exceção de um homem e de Tenn, o cão de bordo, que ficariam de quarto. Fechou-se depois em sua cabine, rodeado de todas as consolações da filosofia holandesa, o frasco de genebra, o queijo de cominho, broas de pumpernickel, *uma chaleira pesada como pedra, tabaco e cachimbo. Dez dias antes, uma linha verde no horizonte bombordo avisara a tripulação que, tendo ultrapassado o trópico de Capricórnio, estavam a contornar as ilhas Desventuradas. Fazendo rota para o sul, o navio deveria, no dia seguinte, entrar nas águas das ilhas Fernández, mas a tempestade enxotou-o para leste, na direção da costa chilena, de que ainda o separavam 170 milhas marítimas, sem qualquer ilha ou recife, a se concluir pelo mapa. Não havia, pois, por que se inquietar.*

Superada um momento pelo tumulto, a voz do capitão novamente se elevou:

– Voltamos a encontrar o par dos Gêmeos no décimo nono arcano maior, o arcano do Leão. Duas crianças dão-se as mãos frente a um muro que simboliza a Cidade solar. O deus-sol ocupa todo o alto desta carta que lhe é dedicada. Na Cidade solar – suspensa entre o tempo e a eternidade, entre a vida e a morte – os habitantes estão revestidos de pueril inocência, tendo acedido à sexualidade solar que, mais do que androgínica, é circular. *Uma serpente a morder a cauda é a figura desta erótica fechada sobre si própria, numa circunferência perfeita. É o zênite da perfeição humana, infinitamente difícil de conquistar, ainda mais difícil de conservar. Parece que você é chamado a elevar-se até lá. Pelo menos, o tarô egípcio assim o diz. Meus respeitos, rapaz! – E o capitão, soerguendo-se dentre as almofadas, inclinou-se para Robinson, num gesto em que se confundiam ironia e seriedade. – Mas dê-me mais uma carta, peço-lhe. Obrigado. Ah, o Capricórnio! É a porta de saída das almas; melhor diríamos, a morte. Este esqueleto que ceifa um prado juncado de mãos, pés e cabeças expressa o sentido funesto ligado a esta carta. Caindo*

do alto da Cidade solar, você encontra-se em grande perigo de morte. Tenho pressa e medo de saber a carta que vai tirar agora. Se calhar um signo fraco, a sua história acabou...

Robinson apurou o ouvido. Não teria escutado uma voz humana e os latidos de um cão misturados à grande orquestra do mar e do vento tempestuosos? Era difícil dizer, e ele talvez estivesse excessivamente preocupado com o pensamento daquele marinheiro amarrado lá em cima sob o precário abrigo de um toldo, em meio àquele inferno inumano. O homem estava tão bem encapelado ao cabrestante que não podia libertar-se para dar o alarme. Mas seria possível ouvir os apelos? E não teria ele gritado há pouco?

– Júpiter! – exclamou o capitão – Robinson, você está salvo, mas, que diabo, regressa de longe! Você se afogava e o deus do céu veio em seu auxílio com uma admirável oportunidade. Encarna num menino de ouro, saído das entranhas da Terra, como pepita arrancada da mina, o qual lhe restitui as chaves da Cidade solar.

Júpiter? Não seria exatamente essa a palavra que se sobrepusera aos uivos da tempestade? Júpiter? Mas não! Terra!

O homem do quarto gritara: Terra! E, de fato, que poderia haver de mais urgente a assinalar a bordo daquela nau à deriva a não ser a proximidade de uma costa desconhecida com areias ou recifes?

– Tudo isto pode parecer-lhe um disparate – comentava Van Deyssel. – Mas essa é precisamente a sabedoria do tarô: nunca nos revelar o futuro em termos claros. Imagina as desordens que uma previsão lúcida do futuro provocaria? Não, permite-nos, quando muito, pressentir o nosso futuro. O pequeno discurso que lhe fiz está, seja como for, cifrado, e a chave deve ser o seu próprio futuro. Cada acontecimento futuro da sua vida revelar-lhe-á, ao desenrolar-se, a verdade de uma ou outra das minhas predições. Este tipo de profecia não é de modo algum tão ilusório quanto a princípio parece.

O capitão chupou em silêncio o bico recurvo do comprido cachimbo alsaciano, que não estava aceso. Tirou do bolso um canivete, de que fez cair o buril, e, com a ajuda deste instrumento, começou a despejar o tabaco do fornilho em uma concha pousada sobre a mesa. Robinson nada mais ouvia de insólito em meio ao clamor selvagem da tempestade. O capitão abrira o pote de tabaco, puxando a lingueta de couro do disco de madeira que o tapava. Com ternas precauções, deixou escorregar o grande cachimbo, tão frágil, para o interior de um buraco escavado no colchão de tabaco que enchia o pote.*

– Desta forma, fica ao abrigo dos choques e impregna-se do aroma adocicado do meu Amsterdamer.

Subitamente imóvel, olhou Robinson com ar severo.

– Crusoé – disse-lhe –, ouça bem: evite a pureza. É o vitríolo da alma.

Foi então que a lanterna, descrevendo um brutal quarto de círculo na extremidade da corrente, foi estilhaçar-se contra o teto da cabine, ao mesmo tempo em que o capitão mergulhava de cabeça por sobre a mesa. Na escuridão repleta de estalidos que o envolvia, Robinson procurava às apalpadelas a maçaneta. Não achou nada, e uma violenta corrente de ar informou-o de que já não havia porta e que se encontrava já na coxia. Todo o corpo lhe doía de angústia, sentindo sob os pés a aterrorizante imobilidade que sucedera aos profundos movimentos do navio. Na coberta, vagamente iluminada pela trágica luz da lua cheia, distinguiu um grupo de marujos que arriava uma embarcação nas serviolas. Dirigia-se para eles quando o chão lhe falhou sob os pés. Iria alertar que mil aríetes acabavam de bater com toda a força no flanco bombordo da galeota. Logo a seguir, uma muralha de água negra desmoronava-se sobre a coberta e varria-a de ponta a ponta, arrastando tudo consigo, homens e coisas.

**Fornilho*: parte do cachimbo onde arde o fumo. (*N. do E.*)

1

Uma onda rebentou, correu para a margem arenosa e úmida e veio lamber os pés de Robinson, que jazia de bruços sobre a areia. Ainda semi-inconsciente, aprumou-se e arrastou-se alguns metros em direção à praia. Deixou-se depois rolar de costas. No cerúleo céu onde, da tempestade da véspera, só restava uma trama esbranquiçada que se desfiava para o levante, viravolteavam gaivotas negras e brancas. Robinson fez um esforço para se sentar e logo sentiu uma dor fulgurante no ombro esquerdo. A margem estava juncada de peixes eviscerados, crustáceos fraturados e tufos de sargaço acastanhado, como só em certa profundidade existe. Ao norte e ao leste, abria-se o horizonte livremente, mas ao oeste havia uma falésia rochosa que avançava para o mar e parecia nele prolongar-se por uma cadeia de recifes. Era aí, à distância de cerca de 200 braças, que se erguia no meio da espuma das ondas a trágica e ridícula silhueta do *Virginie*, cujos mastros mutilados e ovéns flutuando ao vento silenciosamente clamavam o desastre.

Quando o temporal se levantara, a galeota do capitão Van Deyssel devia encontrar-se não ao norte, como ele julgara, mas ao nordeste do arquipélago Juan Fernández. Como consequência, empurrado pelo vento, o navio devia ter sido impelido para as proximidades da ilha Más a Tierra, em vez de derivar livremente no vazio marinho de 170 milhas que se estende entre aquela ilha e a costa chilena. Tal era pelo menos a hipótese menos desfavorável a Robinson, porquanto Más a Tierra, descrita por William Dampier, alimentava uma população de origem espanhola, bastante dispersa, é certo, sobre os seus 95 quilômetros quadrados de florestas tropicais e de campinas. Era, porém, igualmente possível que o capitão não tivesse cometido qualquer erro de cálculo e que o *Virginie* se tivesse quebrado contra uma ilha ignorada, situada algures entre Juan Fernández e o continente americano. Fosse como fosse, convinha que se pusesse à procura dos eventuais sobreviventes do naufrágio, bem como dos habitantes daquela terra, caso fosse habitada.

Robinson ficou de pé e avançou alguns passos. Não tinha fratura alguma, mas uma enorme equimose macerava-lhe o ombro esquerdo. Como receasse os raios do sol, já alto no céu, cobriu a cabeça com uma samambaia, planta abundante no limite entre a praia e a floresta, enrolada em forma de cartucho. Apanhou em seguida um ramo que lhe servisse de bengala e embrenhou-se na mata de espinheiros que cobria o pé dos promontórios vulcânicos, do qual esperava que o topo pudesse orientá-lo.

A floresta adensou-se pouco a pouco. Aos espinheiros sucederam-se loureiros odoríferos, cedros-da-virgínia, pinheiros. Os troncos das árvores mortas e putrescentes formavam um tal amontoado que Robinson ora rastejava em túneis vegetais, ora caminhava a vários metros do solo, como sobre passarelas naturais. O emaranhado dos cipós e dos ramos envolvia-o como uma rede gigantesca. No silêncio esmagador da floresta, o ruído que produzia ao avançar retumbava com temíveis ecos. Não só era inexistente o menor vestígio humano como ainda os próprios animais pareciam ausentes daquelas catedrais verdejantes que se sucediam à sua frente. Desta forma, quando distinguiu, a uns cem passos, uma silhueta imóvel que parecia a de um carneiro ou de um cabrito, pensou tratar-se de um tronco um pouco mais bizarro que os outros. Porém, pouco a pouco, na penumbra verde, transformou-se o objeto numa espécie de bode selvagem, de pelos muito compridos. Com a cabeça levantada e as orelhas espetadas para a frente, via-o aproximar-se, imóvel como uma rocha. Robinson teve um arrepio de medo supersticioso ao pensar que, se não desse meia-volta, seria necessário passar ao lado daquele animal insólito. Largando a bengala, por demais leve, apanhou um tronco negro e nodoso, suficientemente pesado para impedir o avanço do bode, caso investisse contra ele.

Deteve-se a dois passos do animal. Em meio ao emaranhado de pelos, um grande olho verde fixava nele sua pupila oval e sombria. Robinson lembrou-se de que a maioria dos quadrúpedes, pela posição dos olhos, só pode fixar um objeto com um dos olhos, e que um touro que ataca nada vê do adversário contra o qual investe. Da gorda estátua de pelo que obstruía a trilha saiu uma risada de ventríloquo. Com o medo somado a uma extrema fadiga, Robinson foi invadido por uma intempestiva fúria. Ergueu o porrete e, com toda a força, acertou com ele entre os cornos do bode. Houve um estalido surdo, o bicho caiu de joelhos e depois tombou de lado. Era o primeiro ser vivo que Robinson encontrara na ilha. Matara-o.

Após várias horas de escalada, atingiu o sopé dum maciço rochoso, em cuja base se abria a goela negra duma gruta. Adentrou-a e verificou que era vasta e tão profunda que seria impossível explorá-la de imediato. Tornou a sair e resolveu alçar-se até o topo do caos que supunha ser o ponto culminante daquela terra. De lá pôde, de fato, abarcar com os olhos todo o horizonte à sua volta: o mar aparecia por todos os lados. Encontrava-se, portanto, num ilhéu muito menor que Más a Tierra e privado de qualquer vestígio de habitação. Compreendia agora o estranho comportamento do bode que há pouco abatera: o bicho nunca antes vira um ser humano, fora a curiosidade que o pregara ao chão. Robinson sentia-se por demais esgotado para medir toda a extensão do seu infortúnio... "Visto não ser Más a Tierra, disse simplesmente, é a ilha da Desolação", resumindo com o improvisado batismo a sua própria situação. Mas o dia declinava. A fome cavava-lhe um vazio nauseante. O desespero exige um mínimo de trégua. Errando pelo topo da montanha, descobriu uma espécie de abacaxi selvagem, menor e menos doce que o da Califórnia; servindo-se da sua faca de bolso, cortou-o em cubos; foi o seu jantar. Deslizou depois por sob um bloco rochoso e afundou-se num sono sem sonhos.

Um cedro gigantesco, que tinha raiz nas imediações da gruta, elevava-se, bem acima do caos rochoso, como entidade protetora da ilha. Quando Robinson despertou, uma fraca brisa noroeste animava-lhe os ramos de gestos tranquilizantes. Reconfortou-o esta presença vegetal, e o teria feito pressentir o que a ilha podia proporcionar-lhe caso toda a sua atenção não tivesse sido solicitada e dirigida para o mar. Dado que o local não era a ilha de Más a Tierra, devia tratar-se de um ilhéu não mencionado pelos mapas, situado em algum lugar entre a grande ilha e a costa chilena. A oeste, o arquipélago Juan Fernández e a leste o continente sul-americano encontravam-se a distâncias impossíveis de determinar, mas excedendo por certo as probabilidades de um homem só, numa jangada ou piroga com vela latina quadrangular. Além disso, o ilhéu devia situar-se fora da rota regular dos navios, visto ser totalmente desconhecido.

Enquanto entretinha esse triste pensamento, Robinson examinava a configuração da ilha. Toda a parte ocidental parecia recobrir-se pela cabeleira espessa da floresta tropical e terminar em uma falésia rochosa abrupta sobre o mar. Para o levante, ao contrário, via-se ondular uma campina bem irrigada que, nas proximidades de uma costa baixa e repleta de lagunas, degenerava em pântanos. Só o norte da ilha parecia abordável. Era formado por uma ampla baía arenosa, enquadrada a nordeste por dunas douradas e a noroeste pelos recifes onde se distinguia o casco do *Virginie*, empalado pelo rotundo bojo.

Ao iniciar a descida para a praia de onde partira na véspera, Robinson já tinha sofrido uma primeira mudança. Apresentava-se mais grave – quer dizer, mais pesado e triste – por ter plenamente reconhecido e medido aquela solidão que ia ser, talvez por longo tempo, o seu destino.

Já esquecera o bode abatido quando o descobriu no meio da trilha que seguira na véspera. Alegrou-o reencontrar, ali mesmo à mão, quase que por acaso, o tronco que deixara cair alguns passos mais longe, pois uma meia dúzia de abutres, com a cabeça enfiada sob as asas, espreitava-lhe, com os olhinhos róseos, a aproximação. O bode jazia desventrado sobre as pedras, e as vísceras escarlates e nuas, sobrepostas à plumagem dos abutres, bem mostravam que o banquete se iniciara.

Robinson avançou, volteando o pesado porrete. As aves dispersaram, correndo pesadas sobre as patas tortas e, laboriosamente, conseguiram, uma a uma, levantar voo. Uma delas deu uma volta no ar e, voltando atrás, soltou de passagem um excremento verde que veio esmagar-se num tronco perto de Robinson. As aves, no entanto, tinham trabalhado com toda a limpeza. Só as entranhas, as vísceras e os genitais do bode tinham desaparecido, sendo provável que o restante só após longos dias de cozimento ao sol se tornasse para elas comestível. Robinson colocou os despojos sobre os ombros e seguiu seu caminho.

Regressado à praia, cortou um quarto da carcaça e pô-lo a assar, suspenso por três paus atados num feixe, por cima de uma fogueira de eucaliptos. A chama crepitante confortou-o mais do que a carne almiscarada e dura que mastigava fixando o horizonte. Decidiu conservar sempre aceso aquele fogo, tanto para se aquecer como para poupar o isqueiro de sílex que encontrara no bolso e para dar sinal a eventuais salvadores. Além disso, nada atrairia mais a tripulação de um navio que passasse ao largo da ilha do que os destroços do *Virginie*, sempre equilibrados sobre seu rochedo, evidentes e pungentes, com os cabos pendendo dos mastros quebrados, porém capazes de excitar a cobiça de qualquer embarcação do mundo. Robinson pensava nas armas e provisões de toda espécie que os seus costados guardavam e que ele faria bem em salvar antes que uma nova tempestade definitivamente varresse os despojos. Caso permanecesse na ilha por tempo prolongado, sua sobrevivência dependeria da herança legada a ele por todos os seus companheiros, de cuja morte já não podia então duvidar. Seria prudente se procedesse sem tardança às operações de desembarque, que, para um homem só, apresentariam dificuldades imensas. Porém, não o fez, justificando para si mesmo que esvaziar o *Virginie* seria torná-lo mais vulnerável a um golpe de vento e comprometer a sua melhor chance de salvar-se. Na verdade, ele sentia uma insuperável repugnância por tudo o que pudesse assemelhar-se a medidas para estabelecer-se na ilha. Não apenas se obstinava em acreditar que a sua permanência na ilha seria de curta duração, como ainda, por supersticioso temor, lhe parecia que, executando fosse o que fosse com vistas a organizar a sua vida naquela área, estava renunciando às suas chances de ser rapidamente resgatado. Voltando as costas teimosamente à terra, só tinha olhos para a superfície arqueada e metálica do mar, de onde em breve lhe viria a salvação.

Os dias que se seguiram, empregou-os ele procurando assinalar a sua presença por todos os meios que a imaginação lhe sugeria. Além do fogo perpetuamente aceso sobre a margem, amontoou molhos de galhos e uma boa quantidade de sargaços prontos a constituir rapidamente uma fogueira fumacenta, caso uma vela assomasse no horizonte. Teve depois a ideia de um mastro em cujo topo colocara uma vara com uma extremidade tocando o solo. Em caso de alerta, fixar-lhe-ia um molho inflamado e, então, puxando a outra extremidade com a ajuda de um cipó, faria oscilar a vara e subir nos ares o improvisado facho. Desinteressou-se, todavia, deste estratagema quando descobriu na falésia que, a oeste, dominava a baía um eucalipto morto que teria 200 pés de altura e cujo tronco oco formava uma longa chaminé aberta ao céu. Amontoando pequenos ramos e pedaços de madeira, pensou que poderia, em pouco tempo, transformar a árvore em gigantesco archote, visível a várias léguas em redor. Descuidou da disposição de sinais que fossem visíveis na sua ausência, pois não pensava em afastar-se da borda d'água, onde talvez dentro de horas, amanhã ou depois de amanhã o mais tardar, um navio lançaria âncora à sua procura.

Não fazia esforço algum para se alimentar, comendo em qualquer momento o que lhe viesse à mão: moluscos, folhas de beldroega, raízes de samambaias, cocos, palmito, bagas ou ovos de aves e de tartarugas. Ao terceiro dia, atirou para longe e abandonou aos abutres a carcaça do bode, cujo odor se tornava intolerável. Logo lamentou tal gesto, que teve como efeito fixar nele a atenção vigilante das sinistras aves. Dali por diante, onde quer que fosse, o que quer que fizesse, inexoravelmente congregaria a pouca distância um areópago de cabeças encanecidas e pescoços pelados. Era preguiçosamente que as aves evitavam as pedras e os paus com que ele, na sua exasperação, por vezes as bombardeava, como se, servidoras da morte, fossem elas próprias imortais.

Não tinha o cuidado de contar os dias que passavam. Saberia pela boca dos seus salvadores quanto tempo decorrera desde o naufrágio do *Virginie*. Nunca, portanto, soube exatamente ao fim de quantos dias, semanas ou meses, começaram a pesar-lhe a inatividade e a passiva vigilância do horizonte. A vasta planície oceânica, ligeiramente curva, brilhante e verde-azulada, fascinava-o, e pôs-se a temer ser objeto de alucinações. Começou por esquecer que tinha a seus pés apenas uma massa líquida em perpétuo movimento. Viu nela uma superfície dura e elástica onde só dependia de ele arremessar-se e saltar. Em seguida, indo mais longe, imaginou que seria o dorso de um animal fabuloso cuja cabeça devia encontrar-se no outro lado do horizonte. Por fim, pareceu-lhe de repente que a ilha, as suas rochas e florestas não eram mais do que a pálpebra e o supercílio dum olho imenso, azul e úmido, perscrutando as profundezas do céu. A última imagem obcecou-o até o ponto de fazê-lo renunciar à sua espera contemplativa. Sacudiu-se e decidiu tomar uma iniciativa qualquer. Pela primeira vez, o medo de perder o juízo aflorara-lhe muito de leve o espírito. Não deveria mais deixá-lo.

TOMAR UMA INICIATIVA qualquer só poderia ter um sentido: construir um barco de tonelagem suficiente para chegar à costa chilena ocidental.

Nesse dia, resolveu Robinson superar a repugnância e fazer uma incursão até os despojos do *Virginie*, na tentativa de trazer de lá instrumentos e materiais úteis ao seu desígnio. Com a ajuda de cipós, reuniu uma dúzia de toras de lenha formando uma jangada grosseira, porém perfeitamente utilizável em tempo calmo. Podia servir-lhe de meio propulsor uma forte vara, porquanto a água, na maré baixa, era pouco profunda no trecho até os primeiros rochedos, sobre os quais depois tomaria apoio. Ao chegar à sombra monumental do destroço, amarrou a jangada ao fundo e resolveu contornar a nado a embarcação, para ver se encontrava um meio de acesso. O casco, que não apresentava qualquer avaria aparente, plantara-se num recife pontudo e, sem dúvida, sempre imerso, que o suportava como um pedestal. Em resumo, se o pessoal de bordo, confiante no valente *Virginie*, tivesse permanecido na entrecoberta em vez de se expor no convés varrido pelas vagas, todos teriam tido talvez a vida salva. Içando-se por meio de um cabo pendente de um escovém, Robinson até se pegava pensando que podia encontrar a bordo o capitão Van Deyssel, a quem deixara ferido, sem dúvida, mas vivo e em segurança na sua cabine. Logo que saltou para o castelo da popa, atravancado por um empilhamento de mastros, vergas, cabos e ovéns quebrados e emaranhados que era difícil abrir passagem, deparou-se com o cadáver do marinheiro do quarto, sempre solidamente amarrado ao cabrestante como um supliciado ao poste. O infeliz, desconjuntado pelos choques terríveis que recebera sem poder pôr-se ao abrigo, morrera no seu posto, após ter em vão dado o alarme.

Reinava nos paióis a mesma desordem. Pelo menos, a água não penetrara e ele encontrou, guardadas em arcas, provisões de bolachas e de carne seca, de que consumiu tudo quanto pôde na falta de água-doce. Claro, tinham também ficado garrafões de vinho e de genebra, mas o hábito da abstinência deixara-lhe intacta a repulsa que o organismo naturalmente sente pelas bebidas fermentadas. A cabine estava vazia, mas distinguiu o capitão, que jazia na ponte de comando. Robinson estremeceu de alegria quando viu o gorducho fazer um esforço como para se levantar ao ouvir que o chamavam. A catástrofe deixara, pois, dois sobreviventes! Para dizer a verdade, a cabeça de Van Deyssel, que era toda ela uma massa sangrenta e cabeluda, pendia inclinada para trás, sacudida pelos estranhos sobressaltos que lhe agitavam o dorso. Quando a silhueta de Robinson se desenhou no que continuava a ser a porta da ponte de comando, o gibão manchado de Van Deyssel entreabriu-se e dele se escapou uma enorme ratazana, seguida de dois outros bichos de menor dimensão. Robinson, tropeçando, afastou-se e vomitou no meio dos escombros que recobriam o soalho.

Não se mostrara muito curioso quanto à natureza da carga que o *Virginie* transportava. É evidente que perguntara, pouco depois do seu embarque, a Van Deyssel, mas não insistira quando o comandante lhe dera como resposta um repugnante gracejo. Tinha-se especializado – explicara o gorducho – em queijo holandês e em guano, já que o último se aparentava com o primeiro pela consistência gordurosa, pela cor amarelada e pelo aroma forte de caseína. Robinson, portanto, não se surpreendeu muito ao descobrir quarenta tonéis de pólvora negra, firmemente dispostos no centro do porão.

Precisou de vários dias para transportar na jangada e levar para terra todo aquele explosivo, pois por metade do tempo seu trabalho era interrompido pela maré alta. Aproveitava então para pôr a carga ao abrigo da chuva, debaixo de uma cobertura de palmas presas por pedras. Dos destroços trouxe ainda duas caixas de bolacha, uma luneta, dois mosquetes de sílex, uma pistola de dois canos, dois machados, uma enxó, um martelo, uma plaina, um fardo de estopa e uma grande peça de estamenha vermelha, tecido barato destinado ao escambo em eventuais encontros com indígenas. No camarote do capitão, achou o famoso pote de *Amsterdamer,* hermeticamente fechado, e, no interior, o grande cachimbo de porcelana, intacto, apesar da sua fragilidade, no buraco escavado no tabaco. Igualmente carregou a jangada com uma grande quantidade de tábuas arrancadas da coberta e dos tabiques do navio. Por fim, encontrou na cabine do imediato uma Bíblia em bom estado, que levou consigo protegida por um retalho de vela.

E, logo no dia seguinte, começou a construir um barco que, por antecipação, batizou de *Evasão.*

2

A noroeste da ilha, as falésias desabavam sobre uma angra de areia fina, facilmente acessível por meio de uma corrente de entulhos rochosos, com pequenas urzes espalhadas por eles. Esse recuo da costa era dominado por uma clareira com cerca de um acre e meio, perfeitamente plana, onde Robinson pôs a descoberto, sob a vegetação, um tronco de murta com mais de 140 pés de comprimento, seco, sólido e sem defeitos, com o qual pensou fazer a peça mestra do *Evasão*. Para aí transportou os materiais que arrancara do *Virginie*, e decidiu montar o seu estaleiro no pequeno planalto, que apresentava ainda a grande vantagem de dominar o horizonte marinho de onde podia vir a salvação. E, finalmente, o eucalipto oco estava ali próximo e ele poderia, em caso de alerta, acender rapidamente a sinalização.

Antes de pôr mãos à obra, Robinson leu em voz alta algumas páginas da Bíblia. Educado no espírito da seita dos quacres – a que sua mãe pertencia –, nunca fora um grande leitor dos textos sagrados. Porém, a sua extraordinária situação e o acaso, que por demais se assemelhava a um decreto da Providência, graças ao qual o Livro dos livros lhe fora dado como único viático espiritual, levaram-no a procurar naquelas páginas veneráveis o apoio moral de que tanto precisava. Nesse dia, julgou encontrar no capítulo 4 do Gênesis – o que relata o Dilúvio e a construção da arca por Noé – uma alusão evidente ao barco salvador que ia sair-lhe das mãos.

Após ter limpado da alta vegetação e das moitas uma área suficiente para o trabalho, rolou para lá o tronco de murta e tratou de podá-lo. Golpeou-o depois com o machado, a fim de lhe dar o perfil de uma viga retangular.

Trabalhava lentamente e como que às cegas. O seu único guia era a memória das expedições que fazia, quando criança, a um estaleiro de barcos de pesca, instalado na margem do Ouse, em York, bem como a daquele escaler de passeio que, com os irmãos, tentara construir e a que fora preciso renunciar. Entretanto, dispunha de um tempo indefinido, e era impelido para a tarefa por uma inevitável necessidade. Quando o desânimo ameaçava atingi-lo, comparava-se a um prisioneiro limando, com um instrumento obtido por acaso, as grades da janela ou cavando com as unhas um buraco numa parede da cela, e assim se considerava favorecido na sua desventura. Convém acrescentar que, depois do naufrágio, tendo descurado de manter um calendário, só tinha uma ideia vaga do tempo que decorria. Os dias sobrepunham-se, todos quase iguais na sua memória, e Robinson tinha a sensação de recomeçar a cada manhã o dia anterior.

É certo que se lembrava das formas a vapor nas quais os carpinteiros do Ouse envergavam as tábuas do futuro barco. No entanto, para ele era impensável arranjar ou construir uma estufa com a sua caldeira de alimentação, só lhe restando a delicada e laboriosa solução de reunir elementos trabalhados a machado. O recorte da roda de proa e do cadaste revelou-se tão difícil que teve de abandonar o machado e cortar a madeira em lascas finas com a faca de bolso. Estava obcecado pelo receio de arruinar a murta que tão providencialmente lhe fornecera a peça mestra do *Evasão*.

Quando via os carniceiros voltearem por sobre os despojos do *Virginie*, a consciência atormentava-o por ter abandonado sem sepultura os restos mortais do capitão e do marinheiro. Sempre empurrara para mais tarde a horrível tarefa que seria, para um homem só, levantar e transportar para a terra aqueles cadáveres corpulentos e em decomposição. Se os atirasse borda afora, correria o risco de atrair tubarões à baía, os quais certamente se deixariam ficar por lá na expectativa de outras refeições. Já lhe chegavam os abutres que tinha atraído com uma primeira imprudência e que, desde então, não cessavam de vigiá-lo. Por fim, disse para si próprio que, mal as aves e as ratazanas tivessem acabado de limpar os cadáveres, seria ainda tempo de recolher os esqueletos secos e sem sujeiras, dando-lhes sepultura decente. Dirigindo-se às almas dos dois defuntos, até prometeu erguer-lhes uma capelinha aonde iria todos os dias para orar. Os mortos eram os seus únicos companheiros, justo era que lhes desse um lugar de valor na sua vida.

Malgrado todas as buscas no *Virginie*, não conseguiu encontrar nem um prego nem um parafuso. Como também não dispunha de broca, o ajustamento das peças por cavilhação era-lhe igualmente impossível. Resignou-se a ligar as peças por meio de entalhes e dentes, talhando os últimos em cauda de andorinha para maior solidez. Chegou a ter a ideia de endurecê-los à chama antes de adaptá-los aos entalhes, e depois regá-los com água do mar para que dilatassem e assim se fixassem melhor à sua nova morada. Cem vezes se fendeu a madeira, ora sob a ação da chama, ora da água, mas Robinson incansavelmente recomeçava, vivendo numa espécie de torpor sonambúlico, para além da fadiga e da impaciência.

Bruscos aguaceiros e uns traços brancos no horizonte anunciaram uma mudança de tempo. Uma manhã, o céu, que parecia tão puro quanto habitualmente, tomara, porém, uma tonalidade metálica que o inquietou. O azul transparente dos dias anteriores tornara-se azul-baço e plúmbeo. Daí a pouco, uma cobertura de nuvens perfeitamente homogêneas tornou-se mais pesada de uma ponta à outra do horizonte, e as primeiras gotas metralharam o casco do *Evasão*. Robinson ainda quis ignorar este contratempo imprevisto, mas logo foi obrigado a tirar a roupa ensopada, cujo peso lhe atrapalhava os movimentos. Arrumou a vestimenta, abrigada, na parte acabada do casco. Demorou-se um momento a contemplar a água tépida a escorrer-lhe pelo corpo coberto de crostas de terra e sujeira que se dissolviam em pequenos regos lodosos. Os pelos ruivos, colados em placas brilhantes, orientavam-se segundo linhas que lhes acentuavam a animalidade. "Uma foca de ouro", pensou com um vago sorriso. Depois urinou, achando agradável acrescentar a sua modesta contribuição ao dilúvio que tudo alagava à volta dele. Subitamente, sentia-se de férias, e um acesso de alegria fez com que esboçasse um passo de dança, até que, cego pelas gotas e fustigado pelas rajadas de vento, correu a refugiar-se sob as árvores.

A chuva ainda não trespassara os mil telhados sobrepostos das ramagens, sobre as quais tamborilava com um ruído ensurdecedor. Subiu do solo um vapor de estufa que se perdia nas abóbadas folhosas. Robinson esperava a cada momento que a água finalmente passasse e o encharcasse. Ora, o solo, sob os seus pés, ia se tornando cada vez mais lamacento, sem que uma só gota de água lhe tivesse caído sobre a cabeça ou os ombros. Só percebeu a razão quando notou que uma pequena torrente escorria pelo tronco de cada árvore através de goteiras que pareciam cavadas na casca exclusivamente para esse fim. Algumas horas mais tarde, o sol se pondo, visível entre o horizonte e a linha inferior do teto de nuvens, banhou a ilha numa luz como a de um incêndio sem que a violência da chuva diminuísse.

O impulso de alegria pueril que possuíra Robinson se extinguira, ao mesmo tempo que se dissipava a espécie de embriaguez em que o mantinha o seu arrebatado trabalho. Sentia-se afundar num abismo de solidão, nu e isolado, naquela paisagem do Apocalipse, tendo por única companhia dois cadáveres putrescentes na coberta dum navio destroçado. Só mais tarde compreenderia o impacto desta primeira experiência da nudez. É evidente que nem a temperatura, nem qualquer sentimento de pudor o obrigavam a usar roupas de civilizado. Porém, se até aí as tinha conservado por hábito, sentia pelo seu desespero o valor de tal armadura de lã e de linho com que a sociedade humana até há pouco o envolvia. A nudez é um luxo que só o homem calorosamente rodeado pela multidão dos seus semelhantes pode dar-se sem perigo. Para Robinson, enquanto não tivesse mudado de alma, era provação de mortal temeridade. Despojada daqueles pobres trapos – usados, lacerados, maculados, mas obras de vários milênios de civilização e impregnados de humanidade –, a sua carne oferecia-se vulnerável e branca à irradiação dos elementos brutos. O vento, os cactos, as pedras e até aquela luz impiedosa cercavam, atacavam e feriam a presa indefesa. Robinson sentiu-se desfalecer. Teria uma criatura humana alguma vez sido submetida a provação tão cruel? Pela primeira vez desde o naufrágio, escaparam-lhe dos lábios palavras de revolta contra os decretos da Providência. "Senhor", murmurou, "se não te alheaste completamente da tua criatura, se não queres que ela sucumba nos próximos minutos sob o peso da desolação que lhe impões, manifesta-te. Concede-me um sinal da tua presença junto de mim!" Esperou, com os lábios cerrados, tal como o primeiro homem sob a Árvore da Sabedoria, quando toda a terra era mole e ainda úmida após o recuo das águas. Então, quando o estrondo da chuva sobre a folhagem redobrava, quando tudo parecia querer dissolver-se na nuvem de vapor que vinha do solo, ele viu formar-se no horizonte um arco-íris, mais vasto e reluzente do que a natureza, por si só, pode criar. Mais do que um arco-íris, seria como auréola quase perfeita, de que só o segmento inferior desaparecia nas ondas e que exibia as sete cores do espectro com admirável vivacidade.

O aguaceiro cessou de forma tão súbita quanto começara. Robinson recobrou, com as roupas, os sentidos e a percepção da urgência do trabalho. Não tardou a vencer aquele breve mas instrutivo desfalecimento.

ESTAVA ELE A FORÇAR uma peça na sua esquadria exata, exercendo sobre ela todo o seu peso, quando teve a confusa sensação de ser observado. Levantou a cabeça, e o seu olhar cruzou com o de Tenn, o cão do *Virginie,* aquele setter inglês de raça medíocre, mas afetuoso como uma criança, que, na ocasião do naufrágio, se encontrava na coberta com o homem do quarto. O animal estacara a uma dezena de passos, com as orelhas espetadas e a pata dianteira esquerda dobrada. A emoção aqueceu o coração de Robinson. Desta vez tinha a certeza de não ser o único sobrevivente do naufrágio. Deu alguns passos na direção do animal, pronunciando-lhe repetidamente o nome. Tenn pertencia a uma raça de cães que manifestam uma necessidade vital, imperiosa, da companhia humana, da voz e da mão de uma pessoa. Era estranho que não se adiantasse na direção de Robinson, gemendo, de espinha curvada e rabo a abanar. Robinson já estava só a alguns passos quando ele começou a recuar, com os beiços arreganhados e rosnados de ódio. Deu uma brusca meia-volta e escapou-se, rastejando, para a mata, onde desapareceu. Apesar da decepção, Robinson conservou desse encontro como que uma alegria persistente que o ajudou a viver por vários dias. Por outro lado, o comportamento incompreensível de Tenn desviou-lhe o pensamento do *Evasão*, proporcionando-lhe alimento novo. Devia-se acreditar que os terrores e os sofrimentos do naufrágio tinham enlouquecido o pobre animal? Ou a dor pela morte do comandante o tornara tão arredio que deixara de suportar qualquer outra presença humana? Veio-lhe à mente, porém, outra hipótese, que o encheu de angústia: talvez o cão estivesse na ilha já há tanto tempo que seria natural, no fim das contas, ter ele regressado ao estado selvagem. Quantos dias, semanas, meses, anos tinham decorrido desde o naufrágio do *Virginie*? Robinson sentia vertigens quando se fazia essa pergunta. Parecia-lhe então que atirava uma pedra a um poço e em vão esperava que ressoasse o ruído da sua queda no fundo. Jurou fazer, desse dia em diante, um entalhe por dia e uma cruz a cada trinta dias numa árvore da ilha. Esqueceu depois o propósito, ao voltar a mergulhar na construção do *Evasão*.

O barco lentamente tomava forma, a de um cúter largo, com a roda de proa muito pouco levantada, um tanto pesado, que teria a capacidade de quatro a cinco toneladas de arqueação. Era o mínimo necessário para tentar com alguma possibilidade de êxito a travessia até a costa chilena. Robinson optara por um único mastro que levaria uma vela triangular latina, permitindo estabelecer uma grande superfície vélica, facilmente manobrável, pelo menos para um único homem de tripulação, e particularmente adaptada ao vento contrário (N.-S.), de que devia prever a dominância ao navegar rumo a leste. O mastro atravessaria o convés e implantar-se-ia na quilha de modo a ficar totalmente ligado ao casco. Antes de proceder ao assentamento da coberta, Robinson passou as mãos uma última vez pela superfície interna, lisa e estreitamente encaixada, dos costados do barco, e imaginou, feliz, as gotas que normalmente surgiriam em todas as junturas, quando o levasse à água pela primeira vez. Seria necessário deixá-lo imerso por vários dias para que, ao dilatar-se a madeira, o casco se tornasse estanque. A ponte, suportada pelos vaus que ligavam os dois lados do casco, exigiu-lhe, por si só, várias semanas de trabalho obstinado, mas nem pensava em desistir, pois o barco não devia inundar-se em caso de mau tempo, e urgia que estivessem protegidas as provisões indispensáveis à subsistência do passageiro durante a travessia.

Em tudo o que executava, Robinson sofria cruelmente por não ter uma serra. Esta ferramenta, impossível de confeccionar com os meios de que dispunha, ter-lhe-ia poupado meses de trabalho a machado e a faca. Certa manhã, julgou-se vítima de obsessão ao ouvir, a despertá-lo, um ruído que só podia ser interpretado como o de um serrador em ação. O barulho por vezes cessava, como se o serrador tivesse mudado de posição, depois recomeçava com monótona regularidade. Robinson saiu suavemente da escavação na rocha onde se habituara a dormir, e avançou com passos leves até a origem do ruído, esforçando-se por se preparar para a emoção que experimentaria caso se visse frente a frente com um ser humano. Acabou por descobrir junto de uma palmeira um caranguejo gigantesco que serrava com as pinças um coco apertado entre as patas. Nos ramos da árvore, a 20 pés de altura, outro caranguejo atacava os cocos pela base, de modo a fazê-los cair. Os dois crustáceos não pareceram nada perturbados pelo aparecimento do náufrago e prosseguiram tranquilamente no seu ruidoso labor.

Tal espetáculo inspirou em Robinson uma profunda aversão. Voltou à clareira do *Evasão*, com a certeza de que aquela terra continuava a ser-lhe estranha, de que estava repleta de malefícios e de que o seu barco, cuja silhueta maciça e simpática avistava por entre as giestas, era tudo quanto o prendia à vida.

À falta de verniz ou até de alcatrão para revestir os costados do barco, resolveu fabricar cola segundo um processo que observara nos estaleiros do Ouse. Teve para isso de derrubar quase inteiramente um bosque de azevinho que localizara logo no início do seu trabalho no mastro da frente. Durante 45 dias, desembaraçou os arbustos da sua primeira casca e recolheu a casca interior, cortando-a em tiras. Pôs depois a ferver longo tempo num caldeirão a massa fibrosa e alvacenta, que aos poucos se transformou num líquido espesso e viscoso. Levou-o novamente à chama e espalhou-o, fervendo, pelo casco do barco.

O *Evasão* estava pronto, mas a longa história da sua construção permaneceria para sempre inscrita na carne de Robinson. Cortes, queimaduras, cutiladas, calosidades, manchas indeléveis e cicatrizes protuberantes contavam a luta obstinada que por tão longo tempo travara para chegar àquela pequena e robusta embarcação a vela. Na falta de um diário de bordo, olharia o próprio corpo quando quisesse lembrar-se.

Começou a reunir as provisões que embarcaria consigo, mas logo desistiu da tarefa ao pensar que convinha primeiro lançar à água a nova embarcação para lhe experimentar a estabilidade e torná-la estanque. O que na verdade o retinha era uma surda angústia, o receio de um fracasso, um golpe inesperado que reduziria a nada as possibilidades de êxito daquele empreendimento a que se dedicava de corpo e alma. Imaginava o *Evasão* a revelar logo nas primeiras provas algum defeito impeditivo; um calado grande demais, por exemplo, torná-lo-ia pouco manobrável e as menores vagas cobri-lo-iam, ou, pelo contrário, não se deixaria afundar o suficiente – e viraria ao primeiro desequilíbrio. Nos seus piores pesadelos, mal tocava a superfície da água, logo submergia como lingote de chumbo, e ele, com o rosto imerso na água, via-o mergulhar, bamboleando-se, nas profundezas esverdeadas progressivamente sombrias.

Decidiu-se por fim a proceder ao lançamento que pressentimentos obscuros o faziam há tanto tempo adiar. Não o surpreendeu muito a impossibilidade de arrastar pela areia até o mar aquele casco, de peso talvez superior a 400 quilos. Este primeiro fracasso revelou-lhe, todavia, a gravidade de um problema em que nunca tinha seriamente pensado. Serviu-lhe a ocasião para descobrir um aspecto importante da metamorfose que o seu espírito sofria sob a influência da vida solitária.

O campo da sua atenção parecia aprofundar-se e, ao mesmo tempo, estreitar-se. Tornava-se cada vez mais difícil para ele pensar em várias coisas ao mesmo tempo, ou até passar de uma preocupação para outra. Descobriu assim que outrem é para nós um poderoso *fator de distração,* não apenas porque nos perturba constantemente e nos arranca do pensamento atual, mas ainda porque a simples possibilidade do seu aparecimento lança uma vaga luz sobre um universo de objetos que, embora situados à margem da nossa atenção, são capazes a todo momento de se tornar o seu centro. Essa presença marginal e como que fantasmagórica daquilo com que, de imediato, não se preocupava apagara-se aos poucos no espírito de Robinson. Encontrava-se doravante rodeado de objetos submetidos à lei sumária do tudo ou nada, e fora assim que, absorvido na construção do *Evasão,* perdera de vista o problema de como o lançar à água. Deve-se acrescentar que tivera também o entendimento fortemente obscurecido pelo exemplo da arca de Noé, que, para ele, se tornara o arquétipo do *Evasão.* Construída em plena terra, longe de qualquer orla, a arca esperara que a água viesse a ela, caindo do céu ou acorrendo do alto das montanhas.

Viu-se possuído de um pânico, dominado a princípio, vertiginoso depois, ao malograr-se igualmente a tentativa de colocar toros redondos sob a quilha para permitir que deslizasse, tal como vira fazer com hastes de colunas, quando da restauração da catedral de York. O casco era irremovível, e Robinson só conseguiu abrir um buraco em um dos seus lados ao exercer pressão sobre ele com uma estaca, que basculava sobre um cepo, fazendo uma alavanca. Ao fim de três dias de esforços, a fadiga e a cólera turvavam-lhe a vista. Pensou então num derradeiro processo para conseguir o lançamento à água. Já que não podia obrigar o *Evasão* a deslizar até o mar, talvez pudesse obrigar o mar a subir até ele.

Bastaria cavar, para tanto, uma espécie de canal que, partindo da borda da água, se aprofundaria continuamente até a área de construção do barco. Este, por fim, oscilaria no canal, que a maré, subindo, dia a dia invadiria aos borbotões. Imediatamente se lançou ao trabalho. Em seguida, acalmado o ânimo, avaliou a distância da borda até o barco e, sobretudo, a altura a que ele se achava acima do nível do mar. O canal deveria ter 360 pés de comprimento, penetrando na falésia até uma profundidade superior a 100 pés. Um projeto gigantesco, para o qual todos os anos que, na melhor das hipóteses, lhe restariam de vida certamente não chegariam. Desistiu.

O LODO LÍQUIDO sobre o qual dançavam nuvens de mosquitos era percorrido por ondulações viscosas enquanto uma cria de javali, da qual só o focinho mosqueado emergia, vinha colar-se ao flanco materno. Várias manadas desses animais tinham se instalado nos pântanos da costa oriental da ilha e por lá ficavam, escondidas durante as horas mais quentes do dia. Mas, enquanto a fêmea, quase adormecida, se confundia totalmente com a lama na sua imobilidade vegetal, a ninhada agitava-se e guerreava permanentemente com grunhidos agudos. Como os raios do sol começavam a declinar, a fêmea sacudiu-se subitamente do torpor e, com um poderoso esforço, transportou a massa gotejante do seu corpo para uma nesga de terra seca, ao mesmo tempo que os filhotes patinhavam furiosamente, lançando berros estridentes, para escapar à sucção do lodo. Em seguida, o bando partiu, em fila indiana, num grande barulho de mato pisado e madeira estalada.

Foi então que uma estátua de limo por sua vez se animou e deslizou por entre os juncos. Robinson já não sabia há quanto tempo abandonara o seu último farrapo aos espinhos duma sarça. Já, aliás, não receava o ardor do sol, pois que lhe cobria as costas, o tronco e as coxas uma crosta de excrementos ressequidos. A barba e o cabelo emaranhavam-se, e o rosto desaparecia sob a massa hirsuta. As mãos, transformadas em cotos ganchosos, já só lhe serviam para se deslocar, porquanto era tomado de vertigens sempre que tentava pôr-se de pé. Sua fraqueza, a maciez da areia e dos lodos da ilha e, sobretudo, a ruptura de algum pequeno motor da sua alma faziam com que só se deslocasse aos rastejos. Sabia agora que o homem é semelhante àqueles feridos em tumultos ou motins, que continuam de pé enquanto a multidão os sustenta apertados, logo, porém, vão ao chão assim que ela dispersa. A multidão dos seus irmãos, que lhe tinham sustentado a humanidade sem que ele se desse conta, afastara-se bruscamente; sentia que não tinha forças para, sozinho, se aguentar de pé. Com o nariz no chão, comia coisas inomináveis. Fazia as suas necessidades deitado e raramente deixava de rolar na mole tepidez dos próprios dejetos. Cada vez se deslocava menos, e os seus breves percursos sempre o levavam ao lamaçal. Lá, abandonava o corpo e libertava-se do seu peso na envolvência úmida do lodo, enquanto as emanações deletérias das águas fétidas lhe obscureciam o espírito. Só os olhos, o nariz e a boca afloravam no tapete flutuante das lentilhas-d'água e dos ovos de sapo. Liberto de todos os laços terrestres, seguia, num devaneio pasmado, migalhas de recordações que, vindas do passado, dançavam no céu, entre o emaranhado das folhas imóveis. Reencontrara as horas acolchoadas que vivera, quando criança, acocorado ao fundo da escura loja atacadista de tecidos de lã e algodão que era do pai. Os rolos de tecido amontoados formavam à sua volta uma fortaleza mole que absorvia indistintamente os ruídos, as luzes, os choques e as correntes de ar. Nessa atmosfera confinada pairava um odor inalterável de suarda, poeira e verniz, a que se juntava o de benjoim, usado em todas as estações pelo pai Crusoé para combater uma inextinguível constipação nasal. Àquele homenzinho tímido e friorento, sempre curvando-se sobre o atril muito alto ou inclinando o monóculo para um livro de contas, pensava Robinson que só devia o cabelo ruivo, tudo o mais vindo da mãe, que era uma mulher de forte personalidade. O chiqueiro, ao revelar-lhe a faculdade que tinha de se dobrar sobre si próprio e ainda a de submissão em face do mundo exterior, ensinou-lhe que era, mais do que julgava, filho do pequeno mercador de panos de York.

Nas suas longas horas de brumosas meditações, desenvolvia uma filosofia que poderia ter sido a daquele homem apagado. Só o passado tinha existência e valor notáveis. O presente apenas valia como fonte de recordações, fábrica do passado. Só importava viver para adquirir mais do precioso produto. Vinha finalmente a morte: não era mais do que o esperado momento de fruir a mina de ouro acumulado. A eternidade era-nos dada para retomar a vida em profundidade, de forma mais atenta, inteligente e sensual do que era possível fazer na confusão do presente.

ESTAVA ELE A PASTAR um tufo de agriões em uma área inundada quando ouviu música. Irreal, mas distinta, era uma sinfonia celeste, um coro de vozes cristalinas acompanhadas por acordes de harpa e de viola da gamba. Robinson julgou que seria a música do céu, e que pouco tempo lhe restava de vida, se é que já não estava morto. Porém, erguendo a cabeça, viu apontar a leste do horizonte uma vela branca. Logo foi num pulo até o estaleiro do *Evasão*, por onde se espalhavam as ferramentas, e teve a sorte de encontrar quase de imediato o isqueiro. Precipitou-se para o eucalipto oco. Queimou um molho de ramos secos e empurrou-o para a goela escancarada do tronco, ao rés do solo. Logo se escapou uma torrente de fumaceira irritativa, mas o amplo incêndio que esperava parecia demorar-se.

Para quê, aliás? O navio vinha rumo à ilha e singrava em direção à baía da Salvação. Era indubitável que iria ancorar nas proximidades da praia e que um bote logo se destacaria. Com risadas de demente, Robinson corria em todos os sentidos à procura de calças e de uma camisa que acabou por encontrar sob o casco do *Evasão*. Precipitou-se então para a praia, arranhando o rosto, numa tentativa de libertá-lo da juba compacta que o tapava. Com uma boa brisa nordeste, o navio inclinava-se graciosamente, aproximando todo o velame das vagas com uma crista de espuma. Era um daqueles galeões espanhóis de outrora, destinados a levar para a mãe-pátria as gemas e os metais preciosos do México. E parecia a Robinson que as obras vivas que se viam agora, sempre que as águas se abriam sob a linha de flutuação, eram realmente de cor dourada. Vinha empavesado e, na ponta do mastro grande, agitava-se ao vento uma flâmula bipartida, amarela e preta. À medida que se aproximava, Robinson distinguia uma multidão brilhante na coberta, no castelo de proa e até o convés. Parecia que uma suntuosa festa exibia ali as suas pompas. A música provinha de uma pequena orquestra de cordas e de um coro de crianças vestidas de branco e agrupadas no castelo de popa. Alguns casais dançavam nobremente em torno de uma mesa coberta de baixela de ouro e cristal. Ninguém parecia ver o náufrago, ou sequer a praia, agora a menos de 200 metros, e que o navio costeava após ter virado de bordo. Robinson seguia-o, correndo pela areia. Berrava, agitava os braços, detinha-se para apanhar seixos que lançava na direção do navio. Caiu, levantou-se, voltou a cair. O galeão chegava agora à altura das primeiras dunas. Robinson ia ver-se detido pelas lagunas que sucediam à praia. Lançou-se à água e nadou com toda a sua força na direção do navio, de que já só via a grande massa do castelo de popa, envolto em brocado. Numa das portinholas da galeria, via-se uma mocinha apoiada nos braços. Robinson distinguia-lhe o rosto com alucinante nitidez. Muito jovem, muito suave, vulnerável, já marcado, era, porém, iluminado por um sorriso pálido, cético e resignado. Robinson conhecia aquela criança, tinha certeza. Mas quem, quem era? Abriu a boca para chamá-la. A água salgada invadiu-lhe a garganta. Envolveu-o um crepúsculo esverdeado e ainda teve tempo de ver a careta de uma pequena arraia afastando-se.

TIROU-O DO TORPOR uma coluna de chamas. E como sentia frio! Seria possível que o mar pela segunda vez o tivesse despejado à mesma praia? Lá no alto, sobre a falésia do Ocidente, ardia o eucalipto como um archote na noite. Cambaleante, Robinson dirigiu-se para essa fonte de luz e calor.

Assim, pois, o sinal que devia varrer o oceano e alertar o restante da humanidade só a ele próprio atraíra, ele e mais ninguém, ironia do destino!

Passou a noite encolhido sobre a grama, com o rosto voltado à caverna incandescente e cruzada por luzeiros fulgurantes, que se abria na base da árvore, e aproximava-se da fogueira à medida que o calor diminuía. Foi às primeiras horas da alvorada que conseguiu associar um nome à mocinha do galeão. Era Lucy, a irmã adolescente, morta havia dois lustros. Não podia, pois, duvidar de que aquele navio de outro século fora produto de uma imaginação insana.

Ergueu-se e olhou o mar. A planície metálica, já cravejada pelas primeiras flechas do sol, fora a sua tentação, a sua armadilha, o seu ópio. Pouco faltara para que, após tê-lo degradado, o abandonasse também às trevas da demência. Urgia, sob pena de morrer, encontrar a força de lhe escapar. A ilha estava atrás de si, imensa e virgem, repleta de promessas limitadas e lições austeras. Retomaria em mãos o seu destino. Trabalharia. Consumaria, sem mais devaneios, as núpcias com a implacável esposa, a solidão.

Voltando as costas à imensidão azul, embrenhou-se no caminho rochoso semeado de cardos de prata que levavam ao centro da ilha.

3

Robinson consagrou as semanas seguintes à exploração metódica da ilha e ao recenseamento dos respectivos recursos. Arrolou os vegetais comestíveis, os animais que podiam servir-lhe, as nascentes, os abrigos naturais. Por sorte, os destroços do *Virginie* ainda não tinham sucumbido por inteiro às violentas intempéries dos meses anteriores, embora tivesse desaparecido grande parte do casco e da coberta. O corpo do capitão e o do marinheiro tinham igualmente sido arrastados, o que levava Robinson a felicitar-se, não sem experimentar ao mesmo tempo um profundo remorso. Prometera-lhes sepultura, cumpriria sua palavra erguendo-lhes um cenotáfio. Instalou o seu depósito principal na gruta que se abria no maciço rochoso do centro da ilha. Para lá transportou tudo o que pôde arrancar dos destroços, nada rejeitando que fosse transportável, pois os objetos menos úteis conservavam a seus olhos o valor de relíquias dessa comunidade humana de que estava exilado. Após ter armazenado os quarenta tonéis de pólvora negra no lugar mais fundo da gruta, arrumou três arcas de roupas, cinco sacos de cereais, duas cestas de louça e prataria, vários cestos com objetos heteróclitos: castiçais, esporas, joias, lupas, lunetas, canivetes, mapas marítimos, espelhos, dados para jogar, bengalas etc.; diversos recipientes para líquidos, uma caixa de aparelhagem – cabos, roldanas, lanternas, espichas, linhas, flutuadores etc. – e, por fim, outra caixa com moedas de ouro, prata e cobre. Os livros que encontrou espalhados pelas cabines estavam de tal modo estragados pela água do mar e pela chuva que o texto apagara-se; verificou, no entanto, que, pondo-os a secar ao sol, podia utilizar as páginas brancas para fazer um diário, caso pudesse encontrar um líquido que substituísse a tinta. O líquido foi-lhe fornecido inesperadamente por um peixe que então pululava nas imediações da falésia do Levante. O baiacu-de-espinho, temível devido à sua potente e denteada mandíbula e ainda aos espinhos urticantes que lhe ouriçam o corpo em caso de ataque, tem a curiosa faculdade de se estufar à vontade com ar e água até ficar redondo como bola. Como o ar absorvido se lhe acumula na barriga, consegue nadar de costas sem dar por isso a impressão de incômodo em virtude de tão surpreendente posição. Mexendo com um pau num desses peixes encalhados na areia, Robinson notara que tudo quanto entrava em contato com a sua barriga flácida ou distendida tomava uma cor vermelho-carmim extraordinariamente tenaz. Após pescar uma grande quantidade desses peixes, cuja carne, delicada e firme como a de frango, saboreava, espremeu para um pano a matéria fibrosa secretada pelos poros da barriga, assim recolhendo uma tintura de odor fétido, mas de admirável encarnado. Logo tratou de aparar convenientemente uma pena de abutre, e quase chorou de alegria ao desenhar numa folha de papel as suas primeiras palavras. Parecia-lhe subitamente ter-se arrancado parcialmente do abismo da bestialidade em que mergulhara e regressado ao mundo do espírito pelo cumprimento de um ato sagrado: o de escrever. Desde então, abriu quase todos os dias o diário de bordo para anotar, não os acontecimentos pequenos e grandes da sua vida material, a que não dava atenção, mas as meditações, a evolução da sua vida interior, ou ainda as recordações que lhe vinham do passado, juntamente com as reflexões que lhe inspiravam.

Iniciava-se para ele uma época nova – ou, mais precisamente, era a sua verdadeira vida na ilha que começava após degradações morais de que se envergonhava e que se esforçava por esquecer. Foi por isso que, quando finalmente decidiu inaugurar um calendário, pouco lhe importou o fato de ser impossível calcular o tempo decorrido desde o naufrágio do *Virginie*. Este acontecera em 30 de setembro de 1759, por volta das 2 horas. Entre essa data e o primeiro dia que marcou com um entalhe num tronco de um pinheiro morto, interpunha-se um período indeterminado, indefinido, pleno de trevas e soluços. Desse modo, Robinson encontrava-se excluído do calendário dos homens – tanto como estava separado deles pelas águas – e reduzido a viver numa ilha tanto no tempo como no espaço.

Dedicou vários dias a lavrar um mapa da ilha, que foi completando e enriquecendo à medida que explorava o local. Resolveu-se por fim a rebatizar a terra que desde o primeiro dia sobrecarregara com aquele nome pesado como o opróbrio de "ilha da Desolação". Impressionado, ao ler a Bíblia, pelo admirável paradoxo segundo o qual a religião faz do desespero, pecado imperdoável, e da esperança, uma das três virtudes teologais, decidiu que a ilha passaria a chamar-se "Speranza", nome melodioso e ensolarado que evocava, além do mais, a profaníssima recordação de uma ardente italiana que conhecera outrora, quando estudante na Universidade de York. A simplicidade e a profundidade da sua devoção acomodavam-se a essas associações que um espírito mais superficial teria considerado blasfemas. Parecia-lhe, aliás, ao olhar de certa maneira o mapa da ilha, que ela podia representar o perfil de um corpo feminino sem cabeça, uma mulher, sim, sentada, com as pernas encolhidas, numa atitude em que dificilmente se destrinçaria o que tinha de submissão, medo ou simples abandono. Tal ideia aflorou-lhe, depois o deixou. Havia de voltar a ela.

O exame dos sacos de arroz, trigo, cevada e milho, que salvara do *Virginie,* reservou-lhe pesada decepção. Os ratos e os gorgulhos tinham devorado uma parte de que só ficara o folhelho misturado com excrementos. Outra parte fora estragada pela água da chuva e do mar, e roída pelo bolor. Uma fatigante triagem, efetuada grão a grão, permitiu-lhe finalmente salvar, além do arroz, intacto mas impossível de cultivar, dez galões* de trigo, seis de cevada e quatro de milho. Proibiu a si próprio o consumo da menor parcela de trigo, que desejava semear, visto atribuir um valor infinito ao pão, símbolo da vida, único alimento citado no Pai Nosso, como tudo que ainda podia ligá-lo à comunidade humana. O pão que lhe daria a terra de Speranza, pensava ele, seria a prova tangível de que a ilha o adotara, tal como ele adotara aquela ilha sem nome para onde o acaso o atirara.

Queimou alguns acres de prado na costa oriental da ilha, num dia em que o vento soprava a oeste, e começou a lavrar a terra e a semear os seus três cereais, com a ajuda de uma enxada que fabricara com uma chapa de ferro proveniente do *Virginie*, na qual conseguira abrir um buraco suficientemente largo para introduzir um cabo. Prometeu a si próprio dar a esta primeira colheita o sentido de um juízo da natureza, isto é, de Deus, sobre o trabalho das suas mãos.

Entre os animais da ilha, os mais úteis seriam certamente as cabras e os cabritos que por lá eram abundantes, caso conseguisse domesticá-los. Ora, se as cabrinhas permitiam facilmente que se aproximasse, logo se defendiam ferozmente quando ele tentava pôr-lhes a mão em cima para ordenhá-las. Construiu então um cercado, com perchas seguras horizontalmente entre estacas, revestindo depois tudo com cipós entre-

---

**Galão*: medida de capacidade para cereais e líquidos usada em países anglo-saxônicos. Na Grã-Bretanha equivale a 4,51 litros. (*N. do E.*)

laçados. Aí aprisionou cabritos muito novos, os quais, com os berros, atraíram as respectivas mães. Robinson, em seguida, libertou os cabritos e aguardou vários dias até que as tetas das cabras lhes doessem tanto que elas se prestassem, diligentes, à ordenha. Desta forma, após ter fertilizado a terra, principiara na ilha os rudimentos de uma criação de gado. À semelhança do homem primitivo, passara do estágio da caça e da colheita ao da agricultura e da domesticação de animais.

Ainda faltava muito, porém, para que a ilha se lhe afigurasse como uma terra selvagem que ele soubera dominar e depois domesticar para torná-la um meio absolutamente humano. Não se passava um dia sem que um ou outro incidente surpreendente ou sinistro reavivasse a angústia que nele surgira no próprio instante em que, tendo compreendido ser o único sobrevivente do naufrágio, se sentira órfão da humanidade. Seu sentimento de solidão, que adquirira circunspecção à vista dos seus campos lavrados, do cercado de cabras, da bonita arrumação do armazém, do admirável aspecto do arsenal, asfixiou-o no dia em que surpreendeu um vampiro encolhido sobre o garrote de um cabrito que ia esvaziando de sangue. As duas asas gríficas e retalhadas do monstro cobriam, como um manto de morte, o bicho vacilante de fraqueza. De outra vez, quando colhia moluscos nas rochas semi-imersas, foi atingido em pleno rosto por um jato de água. Um tanto atordoado pelo choque, deu alguns passos, sendo logo detido por um segundo jato que novamente o atingiu no rosto com diabólica precisão. Logo a velha angústia, bem conhecida e tão temida, lhe comprimia as entranhas. O aperto só afrouxou parcialmente quando Robinson descobriu numa cavidade da rocha um pequeno polvo cinzento que possuía a espantosa capacidade de lançar água, graças a uma espécie de sifão cujo ângulo de tiro ele podia variar à vontade.

Acabara por se resignar à vigilância implacável do seu "conselho de administração", como continuava a chamar ao grupo de abutres que pareciam ter se afeiçoado à sua pessoa.

Aonde quer que fosse, o que quer que fizesse, eles lá estavam, pelados, com corcova e papo, espreitando, não certamente a sua própria morte, tal como pensara nos momentos de depressão, mas todos os restos comestíveis que ele, dia afora, semeava. Se, porém, se resignara mais ou menos àquelas presenças, dificilmente podia suportar o espetáculo dos seus costumes cruéis e repulsivos. Os seus amores de velhos lúbricos eram um insulto à forçada castidade de Robinson. Enchia-lhe o coração uma indignada tristeza quando via o macho, após uma série de saltinhos grotescos, calcar pesadamente a fêmea e depois fechar o bico adunco na nuca pelada e sanguínea da companheira, ao mesmo tempo que os sobrecus se uniam em obscena cópula. Observou certo dia que um abutre menor e, sem dúvida, mais novo era perseguido e maltratado por vários outros. Davam-lhe bicadas e pancadas, batiam-lhe com as asas e, por fim, encurralavam-no contra um rochedo. Tais abusos cessaram de repente, como se a vítima tivesse implorado por misericórdia ou tivesse feito saber que se rendia às exigências dos perseguidores. Então o pequeno abutre esticou o pescoço para o chão, deu três passadas mecânicas, deteve-se sacudido de espasmos, vomitando sobre os seixos um tanto de carnes decompostas e semidigeridas, sem dúvida festim solitário que, para sua infelicidade, tinham surpreendido os seus congêneres. Estes se atiraram às imundícies e, aos empurrões, devoraram-nas.

Nessa manhã tinha Robinson quebrado a enxada e deixado fugir a sua melhor cabra leiteira. A cena acabou por deixá-lo completamente abatido. Pela primeira vez desde muitos meses, teve uma recaída e cedeu à tentação do lamaçal. Retomando a trilha dos pecaris que conduzia aos pântanos da costa oriental, reencontrou o charco lodoso onde tantas vezes a razão lhe soçobrara. Tirou a roupa e deslizou para a lama.

Nos vapores maléficos onde rodopiavam nuvens de mosquitos, alargou-se aos poucos o cerco dos polvos, dos vampiros e dos abutres que o obcecavam. O tempo e o espaço dissolviam-se e, no céu turvado, bordado de folhagens que era tudo o que via, desenhou-se um rosto. Ele estava deitado num berço suspenso e oscilante, enfeitado por um baldaquino de musselina. Só as pequenas mãos emergiam dos cueiros brancos como um lírio que o envolviam da cabeça aos pés. À sua volta, um rumor de palavras e de ruídos domésticos compunha o ambiente familiar da casa onde nascera. A voz firme e de belo timbre da mãe alternava com o falsete sempre queixoso do pai e com os risos dos irmãos e irmãs. Não compreendia nem procurava compreender o que se dizia. Foi então que os tufos bordados se afastaram e enquadraram o rosto fino de Lucy, ainda mais delgado pelas duas grossas tranças negras, uma das quais recaía sobre a coberta. Invadiu Robinson uma fraqueza de dilacerante doçura. Desenhou-se um sorriso em sua boca, aflorando em meio às plantas putrescentes e das folhas de nenúfares. Colara-se à comissura de seus lábios o corpo acastanhado de uma pequena sanguessuga.

Diário – Cada homem tem um pendor funesto. O meu desce até o chiqueiro. É para lá que Speranza me impele quando se torna má e me mostra o seu rosto brutal. O chiqueiro é a minha derrota, o meu vício. A minha vitória é a ordem moral que devo impor a Speranza, contra a sua ordem natural que não é mais do que o outro nome da desordem absoluta. Sei agora que a questão, aqui, não pode ser apenas sobreviver. Sobreviver é morrer. É necessário, pacientemente e sem esmorecimento, construir, organizar, ordenar. Cada pausa é um passo atrás, um passo em direção ao chiqueiro.

As circunstâncias extraordinárias em que me encontro justificam, penso eu, não poucas mudanças de opinião, particularmente quanto aos assuntos morais e religiosos. Leio todos os dias a Bíblia. Todos os dias também dou piedosamente ouvidos à fonte de sabedoria que fala em mim, como em todos os homens. Assusta-me por vezes a novidade do que descubro e, no entanto, aceito, visto que nenhuma tradição deve superar a voz do Espírito Santo que está em nós.

Assim o vício e a virtude. A minha educação mostrara-me no vício um excesso, uma opulência, um desregramento, uma depravação ostentatória a que a virtude opunha a humildade, a reserva, a abnegação. Bem vejo que esse tipo de moral é para mim um luxo que me mataria caso eu pretendesse conformar-me a ele. A minha situação dita-me que julgue *pujança* como virtude e *comedimento* como vício, considerando virtude a coragem, a força, a autoafirmação, o domínio sobre as coisas. E vício a renúncia, o abandono, a resignação, em suma: o chiqueiro. É sem dúvida regressar para além do cristianismo a uma visão antiga da sabedoria humana e substituir a *virtude* por *virtus*. Porém, o fundo de certo cristianismo é a recusa radical da natureza e das coisas, recusa essa que por demais pratiquei em relação a Speranza, e que quase foi a causa da minha perda. Só triunfarei sobre a degradação na medida em que eu saiba aceitar a minha ilha e fazer-me aceitar por ela.

CONFORME O RANCOR nele deixado pelo fracasso do *Evasão* ia desaparecendo, Robinson cada vez mais pensava nas vantagens que tiraria de uma embarcação modesta com a qual pudesse, por exemplo, explorar as partes do litoral da ilha inacessíveis por terra. Resolveu, pois, construir com um tronco de pinheiro uma piroga monóxila. Trabalho a machado, lento e monótono, que efetuou metodicamente, em certas horas do dia, sem a febre que rodeara a construção do *Evasão*. Pensara a princípio em fazer uma fogueira sob a parte do tronco que desejava trabalhar, mas receou calciná-lo por completo, contentando-se, portanto, em espalhar algumas brasas na cavidade começada. Convenientemente cavada, esculpida, perfilada, polida com areia fina, a embarcação era suficientemente leve para que Robinson pudesse levantá-la com os braços acima da cabeça com alguma dificuldade e transportá-la aos ombros, como se o cobrisse um grande capuz de madeira. Foi uma festa vê-la pela primeira vez dançar sobre as ondas, como um potrinho na campina. Talhara um par de pagaias* simples, pois, em virtude de uma restrição precipitada, originada pela memória do demasiado ambicioso *Evasão,* renunciara definitivamente à vela. Logo efetuou, no contorno da ilha, uma série de expedições que lhe trouxeram um conhecimento completo do seu domínio, mas o fizeram sentir, mais do que todas as experiências anteriores, a solidão absoluta que o envolvia.

Diário – A solidão não é uma situação imutável em que eu me encontraria mergulhado desde o naufrágio do *Virginie.* É um meio corrosivo que age em mim lentamente, mas sem pausa, e num sentido puramente destrutivo. No primeiro dia, eu transitava entre duas sociedades humanas igualmente imaginárias: a tripulação desaparecida e os habitantes da ilha, pois julgava-a povoada. Encontrava-me ainda quente de todos os contatos com os meus companheiros de bordo. Prosseguia imaginariamente o diálogo interrompido pela catástrofe. A ilha, depois, revelou-se deserta. Caminhei numa paisagem sem viva alma. Atrás de mim, mergulhava na noite o grupo dos meus infelizes companheiros. As suas vozes já tinham há muito silenciado quando a minha começava apenas a cansar-se do solilóquio. Desde então, sigo com horrível fascínio o

---

**Pagaia:* na Guiné e em Moçambique, significa remo curto e breve, de uma ou duas pás, manejado sem ser apoiado na embarcação. (*N. do E.*)

processo de *desumanização* cujo trabalho inexorável sinto em mim.

Sei agora que todos os homens trazem em si – e, dir-se-ia, acima de si – um frágil e complexo andaime de hábitos, respostas, reflexos, mecanismos, preocupações, sonhos e implicações, que se formou, e vai-se transformando, por meio da permanente ação de seus semelhantes. Privada de seiva, essa delicada florescência definha e desfaz-se. O próximo, peça principal do meu universo... Todos os dias meço quanto lhe devia, ao verificar novas fendas no meu edifício pessoal. Sei a quanto me arriscaria perdendo a capacidade de falar, e combato com todo o ardor da minha angústia essa decadência suprema. As minhas relações com as coisas, porém, encontram-se, também elas, desnaturadas pela minha solidão. Quando um pintor ou um gravurista introduz personagens numa paisagem ou na proximidade de um monumento, não é por gosto do acessório. As personagens *dão a medida* e, o que é ainda mais importante, constituem *pontos de vista possíveis* que, ao ponto de vista real do observador, acrescentam indispensáveis virtualidades.

Em Speranza, há só um ponto de vista, o meu, despojado de qualquer virtualidade. Esse despojamento não se fez em um dia. A princípio, por um automatismo inconsciente, eu projetava possíveis observadores – parâmetros – no alto das colinas, atrás de tal rochedo ou nos ramos de certa árvore. A ilha encontrava-se, dessa forma, quadriculada por uma rede de interpolações e de extrapolações que a diferenciava e a dotava de inteligibilidade. Assim faz todo homem normal numa situação normal. Só tomei consciência desta função, como de muitas outras, à medida que ela se degradava em mim. Hoje, é coisa feita. A minha visão da ilha reduz-se a ela própria. O que eu não vejo dela é um *desconhecido absoluto*. Reina uma noite insondável em todos os lugares em que não me encontro no momento. Ao escrever estas linhas, verifico, aliás, que tudo o que elas pretendem expressar é não apenas sem precedentes como ainda contraria na sua própria essência as palavras que utilizo. A linguagem depende fundamentalmente daquele universo *povoado* onde os outros são faróis que criam em seu redor um ilhéu luminoso, em cujo interior tudo é, se não conhecido, pelo menos cognoscível. Os faróis desapareceram do meu campo. Alimentada pela fantasia, a sua luz ainda por longo tempo veio até mim. Agora, acabou: rodeiam-me as trevas.

A minha solidão não ataca apenas a inteligibilidade das coisas: vai também minando os próprios alicerces delas. Cada vez mais, assaltam-me dúvidas quanto à veracidade testemunhal dos meus sentidos. Sei agora que a esta terra, sobre a qual os meus pés se apoiam, seria necessário, para não vacilar, que outros além de mim a pisassem. Contra a ilusão de ótica, a miragem, a alucinação, o sonho desperto, o fantasma, o delírio, a perturbação auditiva... a mais segura muralha é o nosso irmão, vizinho, amigo ou inimigo, alguém, em suma, ó deuses, alguém!

P.S. – Ontem, ao atravessar o pequeno bosque que precede os prados da costa sudeste, senti em pleno rosto um odor que brutalmente me restituiu, quase dolorosamente, à casa, no vestíbulo onde o meu pai recebia os clientes, mas numa segunda-feira de manhã, dia em que ele não recebia e que a minha mãe aproveitava, com a ajuda da vizinha, para polir o assoalho. A evocação era tão poderosa e insólita que uma vez mais duvidei do meu juízo. Lutei por um momento contra a invasão duma lembrança de tão imperiosa doçura, deixei-me depois escorregar para o meu passado, esse museu deserto, esse morto envernizado como um sarcófago que me chama com ternura tão sedutora. A ilusão, por fim, abrandou o laço. Errando pelo bosque, descobri alguns pés de terebintos, arbustos coníferos dos quais a casca rebentada transudava uma resina ambarina cujo forte aroma continha todas as manhãs de segunda-feira da minha infância.

Como era terça-feira – assim o estabelecia a sua organização do tempo –, Robinson recolhia, na areia recentemente descoberta a jusante, espécies de crustáceos, cuja carne bastante firme, mas saborosa, podia conservar toda a semana num pote repleto de água do mar. Com a cabeça protegida pelo chapéu redondo dos marinheiros britânicos, os pés metidos em tamancos de madeira igualmente regulamentares, Robinson usava umas calças que lhe deixavam a barriga das pernas à mostra, e uma camisa de linho larga. O sol, cuja violência a sua pele branca de ruivo não suportava, estava encoberto por um tapete de nuvens frisadas como astracã, motivo pelo qual Robinson tinha podido deixar na gruta o guarda-sol de palmas, do qual raramente se separava. Como o mar estava baixo, atravessara trechos cobertos de crustáceos triturados, bancos de lodo e charcos pouco profundos, e tinha agora largueza de vista suficiente para abarcar com os olhos a massa verde, loura e negra de Speranza. Na ausência de algum interlocutor, mantinha com ela um longo, lento e profundo diálogo em que os seus gestos, atos e empreendimentos constituíam igual número de perguntas a que a ilha respondia com o êxito ou o fracasso que lhe concedia. Robinson já não tinha dúvidas de que, dali por diante, todo o jogo se baseava nas suas relações com ela e no êxito da sua organização. Estava sempre de ouvido atento, aguardando as mensagens que continuamente emanavam dela sob mil formas, ora cifradas, ora simbólicas.

Aproximou-se de um rochedo coberto de algas, rodeado por um espelho d'água límpida. Divertia-se com um caranguejo pequeno, loucamente temerário, que levantava para ele duas pinças desiguais, tal qual um espadachim faz com o gládio e a espada, quando o fulminou como um raio a visão da marca de um pé descalço. Não teria ficado muito surpreso se tivesse encontrado a sua própria pegada na areia ou no lodo, embora tivesse há muito renunciado a andar sem tamancos. Mas a marca que tinha diante de si encontrava-se cravada *na própria rocha*. Seria de outro homem? Ou estaria ele há tanto tempo na ilha que a impressão do seu pé no lodo tivera tempo de se petrificar por efeito das concreções calcárias? Retirou o tamanco direito e colocou o pé descalço na cavidade meio cheia de água. Era exatamente aquilo. O pé entrava no molde de pedra como em borzeguim usado e familiar. Não podia haver confusão, aquela marca secular, a do pé de Adão ao se apropriar do Jardim e do pé de Vênus saindo das águas, era também a assinatura pessoal, inimitável, de Robinson, impressa na própria rocha, portanto indelével, eterna. Speranza, como as vacas semisselvagens dos prados argentinos, marcadas a ferro quente, tinha doravante o sinete do seu Senhor e Dono.

A PLANTAÇÃO DE MILHO morreu por inteiro e os bocados de terra onde Robinson o semeara retomaram o antigo aspecto de terra inculta. Porém, a cevada e o trigo prosperavam, e Robinson experimentava a primeira alegria que Speranza lhe dava – como era doce e profunda! –, acariciando as hastes adolescentes de um verde tenro e azulado. Foi-lhe necessária uma grande força de vontade para não extirpar as plantas parasitárias que sujavam aqui e ali o belo tapete de cereais, mas não podia infringir as palavras do Evangelho que mandam não separar antes da colheita o joio do trigo. Consolava-se sonhando com as broas douradas que em breve faria deslizar do forno, em forma de túnel, cavado na rocha friável da parede ocidental da gruta. Durante uns dias, uma pequena época de chuvas fê-lo temer pelas suas espigas, que se dobravam por inteiro, de tão pesadas e inchadas de água. No entanto, o sol voltou a brilhar e elas endireitaram-se, balançando ao vento as suas aristas, semelhantes a um exército de cavalinhos empinados sacudindo as crinas.

Quando chegou a época de colheita, Robinson descobriu que, de todas as poucas ferramentas que possuía, a menos imprópria para fazer as vezes de foice ou gadanha era aquele velho sabre de abordagem, que enfeitava o camarote do comandante, e que tinha trazido com os outros despojos. A princípio, quis proceder à ceifa metodicamente, reunindo e prendendo com uma vergasta dobrada o molho que abatia com um golpe de sabre. Porém, ao manejar aquela arma heroica, invadiu-o um estranho ardor, de tal forma que abandonou todo o método, e, avançando, descrevia círculos com ela soltando urros furiosos. Poucas espigas se estragaram com esse tratamento, mas tornou-se necessário renunciar a tirar qualquer partido da palha.

Diário – Este dia de colheita, que deveria celebrar os primeiros frutos do meu trabalho e da fecundidade de Speranza, mais se assemelhou ao combate de um louco contra o vazio. Ah! Como ainda estou longe daquela vida perfeita em que cada gesto seria comandado por uma lei de economia e harmonia! Deixei-me arrastar como criança por um arrebatamento desordenado e não encontrei no trabalho nada da alegre satisfação que me dava outrora a ceifa do feno no belo campo de West Riding. A qualidade do ritmo, o pendular dos dois braços, da direita para a esquerda – e o corpo a fazer contrapeso por um movimento inverso, da esquerda para a direita –, a lâmina que penetra na massa de flores, umbelas e hastes, que corta, a um só tempo, aquela matéria gramínea e deposita-a, como deve ser, à minha esquerda, o poderoso frescor que flui dos sucos, seivas e leites derramados – tudo isso compunha uma ventura simples com que, sem remorsos, me inebriava. A lâmina, fustigada pela pederneira de pedra rosa, era suficientemente maleável para que o fio se dobrasse *visivelmente* num sentido, depois noutro. O campo era uma massa a ser atacada, penetrada, reduzida metodicamente, andando à volta, passo a passo. Porém, essa massa era finamente composta, aglomeração de universos vivos e minúsculos, cosmos vegetal em que a matéria é totalmente extenuada pela forma. A fina composição do campo europeu é exatamente o contrário da natureza amorfa e indistinta com que lido aqui. A natureza tropical é poderosa, mas selvagem, simples e pobre, como o seu céu azul. Quando voltarei eu a encontrar os encantos turvos dos nossos pálidos céus, os delicados matizes cinza da bruma rastejando à superfície dos lodos do Ouse?

Depois de ter debulhado as suas espigas, fustigando-as com o mangual, dentro de uma vela dobrada em duas, peneirou o grão, passando-o de uma cabaça para outra, ao ar livre, em um dia de vento forte. A casca e os resíduos pequenos esvoaçavam ao longe. Gostava daquele trabalho de purificação, simples mas não fastidioso, pelos símbolos espirituais que evocava. A sua alma elevava-se para Deus e suplicava-lhe que fizesse esvoaçar ao longe os pensamentos frívolos que lhe enchiam o ser, deixando apenas as pesadas sementes da palavra de sabedoria. No fim, verificou com orgulho que a sua colheita atingia trinta galões de trigo e vinte galões de cevada. Havia preparado, para fazer a farinha, um almofariz e um pilão – um tronco cavado e um grosso ramo estrangulado a meia-altura – e o forno estava preparado para a primeira cozedura. Foi então que por uma inspiração súbita decidiu nada consumir desta primeira colheita.

Diário – Era para mim uma festa este primeiro pão que sairia da terra de Speranza, do meu forno, das minhas mãos. Será para mais tarde. Mais tarde... Quantas promessas nessas duas simples palavras! O que me surge repentinamente como evidência imperiosa é a necessidade de lutar contra o tempo, isto é, de aprisionar o tempo. Na medida em que vivo dia a dia, abandono-me, o tempo desliza-me por entre os dedos, perco o meu tempo, perco-me. No fundo, todo problema nesta ilha poderia traduzir-se em termos de tempo, e não foi por acaso que, partindo do mais baixo, comecei por viver aqui como se estivesse fora do tempo. Restaurando o meu calendário, recuperei a posse de mim próprio. Urge fazer cada vez mais. Desta primeira colheita de trigo e cevada, nada deve usar-se no presente. Toda ela será um recurso voltado para o futuro. Separarei os grãos em duas partes: a primeira será semeada a partir de amanhã, a segunda constituirá uma reserva de segurança – pois deve-se prever que a promessa do grão enterrado não seja cumprida.

Obedecerei daqui por diante à seguinte regra: toda a produção é criação, portanto é boa. Todo o consumo é destruição, portanto é mau. Na verdade, a minha situação aqui é bastante semelhante à dos meus compatriotas de que todos os dias desembarcam navios inteiros nas costas do Novo Mundo. Também eles têm de se curvar a uma moral da acumulação. Também para eles perder tempo é um crime; entesourar tempo, virtude cardeal. Entesourar! Mais uma vez a infelicidade da minha solidão vem-me à lembrança! Para mim, semear é bom, colher é bom. Mas o mal começa quando devo moer o grão e cozer a massa, porque então só trabalho para mim. O colono americano pode sem remorso prosseguir até o fim o processo da panificação, pois *venderá* o seu pão, e o dinheiro que acumular no cofre representará tempo e trabalho entesourados. Eu, porém, pobre de mim, estou privado, na minha miserável solidão, dos benefícios do dinheiro, do qual, no entanto, não careço!

Meço hoje a loucura e a maldade daqueles que caluniam esta instituição divina: o dinheiro! O dinheiro espiritualiza tudo o que toca, dando-lhe uma dimensão a um tempo racional – mensurável – e universal, dado que um bem conversível em moeda torna-se virtualmente acessível a todos os homens. A venalidade é uma virtude cardeal. O homem venal sabe calar os seus instintos homicidas e antissociais – sentimento de honra, amor-próprio, patriotismo, ambição política, fanatismo religioso, racismo – para só deixar falar a propensão para a cooperação, o gosto pelas permutas frutíferas, o sentimento de solidariedade humana. É preciso tomar à letra a expressão *idade de ouro*, e bem vejo que a humanidade depressa lá chegaria caso a conduzissem apenas homens venais. Infelizmente, são quase sempre homens desinteressados que fazem a história, e então o fogo tudo destrói, o sangue corre a jorros. Os prósperos mercadores de Veneza dão-nos o exemplo da felicidade faustosa de um estado conduzido apenas pela lei do lucro, enquanto os lobos esgalgados da Inquisição espanhola nos mostram de quantas infâmias são capazes os homens que perderam o gosto dos bens materiais. Os hunos teriam abandonado logo as suas invasões se tivessem sabido aproveitar-se das riquezas conquistadas. Saturados de aquisições, ter-se-iam estabelecido para melhor as fruir, e as coisas retomariam o curso normal. Eram, porém, uns brutos desinteressados. Desprezavam o ouro. Arremessavam-se para frente, queimando tudo à sua passagem.

ROBINSON APLICOU-SE DESDE então a viver com pouco, trabalhando numa exploração intensa dos recursos da ilha. Desbravou e semeou hectares de campos e de floresta; transplantou um campo inteiro de nabos, rabanetes e azeda-miúda, espécies que vegetavam esporadicamente no Sul; protegeu dos pássaros e dos insetos as plantações de palmeiras; instalou vinte colmeias, que as primeiras abelhas começaram a colonizar; cavou à beira do litoral viveiros de água doce e salgada, nos quais criava bremas, cações-anjos, outros peixes e até lagostins. Constituiu enormes provisões de frutos secos, carne defumada, peixe salgado e queijinhos duros e quebradiços como giz, porém de infinita conservação. Descobriu por fim um processo para produzir uma espécie de açúcar, graças ao qual conseguiu fazer geleias e conservas de fruta. Encontrou uma palmeira cujo tronco, mais grosso no centro do que na base ou no alto, destilava uma seiva extraordinariamente doce. Abateu uma destas árvores, cortou-lhe as folhas que a coroavam e logo a seiva brotou na extremidade superior. Correu durante meses, mas Robinson devia todas as manhãs cortar uma nova lasca do tronco, cujos poros tinham tendência para tapar-se. Só esta árvore deu-lhe noventa galões de melaço, que aos poucos se solidificou em um enorme bolo.

Foi por essa altura que Tenn, o setter inglês do *Virginie*, surgiu de um bosque e se precipitou para ele, perdido de amizade e ternura.

Diário – Tenn, meu fiel companheiro de travessia, voltou para mim. Impossível exprimir a alegria que contém essa simples frase. Nunca saberei onde nem como ele viveu desde o naufrágio, mas creio compreender o que o manteve longe de mim. Quando eu construía como louco o *Evasão*, surgiu ele na minha frente para logo fugir com latidos enfurecidos. Na minha cegueira, perguntei-me se os terrores do naufrágio, seguidos por longo período de solidão na natureza hostil, não o teriam restituído ao estado selvagem. Incrível pretensão! De nós dois, era eu o selvagem, e não duvido de que foi o meu aspecto feroz, o meu rosto alucinado que afugentaram o pobre bicho, que permanecia mais profundamente civilizado do que eu. Não faltam exemplos de cães obrigados, quase contra a vontade, a abandonar um dono que se afunda no vício, na degradação ou na loucura, e não se sabe de nenhum que deixasse o dono comer da sua tigela. O regresso de Tenn enche-me de alegria porque atesta e recompensa a minha vitória sobre as forças destrutivas que me arrastavam para o abismo. O cão é o companheiro natural do homem, não da criatura nauseabunda e degenerada que a desventura, arrancando-o do humano, pode torná-lo. Lerei daqui por diante nos seus bons olhos cor de avelã se tenho sabido manter-me à altura de homem, malgrado o horrível destino que me arrasta para o chão.

Robinson, contudo, só recuperaria plenamente a sua humanidade ao construir um abrigo que não fosse o fundo duma gruta ou um alpendre de folhas. Passando a ter como companheiro o mais *doméstico* dos animais, obrigava-se a construir uma casa, tão profunda é às vezes a sabedoria dissimulada num simples parentesco verbal.

Situou-a à entrada da gruta que continha todas as suas riquezas e ficava no ponto mais elevado da ilha. Cavou primeiro um fosso retangular com 3 pés de profundidade, que encheu de seixos, por sua vez cobertos de areia branca. Sobre essa fundação perfeitamente estéril e permeável, sobrepondo troncos de palmeira presos por entalhes angulares, ergueu tabiques. Os interstícios entre os troncos eram tapados com escamas e crina vegetal. Para cobrir um leve madeiramento de uma parede dupla, colocou um entrançado de juncos, sobre o qual dispôs em escamas, como telhas, folhas de árvore-da-goma-elástica. Revestiu a superfície exterior das paredes com uma argamassa de argila úmida e de palha cortada. O solo arenoso foi coberto por um lajedo de pedras chatas e irregulares, combinadas como peças de um quebra-cabeça. Peles de cabra e esteiras de junco, alguns móveis de salgueiro, a louça e as lanternas salvas do *Virginie*, a luneta, o sabre e uma das espingardas penduradas na parede criaram uma atmosfera confortável, mesmo aconchegante, da qual Robinson não se cansava de se impregnar. Do exterior, essa primeira habitação tinha um ar surpreendente de isbá* tropical, a um tempo rude e cuidada, de telhado frágil e paredes maciças, dentro da qual Robinson se entretinha em ver as contradições da sua própria situação. Era sensível, além disso, à inutilidade prática daquela vivenda, à função capital, mas sobretudo moral, que lhe atribuía. Logo decidiu não executar nela qualquer tarefa utilitária - nem sequer cozinhar -, enfeitá-la com minuciosa paciência e só dormir nela aos sábados à noite, continuando nos outros dias a servir-se de uma espécie de catre de penas e pelos com que enchera uma reentrância na parede rochosa da gruta. Pouco a pouco, a casa tornou-se para ele como que um *museu do humano*, onde sentia, sempre que entrava, que cumpria um ato solene. Até adquiriu o hábito (tendo desembalado as roupas das arcas do *Virginie*, algumas delas bem bonitas) de só penetrar em tal lugar vestido de casaca, calções, meias e sapatos, como se visitasse o que de melhor havia nele.

Descobriu mais tarde que o sol não era visível do interior da vivenda a não ser em certas horas do dia, e que seria judicioso instalar um relógio ou uma máquina própria para medir o tempo em qualquer momento. Após algumas tentativas, resolveu-se pela confecção de uma espécie de clepsidra bastante primitiva. Tratava-se apenas de um garrafão de vidro transparente a que fizera um furo no fundo, por onde a água se vertia gota a gota, sendo recolhida numa vasilha de cobre pousada no

**Isbá*: casa característica de camponeses do Norte da Europa e da Ásia. (*N. do E.*)

chão. O garrafão levava exatamente 24 horas para se esvaziar, e Robinson traçara-lhe nos lados 24 círculos paralelos, cada um deles marcado com um número romano. O nível do líquido dava, pois, em qualquer ocasião, a hora do dia. Essa clepsidra foi para Robinson fonte de imenso reconforto. Quando ouvia, de dia ou de noite, o ruído regular das gotas caindo na bacia, sentia-se orgulhoso por o tempo já não deslizar, contra sua vontade, para um abismo escuro, mas, ao contrário, encontrar-se regularizado, dominado, em suma: ele também domesticado, como toda a ilha iria ficar, pouco a pouco, graças à força de vontade de um só homem.

Diário – De agora em diante, esteja eu desperto ou adormecido, escrevendo ou cozinhando, o meu tempo é controlado por um tique-taque maquinal, objetivo, irrefutável, exato, verificável. Que fome tenho desses epítetos que definem outras tantas vitórias sobre as forças do mal! Quero, exijo, que tudo à minha volta passe a ser medido, provado, certificado, matemático, racional. Será preciso proceder à agrimensura da ilha, estabelecer a imagem reduzida da projeção horizontal de todas as suas terras e consignar tais dados num cadastro. Gostaria que cada planta fosse etiquetada, cada ave tivesse uma anilha, cada mamífero fosse marcado a fogo. Não terei descanso enquanto esta ilha opaca, impenetrável, repleta de surdas fermentações e de maléficos remoinhos, não se metamorfosear numa construção abstrata, transparente, inteligível até os ossos!

Mas terei eu a força de levar a cabo uma tão formidável tarefa? Esta dose maciça de racionalidade que pretendo administrar para Speranza, encontrar-lhe-ei a reserva em mim próprio? O ruído regular da clepsidra, que me embalava ainda há um instante tal como música tranquilizadora e convidativa à reflexão semelhante a do metrônomo, de repente evoca uma imagem diametralmente oposta que me assusta: a da mais dura pedra inexoravelmente gasta pela queda constante de uma gota de água. É inútil dissimular: toda a minha estrutura cerebral vacila. E o enfraquecimento da linguagem é o efeito mais evidente dessa erosão.

De nada vale falar sempre em voz alta ou nunca deixar passar uma reflexão, uma ideia, sem imediatamente a transmitir às árvores ou às nuvens: vejo ruir a cada dia muros inteiros da cidadela verbal em que o nosso pensamento se abriga e se move familiarmente, como a toupeira na sua rede de galerias. Aqueles pontos fixos sobre os quais o pensamento se apoia para progredir – como quando caminhamos sobre as pedras que emergem do leito de uma corrente – despedaçam-se, afundam-se. Invadem-me dúvidas quanto ao sentido das palavras que não designam coisas concretas. Só consigo agora falar *à letra*. A metáfora, a lítotes, a hipérbole exigem um desmedido esforço de atenção cujo efeito inesperado é o de mostrar o que há de absurdo e de irreal nessas figuras de retórica. Imagino que o processo de que sou palco seria uma bênção para um gramático ou filólogo que vivesse em sociedade: para mim é luxo a um tempo inútil e fatal. Tal é, por exemplo, a noção de *profundidade*, de que nunca até agora pensara em estudar o uso que se faz em expressões como "um pensamento profundo", "um amor profundo"... Estranha prevenção essa que valoriza cegamente a profundidade à custa da superfície e que faz com que "superficial" signifique não "de vasta dimensão", mas, sim, "de pouca profundidade", enquanto "profundo" significa, pelo contrário, "de grande profundidade" e não "de pequena superfície". No entanto, parece-me que um sentimento como o amor mede-se bem melhor – caso possa ser medido – pelo tamanho da sua superfície do que pelo grau de profundidade. Porque eu meço o meu amor por uma mulher pelo fato de que amo igualmente as suas mãos, os seus olhos, a maneira como anda, a roupa que usa, os seus objetos pessoais, aquilo que ela apenas tocou, as paisagens onde a vi passar, o mar onde se banhou... Tudo isso é bem a superfície, parece-me! Já um sentimento medíocre visa diretamente, *em profundidade*, o próprio sexo e deixa tudo o mais numa penumbra indiferente.

Um mecanismo semelhante, que range quando o meu pensamento pretende agora utilizá-lo, valoriza a interioridade à custa da exterioridade. Os seres seriam tesouros encerrados numa casca sem valor, e quanto mais se penetrasse neles, maiores seriam as riquezas alcançadas. E se não houvesse tesouros? E se a estátua estivesse *repleta* de um recheio monótono, homogêneo, como o de uma boneca de pano? Bem sei que eu, a quem ninguém empresta agora um rosto ou quaisquer segredos, não sou mais do que um buraco escuro no meio de Speranza, um ponto de vista sobre Speranza, um ponto, isto é, nada. Creio que a alma só começa a ter um conteúdo notável para além da cortina de pele separando o interior do exterior, e que ela se enriquece infinitamente à medida que incorpora círculos mais amplos em torno do ponto-eu. Robinson só é infinitamente rico no momento em que coincide com Speranza inteira.

LOGO NO DIA seguinte, Robinson lançou as bases de um *Conservatório dos Pesos e Medidas*. Edificou-o em forma de pavilhão, mas com os materiais mais refratários que conseguiu encontrar: blocos de granito e perpianhos de laterito. Aí expôs, numa espécie de altar – como outros tantos ídolos – e encostados às paredes – como as armas da panóplia da razão –, os padrões da polegada, do pé, da jarda, da vara, da braça, da pinta, do bique, do quartilho, do galão, do grão, do dracma, da onça e do quilo.

4

No milésimo dia do seu calendário, Robinson vestiu o traje de gala e fechou-se na vivenda. Colocou-se diante de um atril, que imaginara e fabricara para poder escrever de pé, numa atitude de respeito e vigilância. Abriu depois o maior dos livros lavados que havia encontrado no *Virginie* e escreveu:

CARTA DA ILHA DE SPERANZA
INICIADA NO MILÉSIMO DIA DO
CALENDÁRIO LOCAL

ARTIGO I – *Em virtude da inspiração do Espírito Santo, recebida e obedecida conforme o ensinamento do Venerado Amigo George Fox, o súdito de S. M. Jorge II,* Robinson Crusoé, *nascido em York em 19 de dezembro de 1737, é nomeado governador da ilha de Speranza, situada no oceano Pacífico, entre as ilhas Juan Fernández e a costa oriental do Chile. Nesta qualidade, tem todo o poder para legislar e executar em todo o território insular e suas águas territoriais segundo a orientação e as vias que lhe ditará a Luz interior.*

ARTIGO II – *Os habitantes da ilha devem, caso pensem, fazê-lo em voz alta e de forma inteligível.*

Escólio – *Perder a fala por falta de uso é uma das mais humilhantes calamidades que me ameaçam. Sinto já, quando ten-*

to discorrer em voz alta, certo embaraço da língua, como após um excesso de vinho. Convém, pois, que doravante o discurso interior que temos conosco enquanto permanecemos conscientes chegue aos meus lábios para permanentemente os modelar. Essa é, aliás, a sua tendência natural, e é necessária uma vigilância especial de atenção para retê-lo antes de se exprimir, como o mostra o exemplo das crianças e dos velhos que, por fraqueza de espírito, falam sós.

ARTIGO III – *É proibido fazer as necessidades naturais fora dos lugares previstos para esse fim.*

Escólio – *É certo que a inclusão desta disposição no artigo III da Carta poderá surpreender. O governador, porém, legisla à medida que esta ou aquela necessidade se faz sentir e, atendendo às solturas de ventre que ameaçam os habitantes da ilha, é urgente impor-lhes uma pequena disciplina quanto a um dos aspectos da sua vida que mais os aproximam da bestialidade.*

ARTIGO IV – *A sexta-feira é dia de jejum.*

ARTIGO V – *O domingo é dia de descanso. Às 19 horas de sábado, todo o trabalho deve cessar na ilha, e os habitantes devem pôr os seus melhores trajes para jantar. No domingo de manhã, às 10 horas, reuni-los-á no templo uma meditação religiosa sobre um texto das Santas Escrituras.*

ARTIGO VI – *Só o governador é autorizado a servir-se de tabaco. E, mesmo assim, só o fará, no mês corrente, uma vez por semana, no domingo de tarde; no próximo mês, a cada quinzena; no mês seguinte, uma vez por mês, e daí por diante só num mês a cada dois.*

Escólio – *Descobri, somente há pouco tempo, o uso e o prazer do cachimbo de porcelana do falecido Van Deyssel. Infelizmente, a provisão de tabaco contida no pote depressa se esgotará. É, portanto, necessário poupá-lo tanto quanto possível e não contrair um hábito cuja insatisfação seria mais tarde fonte de sofrimento.*

Robinson recolheu-se um momento. Após fechar o livro da Carta, abriu um outro volume, igualmente virgem, e, na primeira folha, escreveu em letras maiúsculas:

CÓDIGO PENAL DA ILHA DE SPERANZA
INICIADO NO MILÉSIMO DIA
DO CALENDÁRIO LOCAL

Virou a página, refletiu longamente e finalmente escreveu:

ARTIGO I – *As transgressões à Carta são passíveis de duas penalidades: dias de jejum, dias de fossa.*

Escólio – *São as duas únicas penalidades atualmente aplicáveis, pois os castigos corporais e a pena de morte implicam um aumento da população insular. A fossa está situada no campo, a meio caminho dos contrafortes rochosos e dos primeiros pântanos. Encontra-se exposta de tal forma que os raios solares incidem como dardos nela durante as seis horas mais quentes do dia.*

ARTIGO II – *É proibida toda a permanência no lamaçal. Os transgressores serão punidos com uma permanência de dupla duração na fossa.*

Escólio – *A fossa surge assim como a antítese – e, portanto, num certo sentido, como o antídoto – do lamaçal. Este artigo do Código Penal ilustra sutilmente o princípio segundo o qual um faltoso deve ser castigado por meio do pecado em que incorreu.*

ARTIGO III – *Aquele que poluir a ilha com os seus excrementos sofrerá um dia de jejum.*

Escólio – *Nova ilustração do princípio da correspondência sutil entre a falta e o castigo.*

ARTIGO IV – ...

Robinson permitiu-se um momento de meditação antes de determinar as penas relativas a ultraje público ao pudor em território insular e suas águas territoriais. Deu alguns passos em direção à porta, que abriu – como a mostrar-se aos seus súditos. O ondulado das folhagens da grande floresta tropical espraiava-se até o mar, que, mais longe, se confundia com o céu. Sendo Robinson ruivo como uma raposa, a mãe consagrara-o desde pequenino às roupas verdes, e inculcara-lhe a desconfiança do azul, que não se harmonizava, dizia ela, com a ferrugem dos seus cabelos nem com a cor das suas vestimentas. Nada, porém, harmonizava-se mais naquele momento do que o mar de frondescências com a tela oceânica estendida até o céu. O sol, o mar, a floresta, o azul, o mundo inteiro tinham sido atingidos por tal imobilidade que, sem o tique-taque molhado da clepsidra, o curso do tempo teria parecido suspenso. "Se há uma circunstância privilegiada, pensou Robinson, em que o Espírito Santo deva manifestar a sua descida em mim, legislador de Speranza, deve ser um dia como este, num minuto como este. Uma língua de fogo a dançar sobre a minha cabeça ou uma coluna de fumaça subindo direta ao zênite não deveriam atestar que sou o templo de Deus?"

Quando pronunciava tais palavras em voz alta – em conformidade com o artigo II da Carta – viu erguer-se atrás da cortina florestal um magro fio de fumo branco que parecia partir da baía da Salvação. Julgando que a sua prece fora atendida, caiu de joelhos, murmurando uma oração jaculatória. Logo, porém, a dúvida se instalou no seu espírito. Levantou-se e foi retirar da parede um mosquete, um saco de pólvora, uma bolsa com balas e a luneta. Assobiou para Tenn, e adentrou a mata espessa, evitando a via direta que traçara de beira-mar até a gruta.

Uns quarenta homens faziam círculo, de pé, em volta de uma fogueira da qual se erguia uma torrente de pesada fumaça, espessa e leitosa, de consistência anormal. Puxadas para a areia, estavam três longas canoas havaianas, embarcações de tipo comum em todo o Pacífico, de notável estabilidade, malgrado a sua estreiteza e o pequeno calado. Quanto aos homens que rodeavam a fogueira, Robinson reconheceu-os à distância, como índios *costeiros* do temível povo dos Araucanianos, habitantes de uma região do Chile médio e meridional que, após terem colocado os invasores incas em cheque, infligiram sangrentas derrotas aos conquistadores espanhóis. Pequenos, atarracados, os homens estavam vestidos com um grosseiro avental de couro. O rosto largo, de olhos extraordinariamente afastados, tornava-se ainda mais estranho pelo hábito que tinham de depilar por completo as sobrancelhas, e pela cabeleira abundante, negra, ondulada e soberbamente tratada, que sacudiam com orgulho a todo momento. Robinson conhecia-os por conta de viagens frequentes a Temuco, sua capital chilena. Sabia que, se um novo conflito tivesse rebentado contra os espanhóis, nenhum homem branco seria visto com bons olhos por eles.

Teriam eles efetuado a enorme travessia desde a costa chilena até Speranza? O valor tradicional dos navegadores *costeiros* tornava verossímil a façanha, mas era mais provável que uma ou outra das ilhas Juan Fernández tivesse sido colonizada por eles – e era uma sorte que Robinson não tivesse caído em suas mãos, pois com certeza teria sido massacrado ou, pelo menos, reduzido à escravidão.

Graças a narrativas que ouvira na Araucânia, supunha o sentido da cerimônia que nesse momento se desenrolava à beira-mar. Uma mulher mirrada e desgrenhada, cambaleando dentro do círculo formado pelos homens, aproximava-se do fogo, lançava-lhe um punhado de pólvora e respirava avidamente as pesadas volutas brancas que logo se elevavam. Em seguida, como soerguida pela inalação, voltava-se para os índios imóveis e parecia passá-los em revista, passo a passo, com bruscas pausas perante um ou outro. Voltava depois para junto da fogueira, e a manobra recomeçava, de tal modo que Robinson perguntava a si próprio se a feiticeira, antes de acabado o rito, não iria cair asfixiada. O dramático desfecho sucedeu de repente. A silhueta andrajosa estendia os braços para um dos homens. A boca toda aberta devia proferir maldições que Robinson não ouvia. O índio designado pela vidente como responsável por um mal qualquer de que sofria toda a comunidade – epidemia ou seca – lançou-se de barriga no chão, sacudido por fortes tremores. Um dos índios encaminhou-se para ele. O machete, primeiro, atirou longe o avental do miserável, depois abateu-se sobre ele, em golpes regulares, separando a cabeça e, a seguir, os braços e as pernas. Por fim, as seis partes da vítima foram levadas para o braseiro, enquanto a feiticeira, agachada, encolhida sobre a areia, rezava, dormia, vomitava ou mijava.

Os índios tinham desfeito o círculo e desinteressavam-se do fogo cujo fumo se tornara negro. Rodearam as embarcações, e seis deles pegaram odres, dirigindo-se depois para a floresta. Robinson apressadamente bateu em retirada, sem, no entanto, perder de vista aqueles homens que lhe invadiam os domínios. Se chegassem a descobrir algum sinal da sua instalação na ilha, a tripulação das embarcações poderia iniciar uma busca, da qual dificilmente escaparia vivo. Felizmente, porém, como havia água logo na orla da floresta, os índios não tiveram de penetrar na ilha. Encheram os odres, cada um levado por dois, suspensos de uma percha, e dirigiram-se para as pirogas, onde os companheiros já se tinham acomodado. A feiticeira estava prostrada numa espécie de trono colocado na traseira de um dos barcos.

Quando desapareceram atrás das falésias ocidentais da baía, Robinson aproximou-se da fogueira. Distinguiu os restos calcinados da vítima expiatória. Aqueles homens selvagens, portanto, aplicavam inconscientemente e com a crueldade natural a palavra do Evangelho: "*Se o teu olho direito te leva ao pecado, arranca-o e lança-o para longe de ti, porque é preferível que pereça um só dos teus membros a ser todo o teu corpo atirado na geena. E se a tua mão direita te leva ao pecado, corta-a e lança-a para longe de ti...*". Entretanto, a caridade não concordaria antes com a economia para recomendar que se trate o olho gangrenado e se purifique o membro da comunidade que é causa de escândalo para todos?

Foi tomado por dúvidas que o governador de Speranza regressou à sua residência.

ARTIGO VII – *A ilha de Speranza é declarada praça fortificada, sob o comando do governador, que assume o posto de general. O toque de recolher é obrigatório uma hora depois do pôr do sol.*

ARTIGO VIII – *O cerimonial dominical é extensivo aos dias úteis.*

Escólio – *Qualquer aumento da pressão dos acontecimentos brutos deve ser compensado por um reforço correspondente da etiqueta. Dispensam-se comentários.*

Robinson pousou a pena de abutre e olhou à sua volta. Diante da sua vivenda e dos edifícios do Pavilhão dos Pesos e Medidas, do Palácio da Justiça e do Templo, erguia-se agora uma muralha guarnecida de ameias, edificada com o desaterro dum fosso medindo 12 pés de profundidade e 10 pés de largura, que corria de uma parede a outra da gruta, num amplo semicírculo. Os dois mosquetes e a pistola de cano duplo estavam pousados, carregados, no rebordo das três ameias centrais. No caso de um ataque, Robinson poderia convencer os assaltantes de que não era o único defensor da praça. O sabre de abordagem e o machado também se encontravam ao alcance, mas era pouco provável que se chegasse a uma luta corpo a corpo, pois o entorno da muralha estava repleto de armadilhas. Em primeiro lugar, uma série de funis dispostos em grupos de cinco, cujo fundo estava espetado por uma estaca com a outra ponta endurecida ao fogo, tudo coberto por tufos de plantas, colocados num delgado caniçado de juncos. Tinha depois enfiado no chão, à saída – que formava uma clareira – da trilha vinda da baía, no ponto onde normalmente os eventuais invasores se reuniriam para consulta antes de irem mais adiante, um tonel de pólvora cuja explosão seria comandada, a distância, por um cordão de estopa. Por fim, a ponte que transpunha o fosso era, claro, levadiça.

Essas obras de fortificação e o estado de alerta em que o mantinha o medo de um regresso dos araucanianos conservavam Robinson numa excitação tônica, de que sentia o benefício moral e físico. Uma vez mais se confirmava que, contra os efeitos destruidores da ausência de outrem, construir, organizar e legislar eram remédios soberanos. Nunca antes se sentira tão afastado do lamaçal. Todas as noites, antes do toque de recolher, fazia uma ronda, acompanhado de Tenn, que parecia ter compreendido a natureza do perigo que o ameaçava. Procedia-se depois ao "encerramento" da fortaleza. Blocos de pedra eram empurrados para locais calculados, com o intuito de obrigar os eventuais invasores a tomar o caminho dos funis. A "ponte levadiça" era retirada, barricavam-se todas as saídas e então soava o toque de recolher. Em seguida, Robinson preparava o jantar, punha a mesa da residência e retirava-se para a gruta. Voltava a sair alguns minutos mais tarde, lavado, perfumado, penteado, com a barba cortada e vestido com o traje de gala. Finalmente, à luz de um candelabro sobre o qual ardia um molho de varinhas untadas de resina, jantava lentamente sob a respeitosa e apaixonada vigilância de Tenn.

A esse período de intensa atividade militar sucedeu uma breve época de chuvas diluvianas que o obrigaram a penosas obras de consolidação e reparação dos seus estabelecimentos. Veio depois, novamente, a colheita dos cereais. Foi tão abundante que se tornou necessário transformar em silo uma gruta secundária, com entrada no próprio interior da gruta principal, mas tão estreita e de tão difícil acesso que Robinson renunciara a utilizá-la até então. Desta vez, não renunciou à alegria de fazer pão. Reservou para tanto uma pequena parte da colheita e finalmente acendeu o forno que há muito tinha aprontado. Essa foi para ele uma experiência perturbadora de que, evidentemente, mediu toda a gravidade, mas da qual só mais tarde apreendeu todos os aspectos. Uma vez mais, mergulhava no elemento simultaneamente material e espiritual da comunidade humana perdida. No entanto, esta primeira panificação fazia-o ascender, por toda a sua significação mística e universal, às fontes do humano; comportava ainda, na sua ambiguidade, implicações, individuais essas – ocultas, íntimas, enterradas entre os segredos vergonhosos da sua primeira infância – e que prometiam, por isso mesmo, um desabrochar imprevisto na sua esfera solitária.

Diário – Quando amassava esta manhã, pela primeira vez, a massa do pão, fiz renascer em mim imagens obliteradas pelo tumulto da vida, mas que o meu isolamento contribui para exumar. Teria eu 10 anos quando o meu pai me perguntou que ofício desejava exercer mais tarde. Respondi-lhe sem hesitar: padeiro. Olhou-me com gravidade e abanou a cabeça com ar de afetuosa aprovação. Não há dúvida de que, no seu espírito, esse humilde ofício se revestia de uma espécie de dignidade sagrada por todos os símbolos ligados ao pão, alimento por excelência do corpo, mas também do espírito segundo a tradição cristã – que ele recusava, é evidente, por fidelidade ao ensinamento quacre, respeitando, porém, o seu caráter venerável.

Para mim, a razão era outra. Eu, no entanto, não me preocupava, na época, em explicar o significado do prestígio com que, a meus olhos, brilhava a panificação. Todas as manhãs, ao ir para a escola, passava por certo respiradouro, cujo hálito quente, maternal, dir-se-ia carnal, tinha-me impressionado na primeira vez, e desde então me retinha longo tempo agarrado às grades que o fechavam. Fora, era o negrume úmido do dia que despontava e a rua enlameada, tendo ao fim a escola hostil e os mestres brutais. No interior da caverna dourada que me aspirava, eu via o padeiro, com o tronco nu e rosto empoado de "neve", amassando com toda a força a loura massa de farinha. Preferi sempre a matéria à forma. Palpar e inalar são para mim modos de apreensão mais emocionantes do que ver e ouvir. Penso que essa característica não advoga em favor da qualidade da minha alma, mas humildemente a confesso. Para mim a cor mais não é do que promessa de dureza ou suavidade, a forma é apenas sinal de maleabilidade ou de rigidez em minhas mãos. Ora, eu não concebia nada mais untuoso e acolhedor do que aquele grande corpo sem cabeça, tépido e lascivo, que no fundo da masseira se abandonava aos apertos de um homem seminu. Sei agora que imaginava estranhas núpcias entre a broa e o padeiro, e até sonhava com uma levedura de um novo tipo que daria ao pão um sabor almiscarado e uma exalação como que de primavera.

Para Robinson, portanto, a organização frenética da ilha caminhava a par com o livre e, a princípio, tímido desabrochar de tendências semiconscientes. Bem parecia que toda essa estrutura artificial e exterior, vacilante mas contínua e febrilmente aperfeiçoada, só tinha como razão de ser proteger a formação de um homem novo que apenas mais tarde seria viável. Isso, porém, Robinson apenas em parte o reconhecia, e desolava-se com as imperfeições do seu sistema. De fato, a observação da Carta e do Código Penal, o cumprimento das penas infligidas a si próprio, o respeito de um emprego rigoroso do tempo que não lhe deixava o mínimo intervalo, o cerimonial que rodeava os atos mais importantes da sua vida, todo este espartilho de convenções e prescrições que a si impunha para não cair não o impedia de sentir com angústia a presença selvagem e indomável da natureza tropical e, dentro de si, o trabalho erosivo da solidão sobre a sua alma de homem civilizado. Era inútil proibir-se determinados sentimentos, determinadas conclusões instintivas: sempre caía em superstições ou perplexidades que abalavam o edifício dentro do qual se esforçava por se fechar.

Dessa forma, não podia impedir-se de atribuir fatídico significado aos gritos do *cheucau**. Sempre profundamente dissimulada na mata – invisível mas não raro ao alcance da mão –, essa ave fazia estourar-lhe nos ouvidos dois gritos, um dos quais prometia sem dúvida a felicidade, enquanto o outro ressoava como dilacerante anúncio de uma desgraça próxima. Robinson chegava a ter medo, como da morte, daquele grito de desolação, mas não conseguia deixar de se aventurar por entre os arbustos cerrados, sombrios e úmidos, tão do agrado daquelas aves – com o coração de antemão esmagado pelo negro presságio.

Acontecia-lhe também, cada vez com maior frequência, suspeitar de os próprios sentidos o enganarem e considerar como nula esta ou aquela percepção, dado que manchada por uma dúvida impossível de esclarecer. Ou então refazia incansavelmente alguma experiência que lhe parecia insólita, suspeita ou contraditória. Ao aproximar-se de piroga da margem sudoeste da ilha, por exemplo, impressionou-o o ruído ensurdecedor dos gritos de aves e dos zumbidos de insetos que vinha até ele como que trazido por vagas sucessivas. Ora, tendo acostado e se embrenhado no arvoredo, viu-se mergulhado num silêncio que o encheu de agitado espanto. O rumor da fauna ouvir-se-ia apenas do exterior e a certa distância da floresta, ou seria a sua presença que provocava o silêncio? Voltou à piroga, afastou-se, voltou, acostou, recomeçou – enervado, esgotado, sem conseguir resolver a dificuldade.

**Cheucau*: pássaro natural da Costa do Chile. (*Pteroptochos rubecula*). (*N. do E.*)

Havia também, a nordeste, aquelas dunas de areia grossa, de onde parecia sair, quando Robinson se aventurava para aquelas bandas, uma espécie de profundo mugido abissal, dir-se-ia telúrico, que o gelava de horror só pela impossibilidade de lhe determinar a proveniência. É certo que ouvira falar, no Chile, de uma colina chamada *El Bramador* – a bramante – porque da areia deslocada pelos passos de um transeunte emana uma espécie de estrondo cavernoso.

Porém, seria verdade que se lembrava dessa anedota ou tê-la-ia inconscientemente inventado com o único objetivo de acalmar a sua angústia? Não o podia dizer e, com maníaca obstinação, caminhava pelas dunas, com a boca toda aberta para melhor ouvir, segundo uma recomendação de marinheiro.

Diário – Três horas da manhã. Insônia luminosa. Passeio pelas galerias úmidas da gruta. Quando criança, teria desmaiado de horror ao ver estas sombras, estas fugas de perspectivas abobadadas, ao ouvir o ruído de uma gota de água a esmagar-se sobre uma laje. A solidão é um vinho forte. Insuportável à criança, inebria de violenta alegria o homem que soube dominar, quando a isso se consagrou, as batidas do seu coração de lebre. Talvez Speranza coroe um destino que se desenhou desde os meus primeiros anos. Nós, a solidão e eu, encontramo-nos quando dos meus longos passeios meditativos nas margens do Ouse, e ainda quando me fechava ciosamente na biblioteca de meu pai, com uma provisão de velas para aguentar a noite; ou ainda quando, em Londres, me recusei a utilizar as cartas de recomendação que me teriam introduzido na casa de amigos da família. Entrei para a solidão como se entra, muito naturalmente, para a vida religiosa após uma infância muito devota, naquela noite em que o *Virginie* acabou a sua carreira nos recifes de Speranza. Esperava-me nestas margens, desde a origem dos tempos, a solidão, ela e o seu companheiro habitual, o silêncio...

Aqui me tornei, pouco a pouco, num gênero de especialista do silêncio, melhor diria: dos silêncios. Com todo o meu ser atento como uma grande orelha, aprecio a *qualidade particular* do silêncio em que me banho. Há silêncios aéreos e perfumados como noites de junho na Inglaterra, outros têm a consistência indefinida do lamaçal, outros, ainda, são duros e sonoros como o ébano. Até chego a sondar a profundidade sepulcral do silêncio noturno da gruta com uma volúpia vagamente nauseada que me inspira certa inquietação. Já durante o dia, não tenho para me prender à vida uma mulher, filhos, amigos, inimigos, criados, clientes, que são outras tantas âncoras fincadas à terra. Por que é necessário que, no coração da noite, me deixe ainda deslizar tão longe e tão fundo na escuridão? Talvez aconteça um dia que eu desapareça sem deixar rastro, aspirado pelo nada que terei feito nascer à minha volta.

Os silos de grão que, de ano para ano, se multiplicavam, depressa trouxeram graves problemas de proteção contra as ratazanas. Os roedores pareciam proliferar na exata proporção em que os cereais se acumulavam, e Robinson sempre admirara essa adaptação de uma espécie animal às riquezas do meio, em oposição à espécie humana, que se reproduz, ao contrário, tanto mais quanto mais pobres são os recursos de que dispõe. No entanto, já que estava decidido a acumular colheita sobre colheita enquanto tivesse forças para isso, urgia usar de rigor com os parasitas.

Certos cogumelos brancos com pontos vermelhos deviam ser venenosos, visto que vários cabritos tinham morrido depois de terem comido fragmentos misturados com a grama. Robinson fez uma cozedura com eles na qual deitou grãos de trigo, espalhando-os depois, envenenados, pelas passagens habituais das ratazanas. As ratazanas regalaram-se impunemente. Construiu então gaiolas, nas quais o bicho caía através de uma trápola. Entretanto, seriam necessárias milhares e, além disso, qual não era o seu nojo ao sentir-se fixado pelos olhinhos inteligentes e rancorosos dos bichos quando mergulhava a gaiola no rio! A solidão tornara-o infinitamente vulnerável a tudo o que podia assemelhar-se à manifestação de um sentimento hostil, mesmo da parte do animal mais desprezível. A armadura de indiferença e ignorância recíprocas com que os homens se protegem nas relações entre eles tinha desaparecido, como um calo aos poucos amolecido em mão que se tornou ociosa.

Assistiu um dia a um duelo furioso entre duas ratazanas. Cegas e surdas a tudo o que as rodeava, as duas criaturas enoveladas rolavam no chão com guinchos enraivecidos. Finalmente, estrangularam-se uma à outra e morreram sem soltar-se. Comparando os dois cadáveres, notou Robinson que pertenciam a duas variedades bastante distintas: um, muito escuro, redondo e pelado, era semelhante sob todos os aspectos àqueles que se habituara a enxotar em todos os navios onde estivera. O outro, cinzento, mais alongado e mais peludo, espécie de rato silvestre rústico, podia encontrar-se naquela parte do campo que esses animais pareciam ter colonizado. Não havia dúvida de que esta segunda espécie era nativa, enquanto a primeira, proveniente dos destroços do *Virginie*, crescera e multiplicara-se graças às colheitas de cereais. As duas espécies pareciam ter recursos e domínios separados. Robinson certificou-se do fato certa noite, ao largar no prado uma ratazana escura capturada na gruta. Por muito tempo a grama fremente traiu o traçado de uma corrida invisível e numerosa. A caça depois se circunscreveu, jogando a areia pelos ares junto de uma duna. Quando Robinson chegou, só restara do seu antigo prisioneiro uns tufos de pelo negro e os membros despedaçados. Então, após ter semeado um rastilho da gruta até o campo, espalhou no local dois sacos de grão. Corria o risco do pesado sacrifício ser inútil. Não foi. Logo nessa noite, os negros vieram em multidão recuperar o que porventura consideravam como sua propriedade. A batalha desencadeou-se. Por vários acres de campo, parecia que uma tempestade soerguia inúmeros e minúsculos gêiseres de areia. Os pares de lutadores rolavam como bolas vivas, enquanto uma barulheira inenarrável subia do solo, como de um pátio de recreio infernal. Sob o lívido luar, a planície parecia ferver, soltando queixumes infantis.

O resultado do combate era previsível. Um animal que luta no terreno do adversário está sempre em desvantagem. Nesse dia, todas as ratazanas escuras morreram.

Diário – Esta noite, o meu braço direito estendido para fora da cama adormece, "morre". Agarro-o entre o polegar e o indicador da mão esquerda e ergo esta coisa estranha, esta massa de carne enorme e pesada, este gordo membro alheio soldado por engano ao meu corpo. Sonho assim em manipular todo o meu cadáver, maravilhar-me com o seu peso morto, abismar-me neste paradoxo: *uma coisa que sou eu*. Mas será? Sinto mover-se em mim a recordação de uma velha emoção que me dava, quando criança, um vitral da nossa igreja representando o martírio de São Dinis: decapitado nos degraus de um templo, o corpo inclina-se e agarra com as duas grandes mãos a própria cabeça, apanha-a... Ora, o que eu admirava não era exatamente essa prova de prodigiosa vitalidade. Na minha infantil piedade, tal maravilha parecia-me a menor das coisas e já, aliás, tinha visto patos voando sem cabeça. Não, o verdadeiro milagre era o fato de que, desprovido de cabeça, São Dinis fosse buscá-la ao regato para onde rolara, e que a segurasse com tanta atenção, ternura e afetuosa solicitude. Ah! Por exemplo: se tivessem decapitado a mim, não seria eu quem correria atrás de uma cabeça cujo cabelo ruivo e cujas sardas eram o meu desgosto! Com que paixão eu repudiava essa cabeça flamejante, os longos braços magros, as pernas de cegonha e o corpo branco como um ganso depenado, aqui e ali guarnecido de uma espuma de rosada penugem! Esta vigorosa antipatia preparou-me para uma visão de mim que só em Speranza tomou toda a amplidão. Já há algum tempo, com efeito, que me exercito nesta operação que consiste em arrancar de mim, uns após os outros, todos os meus atributos - digo *todos* - como sucessivas cascas de cebola. Ao fazê-lo, constituo longe de mim um indivíduo que tem como sobrenome Crusoé, nome Robinson, 6 pés de altura etc. Vejo-o viver e evoluir na ilha sem me aproveitar das suas venturas ou sofrer com seus infortúnios. *Eu*, quem? A pergunta está longe de ser inútil. Nem sequer é insolúvel. *Porque se não é ele, então é Speranza.* Há, daqui por diante, um *eu* volante que vai pousar-se, ora no homem, ora na ilha, e que faz de mim ora um, ora outra.

O que acabo de escrever não será aquilo a que se chama "filosofia"? Que estranha metamorfose não estarei a sofrer para que eu, o mais positivo, o menos especulativo dos homens, chegue não apenas a propor-me semelhantes problemas, mas ainda, pelo menos aparentemente, a resolvê-los! Terei de voltar a esse assunto.

ESSA ANTIPATIA PELO seu próprio rosto e ainda uma educação hostil a toda a complacência tinham-no mantido por muito tempo afastado do espelho proveniente do *Virginie*, que havia pendurado na menos acessível das paredes exteriores da Residência. A vigilante atenção que passaria a dar à sua própria evolução levá-lo-ia certa manhã a trazer o assento habitual para contemplar mais à vontade o único rosto humano que lhe era dado ver.

Nenhuma alteração notável lhe marcara as feições e, todavia, quase não se reconheceu. Uma só palavra lhe ocorreu ao espírito: *desfigurado*. "Estou desfigurado", pronunciou em voz alta, com o desespero a apertar-lhe o coração. Em vão procurava na posição baixa da boca, no fosco do olhar, na aridez da fronte – defeitos que desde sempre reconhecera em si – a explicação da fealdade tenebrosa da máscara que o fixava através das manchas provocadas no espelho pela umidade. Era, a um tempo, mais geral e mais profundo, uma certa dureza, algo de morto que outrora notara no rosto de um prisioneiro libertado após anos de cárcere sem luz. Dir-se-ia que um inverno impiedoso passara por sobre aquele rosto familiar, apagando todas as nuances, petrificando todos os frêmitos, simplificando a expressão até ficar grosseira. Ah! Sim! A barba quadrada que o emoldurava de orelha a orelha em nada se parecia com a sedosa e delicada maciez da do Nazareno. Era do Antigo Testamento e da sua justiça sumária que ela provinha, bem como o olhar por demais franco, cuja mosaica violência até assustava.

Narciso de um tipo novo, arrasado pela tristeza, com recrudescido nojo de si, longamente meditou frente a frente consigo próprio. Compreendeu que o rosto é essa parte do corpo modelada e remodelada, aquecida e permanentemente animada pela presença dos nossos semelhantes. Um homem que acaba de deixar alguém com quem teve uma animada conversa: guarda-lhe o rosto por algum tempo uma vivacidade remanescente que só aos poucos se extingue e cuja chama reacenderá com o aparecimento de outro interlocutor. "Um rosto extinto. Um grau de extinção por certo nunca antes atingido na espécie humana." Robinson pronunciara tais palavras em voz alta. Ora, a face, ao serem proferidas as pesadas palavras, não se mexera mais que uma sirene de nevoeiro ou uma trompa de caça. Esforçou-se por ter um pensamento alegre e tentou sorrir. Impossível. Havia na verdade algo de congelado no seu rosto, e seriam necessários longos e joviais reencontros com os seus para provocar um degelo. Só o sorriso de um amigo lhe restituiria o seu...

Arrancou-se do horrível fascínio do espelho para olhar à sua volta. Não tinha ele tudo quanto lhe era necessário naquela ilha? Podia matar a sede, apaziguar a fome, providenciar a própria segurança e até o conforto, e a Bíblia lá estava, para lhe satisfazer as exigências espirituais. Mas quem, quem derreteria, pela simples virtude de um sorriso, aquele gelo que lhe paralisava o rosto? Desceram-lhe os olhos para Tenn, sentado no chão à sua direita, com o focinho erguido para ele. Teria tido uma alucinação? *Tenn sorria para o dono.* Num só lado do focinho, o beiço negro, mostrando finos dentes, erguia-se e descobria uma dupla fileira de presas. Ao mesmo tempo, inclinava a cabeça para o lado, de uma maneira engraçada, e dir-se-ia que os olhos cor de avelã estavam ironicamente semicerrados. Robinson, com o olhar velado de emoção, agarrou com as duas mãos a grande cabeça felpuda. Coloria-lhe as faces um calor esquecido e tremiam-lhe as comissuras dos lábios com um imperceptível estremecimento. Era como nas margens do Ouse, quando o primeiro sopro de março fazia adivinhar as próximas vibrações da primavera. Tenn continuava com a careta e Robinson contemplava-o apaixonadamente no intuito de recuperar a mais doce das faculdades humanas. Tornou-se como que um jogo entre eles desse dia em diante. Robinson interrompia de repente o seu trabalho, a sua caça, o seu caminhar pela borda d'água ou no bosque – ou então acendia, a meio da noite, um archote resinoso – e o seu rosto, que já estava apenas semimorto, punha-se a fixar Tenn de certa maneira. E o cão sorria-lhe, com a cabeça inclinada, e o seu sorriso de cão refletia-se, mais distintamente a cada dia, no rosto humano do próprio dono.

A ALVORADA JÁ se tornara rósea, mas ainda não se iniciara o grande concerto das aves e dos insetos. Nem uma brisa animava as palmas que engrinaldavam a porta escancarada da Residência. Robinson acordou muito mais tarde que o habitual. Logo se deu conta do fato, mas, como por certo ainda lhe dormia a consciência moral, não censurou-se por isso. Imaginou, como em panorâmica, todo o dia que o esperava à porta. Em primeiro lugar, a sua toalete, em seguida a leitura da Bíblia frente ao atril, depois a saudação às cores e a "abertura" da fortaleza. Abaixaria a ponte levadiça por sobre o fosso e libertaria as saídas obstruídas pelos blocos de rocha. A manhã seria consagrada ao gado. As cabras com as marcas B 13, L 24, G 2 e Z 17 deviam ser levadas ao bode. Robinson imaginava, não sem certo nojo, a pressa indecente que movia aquelas diabólicas fêmeas, sobre as pernas secas estorvadas pelas tetas, até o reduto dos machos. Quanto ao mais, deixaria que fornicassem à vontade durante toda a manhã. Teria ainda de visitar a coelheira artificial, cuja instalação estava a tentar. Era uma encosta arenosa, semeada de urzes e giestas, na qual tinha feito uma pequena cerca de pedras secas e onde cultivava nabos selvagens, luzerna virgem e um canteiro de aveia para reter no local uma colônia de cutias, espécie de lebres douradas com orelhas curtas, de que só conseguira matar raros exemplares desde que chegara a Speranza. Seria necessário ainda, antes do almoço, encher até o nível devido os seus três viveiros de água doce, que o tempo seco punha perigosamente à prova. Então almoçaria às pressas, mesmo de pé, e vestiria em seguida o grande uniforme de general, pois que o aguardava uma tarde sobrecarregada de obrigações oficiais: atualização do recenseamento das tartarugas marítimas, presidência da comissão legislativa da Carta e do Código Penal e, finalmente, inauguração de uma ponte de cipós, audaciosamente lançada por sobre um barranco de 100 pés de profundidade, em plena floresta tropical.

Robinson perguntava a si próprio, com certo acabrunhamento, se encontraria tempo para, além do mais, acabar o caramanchão de samambaias arborescentes cuja construção iniciara na orla da floresta, junto à borda da baía, e que viria a ser ao mesmo tempo um excelente gabião para vigiar o mar e um refúgio de sombra verde nas horas mais quentes do dia, quando subitamente compreendeu a causa do seu tardio despertar: esquecera-se, na véspera, de guarnecer a clepsidra, e ela parara. Para dizer a verdade, o silêncio insólito que reinava no aposento fora-lhe revelado pelo ruído da última gota a cair na bacia de cobre. Voltando a cabeça, verificou que a próxima gota aparecia timidamente sob o garrafão vazio, esticava-se, tornava-se piriforme, hesitava como que desencorajada, retomava a forma esférica, chegava a remontar à sua origem, renunciando decididamente a cair, e até preparando uma inversão do curso do tempo.

Robinson estendeu-se voluptuosamente sobre a cama. Era a primeira vez desde meses que o ritmo obsessivo das gotas rebentando-se uma a uma dentro da gamela deixava de comandar o menor dos seus gestos com um rigor de metrônomo. O tempo suspendera-se. Robinson estava de férias. Sentou-se na beira da cama. Tenn veio amorosamente pousar-lhe o focinho nos joelhos. Concluía-se, pois, que a plenipotência de Robinson sobre a ilha, filha da sua absoluta solidão, alcançava até mesmo o domínio do tempo! Calculava, enlevado, que no futuro só dependia de si próprio arrolhar a clepsidra, suspendendo, assim, o voo das horas.

Levantou-se e foi colocar-se sob a moldura da porta. O feliz deslumbramento que o envolveu fê-lo vacilar e obrigou-o a encostar o ombro ao umbral. Refletindo, mais tarde, sobre essa espécie de êxtase que se apoderara dele e procurando dar-lhe um nome, chamou-lhe um *momento de inocência*. Acreditara, a princípio, que a paragem da clepsidra não fizera mais do que alargar as malhas do seu emprego de tempo e suspender a urgência dos seus afazeres. Apercebia-se agora de que a pausa feita tinha para toda a ilha um alcance maior do que para si. Dir-se-ia que todas as coisas, ao cessarem repentinamente de se inclinar umas para as outras no sentido do seu uso e da sua usura, tinham, cada uma por si, tombado da sua essência, exibiam todos os seus atributos, existiam por si mesmas, inocentemente, sem procurar justificação que não fosse a da própria perfeição. Caía do céu uma grande doçura, como se Deus, num súbito impulso de ternura, tivesse resolvido abençoar todas as suas criaturas. Havia, suspenso no ar, algo de venturoso, e, durante um breve instante de indizível alegria, Robinson julgou descobrir *outra ilha* atrás daquela onde há tanto tempo solitariamente penava, outra ilha mais fresca, mais quente, mais fraternal, que a mediocridade das suas preocupações normalmente lhe mascarava.

Descoberta maravilhosa: era, pois, possível escapar à implacável disciplina da rotina e das cerimônias, sem, no entanto, recair no chiqueiro! Era possível *mudar* sem se desvirtuar. Podia romper o equilíbrio tão laboriosamente adquirido, e elevar-se em vez de degenerar outra vez. Acabava indiscutivelmente de transpor um degrau na metamorfose que lhe trabalhava a parte mais secreta. No entanto, tratava-se de um passageiro clarão. A larva pressentira, num breve êxtase, que um dia havia de voar. Inebriante visão – mas efêmera!

Daí para frente, recorreu muitas vezes à pausa da clepsidra para se entregar a experiências que talvez um dia retirassem da crisálida, onde ainda dormia, o novo Robinson. Sua hora, porém, ainda não chegara. A *outra ilha* não saiu mais da névoa rósea da aurora, como nessa manhã memorável. Robinson apanhou pacientemente seus velhos trajes e continuou o jogo no ponto em que o deixara, esquecendo, no encadeamento das tarefas menores e do cerimonial, que lhe fora possível aspirar a algo diferente.

Diário – Não sou de forma alguma versado em filosofia, mas as longas meditações a que estou forçosamente reduzido, e sobretudo a espécie de deterioração que atinge alguns dos meus mecanismos mentais, dada a privação de toda e qualquer sociedade, levam-me a algumas conclusões relativas ao antigo problema do conhecimento. Parece-me, numa palavra, que a presença de outrem – e a sua introdução despercebida em todas as teorias – é uma causa grave de confusão e obscurecimento na relação do que conhece e do conhecido. Não que o outro não deva representar papel eminente nessa relação, mas seria necessário que tal se fizesse no devido tempo e só em plena luz, não de maneira intempestiva e como que às escondidas.

Num aposento obscurecido, uma vela levada de um lado para outro ilumina certos objetos, deixando outros no escuro. Emergem das trevas, iluminados por um momento, e logo de novo se fundem com a noite. Ora, o fato de serem ou não iluminados não altera nada, nem a sua existência nem a sua natureza. Continuam, durante e após a passagem de um raio luminoso, tais como eram antes de serem tirados da escuridão.

Tal é a imagem aproximada que sempre fazemos do ato de conhecimento – representando a vela o sujeito que conhece, e todo o conhecido sendo representado pelos objetos iluminados. Eis agora o que a minha solidão me ensinou: esse esquema só se refere ao conhecimento das coisas *através de outrem*, isto é: uma fração estreita e particular do problema do conhecimento. Um estranho introduzido em minha casa, descobrindo certos objetos, observando-os e depois se desligando deles e passando a interessar-se por outras coisas – eis a correspondência exata do mito da vela que alguém carrega dentro de um quarto escuro. O problema geral do conhecimento deve pôr-se num estágio anterior e mais fundamental, visto que para podermos falar de um estranho em minha casa, bisbilhotando aquilo que lá se encontra, é necessário que eu esteja presente, envolvendo com o olhar o meu quarto e observando a movimentação do intruso.

Há assim dois problemas do conhecimento, ou antes: dois conhecimentos que devem isolar-se a golpe de espada, e que eu teria continuado a confundir, não fosse o destino extraordinário que me dá uma visão absolutamente nova das coisas: o conhecimento *através de outrem* e o conhecimento *através de mim*. Misturando os dois com o pretexto de que a outra pessoa é *outro* eu, não se chega a nenhuma conclusão. Ora, é isso que se faz quando se imagina o sujeito conhecedor como um indivíduo qualquer que entra num aposento e vê, toca, cheira, em suma, conhece os objetos que ali se encontram. Porque este indivíduo é o outro, mas sou eu – observador de toda a cena – que conheço os objetos. Para colocar corretamente o problema, urge, pois, descrever a situação, não de outrem a penetrar no aposento, mas de mim próprio a falar e a ver. É o que vou tentar.

Quando nos esforçamos por descrever o eu sem o assimilar a outrem, impõe-se uma primeira observação: a de que ele só existe de maneira intermitente e, no fim das contas, bastante rara. A sua presença corresponde a um modo de conhecimento secundário e como que reflexivo. O que se passa, realmente, de maneira primária e imediata? Pois bem! Os objetos estão todos lá, brilhando ao sol ou recolhidos à sombra, rugosos ou macios, pesados ou leves; são conhecidos, saboreados, pesados, e até cozidos, aplainados, dobrados etc. sem que esse eu que conhece, saboreia, pesa, coze etc. por qualquer forma exista, salvo se for cumprido o ato de reflexão que me faz surgir, e ele raramente se cumpre. No estado primário do conhecimento, a consciência que tenho de um objeto é o próprio objeto, que é conhecido, cheirado etc., sem alguém que conheça, cheire etc. Não devemos falar aqui de uma vela que projeta um raio luminoso sobre as coisas. Tal imagem deve ser substituída por outra: a de objetos fosforescentes por si próprios, sem algo exterior a iluminá-los.

Há neste estágio ingênuo, primário e como que impulsivo, que é o nosso modo normal de existência, uma feliz solidão do conhecido, uma virgindade das coisas que possuem em si próprias – como outros tantos atributos da sua essência íntima – cor, odor, sabor e forma. Então, Robinson *é* Speranza. Só tem consciência de si através das frondes das murtas, em que o sol dardeja um punhado de flechas, só se conhece na espuma da onda deslizando sobre a areia dourada.

E de repente dispara um gatilho. O sujeito arranca-se do objeto, despojando-o de uma parte da sua cor e do seu peso. Algo estalou no mundo e um pedaço das coisas abate-se, tornando-se *eu*. Cada objeto é desqualificado em benefício de um sujeito correspondente. A luz torna-se olho, e já não existe como tal: é só excitação da retina. O odor torna-se narina, e o mundo em si revela-se inodoro. A música do vento na vegetação dos manguezais é refutada: não passa de perturbação do tímpano. O mundo inteiro acaba por se fundir na minha alma, que é a própria alma de Speranza, arrancada da ilha, a qual morrerá sob o meu olhar cético.

Deu-se uma convulsão. Um objeto degradou-se bruscamente em sujeito. Sem dúvida o merecia, já que todo mecanismo tem um sentido. Nó de contradições, foco de discórdia, foi eliminado do corpo da ilha, ejetado, repelido. O gatilho corresponde a um processo de racionalização do mundo. O mundo busca a sua própria racionalidade e, ao fazê-lo, evacua esse resíduo, o sujeito.

Um dia singrava em direção a Speranza um galeão espanhol. O que há de mais verossímil? Mas faz mais de um século que os últimos galeões desapareceram da face dos oceanos. Mas havia uma festa a bordo. Mas o navio, em vez de ancorar e de arriar uma chalupa, costeou a margem, como se a 2.000 quilômetros dali. Mas uma mocinha vestida à antiga contemplava-me da popa, e essa mocinha era a minha irmã, falecida há dois lustros... Tantas insanidades não eram viáveis. O gatilho disparou e as pretensões à existência do galeão foram repelidas. Tornou-se uma alucinação de Robinson. Fundiu-se neste sujeito: um Robinson esgazeado, presa de uma febre cerebral.

Um dia, eu caminhava pela floresta. Cem passos adiante, erguia-se um tronco no meio de uma vereda. Um tronco estranho, dir-se-ia peludo, com um vago formato de animal. E então o tronco mexeu. Mas era absurdo, um tronco não mexe! E então o tronco transformou-se em bode. Mas como pode um tronco transformar-se em bode? Era preciso que o gatilho disparasse. E disparou. O tronco desapareceu definitiva e até *retroativamente*. Sempre fora um bode. Mas e o tronco? Tornara-se uma ilusão de ótica, a vista defeituosa de Robinson.

O sujeito é um objeto desqualificado. O meu olho é o cadáver da luz, da cor. O meu nariz é tudo o que resta dos odores quando a sua irrealidade fica demonstrada. A minha mão refuta a coisa carregada. Logo, o problema do conhecimento nasce de um *anacronismo*. Implica a simultaneidade do sujeito e do objeto cujas misteriosas relações desejaria esclarecer. Ora, o sujeito e o objeto não podem coexistir porque são a mesma coisa, a princípio integrada no mundo real, depois lançada ao refugo. Robinson é o excremento pessoal de Speranza.

Esta fórmula espinhosa enche-me de uma satisfação sombria. Pois mostra-me a senda estreita e escarpada da salvação, de uma certa salvação pelo menos, a de uma ilha fecunda e harmoniosa, perfeitamente cultivada e administrada, forte pelo equilíbrio de todos os seus atributos, seguindo sempre reto, sem mim, visto que tão próxima de mim que, mesmo como puro olhar, já seria demasiado de mim, e tornar-se-ia necessário reduzir-me a esta fosforescência íntima que faz cada coisa ser conhecida sem alguém que conheça, consciente sem alguém que tenha consciência... Ó sutil e puro equilíbrio, tão frágil, tão precioso!

ENTRETANTO, JÁ SE impacientava por deixar tais devaneios e especulações, e pisar no solo firme de Speranza. Julgou um dia ter encontrado um caminho concreto para a intimidade mais secreta da ilha.

5

Situada no centro da ilha, no pé do enorme cedro, aberta como um gigantesco respiradouro na base do caos rochoso, a gruta sempre se revestira de fundamental importância aos olhos de Robinson. Por muito tempo, no entanto, mais não fora do que um cofre forte onde ele avaramente acumulava o que tinha de mais precioso no mundo: as colheitas de cereais, as conservas de frutas e carne, mais profundamente as arcas das suas roupas, as ferramentas, as armas, o ouro e, finalmente, na parte mais funda, os tonéis de pólvora negra, que seriam suficientes para fazer a ilha ir pelos ares. Embora já há muito tempo tivesse deixado de utilizar as armas de fogo para caçar, Robinson continuava muito apegado àquele raio em potência, em que encontrava o reconforto de um poder superior e cujo desencadear apenas dependia da sua vontade. Sobre aquele trono detonante, assentava ele a sua soberania jupiteriana sobre a ilha e respectivos habitantes.

Entretanto, havia já algumas semanas, a gruta ganhava uma significação nova para ele. Na sua segunda vida - aquela que iniciava quando, abandonando os atributos de governador-general-administrador, parava a clepsidra - Speranza deixava de ser um domínio a gerir e tornava-se, sim, uma *pessoa*, de natureza indiscutivelmente feminina, para a qual o inclinavam tanto suas especulações filosóficas como as novas necessidades do seu coração e da sua carne. Sendo assim, Robinson se perguntava, confusamente, se a gruta era a boca, o olho ou qualquer outro orifício natural daquele grande corpo, e se a sua exploração, levada até o fim, não o conduziria a alguma dobra secreta que respondesse a algumas das suas dúvidas.

Para além do paiol, o túnel continuava por uma ladeira estreita e abrupta onde Robinson nunca se arriscara a ir antes da fase que mais tarde chamaria de seu *período telúrico*. É certo que o empreendimento apresentava uma dificuldade maior, a da iluminação.

Avançar em tais profundidades com um archote de madeira resinosa na mão, pois de nada mais dispunha, era correr um temível risco em virtude da proximidade dos tonéis de pólvora, cujo conteúdo nem sequer podia afirmar não se ter espalhado um pouco pelo chão. Significaria ainda saturar de fumos irrespiráveis o ar rarefeito e imóvel da gruta. Como tinha igualmente abandonado o projeto de perfurar no fundo da gruta uma chaminé de ventilação e iluminação, só lhe restava o recurso de *assumir a escuridão*, isto é: dobrar-se docilmente às exigências do meio que pretendia conquistar, ideia que certamente não lhe teria ocorrido ao espírito algumas semanas antes. Tendo-se conscientizado da metamorfose que atravessava, estava agora pronto a impor-se as mais rudes mudanças para corresponder ao que talvez fosse uma vocação nova.

Tentou, a princípio muito superficialmente, *habituar-se* à obscuridade, de modo a poder progredir, às apalpadelas, dentro das profundezas da gruta. Compreendeu, porém, que o propósito era vão e que se impunha uma preparação mais radical. Era necessário ultrapassar a dicotomia luz-obscuridade, em que o homem normalmente está mergulhado, e ter acesso ao mundo dos cegos, que é completo, perfeito, sem dúvida menos cômodo de se habitar que o dos que veem, mas não amputado de toda a sua parte luminosa e tão mergulhado nas trevas sinistras como imagina quem enxerga. Os olhos que criam a luz também inventam a obscuridade, mas quem não os tem ignora uma e outra e não sofre pela ausência da primeira. Para se aproximar desse estado, bastava ficar muito tempo imóvel, no escuro, o que Robinson fez, rodeado de bolos de milho e jarras com leite de cabra.

À sua volta reinava a calma mais absoluta. Nenhum ruído chegava ao fundo da gruta. Ele sabia, no entanto, que a experiência prometia ter êxito, pois não se sentia de modo algum separado de Speranza. Pelo contrário, vivia intensamente com ela. Agachado junto da rocha, os olhos bem abertos em meio às trevas, Robinson via o alvo rebentar das ondas à borda d'água, o gesto abençoador de uma palmeira acariciada pelo vento, o relâmpago vermelho de um colibri no céu verde. Sentia em todo o contorno da ilha o frescor úmido de beira-mar, agora que a maré baixa a deixara a descoberto. Um bernardo-eremita aproveitava para tomar ar na beira da sua concha. Uma gaivota de cabeça negra diminuía subitamente a velocidade para picar sobre um quetodonte* escondido nas algas vermelhas que, todas a um tempo, eram vestidas pela ressaca com o seu avesso castanho. A solidão de Robinson era vencida de maneira estranha, não *lateralmente*, por proximidade ou encosto, como quando nos encontramos numa multidão ou com um amigo, mas de forma *central*, dir-se-ia nuclear. Devia encontrar-se nas proximidades do *foco* de Speranza, de onde se ramificavam todas as linhas nervosas daquele grande corpo e para o qual confluíam todas as informações vindas da superfície. Também em certas catedrais existe um ponto do qual se ouve, por um sistema de ondas sonoras e respectivas interferências, os mínimos ruídos, quer provenham da abside, do coro, da tribuna, ou da nave.

O sol declinava lentamente no horizonte. Ao rés do amontoado rochoso que coroava a ilha, a gruta abria a negra goela, a arredondar-se como um grande olho atônito, voltado para a amplidão. Dentro de pouco tempo, a trajetória do sol colocá-lo-ia no eixo exato do túnel. O fundo da gruta ficaria iluminado? Por quanto tempo? Robinson não tardaria a sabê-lo e, sem conseguir ver qualquer razão para tal, atribuía grande importância a esse encontro.

O acontecimento foi tão rápido que ele se perguntou se não fora vítima de uma ilusão de ótica. Talvez um simples fosfeno lhe tivesse fulgurado atrás das pálpebras, ou teria sido realmente um relâmpago que atravessara a escuridão sem, no entanto, a ferir? Esperara o erguer de uma cortina, uma aurora triunfante. Não passara, porém, de uma alfinetada de luz na massa tenebrosa em que se banhava. O túnel devia ser mais longo e menos retilíneo do que supusera. Que importava? Os dois olhares tinham-se chocado, o olhar luminoso e o olhar tenebroso. Uma flecha solar perfurara a alma telúrica

---

**Quetodonte*: gênero de peixes teleósteos dos mares tropicais, compreendendo formas ornadas de cores brilhantes. (*N. do E.*)

de Speranza. O mesmo clarão produziu-se no dia seguinte, e então outras 12 horas se passaram. A obscuridade continuava a *persistir*, embora já não criasse em torno dele essa ligeira vertigem que desequilibra o caminhante quando privado de pontos visuais de referência. Encontrava-se no ventre de Speranza como peixe na água, mas isso não significava que tivesse atingido esse "para além da luz e da obscuridade" no qual pressentia o limiar primeiro do além absoluto. Seria necessário submeter-se a um jejum purificador? Só lhe restava, aliás, um pouco de leite. Ficou ainda recolhido mais 24 horas. Depois ergueu-se e, sem hesitação ou medo, porém tomado pela gravidade solene do seu ato, dirigiu-se para o fundo da galeria. Não lhe foi preciso vaguear muito para encontrar o que procurava: o orifício de uma chaminé vertical e muito estreita. Logo fez algumas tentativas, porém sem êxito, de se introduzir. As paredes eram lisas como a pele, mas o orifício, tão apertado que ficava prisioneiro a meio corpo. Despiu-se todo e esfregou o corpo com o leite que lhe sobrara. Então enfiou a cabeça no estreito gargalo e, desta vez, foi-se insinuando lenta e regularmente, como o bolo alimentar no esôfago. Após uma queda suavíssima, que durou alguns instantes ou alguns séculos, tocou o solo, de braços estendidos, numa espécie de cripta exígua onde não podia pôr-se de pé, a menos que deixasse a cabeça à entrada do gargalo. Entregou-se a uma palpação minuciosa do túmulo onde se encontrava. O chão era duro, liso, curiosamente tépido, mas as paredes revelavam surpreendente irregularidade. Havia bicos lapidificados, verrugas calcárias, cogumelos marmóreos, esponjas petrificadas. Mais longe, a superfície da pedra apresentava-se coberta de papilas frisadas que se iam tornando cada vez mais densas e espessas à medida que ia ficando mais próxima uma grande flor mineral, espécie de concreção de gipsita, bastante semelhante, embora mais complexa, às rosas de areia observadas em certos desertos. Emanava dela um perfume úmido e ferruginoso, de reconfortante acidez, com um traço de amargor açucarado, evocando a seiva da figueira. No entanto, o que mais impressionou Robinson foi um alvéolo com cerca de 5 pés de profundidade que descobriu no canto mais recuado da cripta. O interior era perfeitamente polido, mas curiosamente irregular, como o fundo de um molde destinado a dar forma a objeto por demais complexo. Esse objeto, suspeitava Robinson, era o seu próprio corpo, e, após sucessivas experiências, acabou efetivamente por encontrar a posição – todo dobrado, com os joelhos encolhidos até o queixo, as pernas cruzadas e as mãos apoiadas nos pés – que lhe assegurava um encaixe tão exato no alvéolo que, mal a adotou, logo esqueceu os limites do seu corpo.

Estava suspenso numa eternidade venturosa. Speranza era um fruto amadurecendo ao sol, cuja semente nua e branca, recoberta por mil camadas de crosta, casca e pele, tinha por nome Robinson. Qual não era a sua paz, assim alojado no mais secreto da intimidade rochosa desta ilha desconhecida! Teria alguma vez havido um naufrágio ao largo dela, e um sobrevivente desse naufrágio, e um administrador que lhe cobrira a terra de searas e lhe multiplicara nos prados os rebanhos? Ou todas essas peripécias não passavam de sonho sem consistência de uma larvazinha flácida, recôndita por toda a eternidade naquela enorme urna de pedra? Que era ele senão a própria alma de Speranza? Lembrou-se daquelas bonecas russas encaixadas umas nas outras: todas eram ocas e se desparafusavam com um rangido, exceto a última, a menor, a única maciça e pesada, que era o núcleo e a justificação de todas as outras.

Deve ter adormecido. Não saberia dizê-lo. Aliás, a diferença entre a vigília e o sono, no estado de *inexistência* em que se encontrava, era indistinta. A cada vez que pedia à sua memória um esforço para tentar calcular o tempo decorrido desde a sua descida à gruta, era sempre a imagem da clepsidra *parada* que se apresentava com monótona insistência ao seu espírito. Notou que o relâmpago luminoso que marcava a passagem do sol pelo eixo da gruta se verificara uma vez mais, e foi um pouco mais tarde que se produziu uma alteração surpreendente, embora já há muito esperasse algo no gênero: de repente *a escuridão mudou de sinal.* O negro em que se banhava transformou-se em branco. Desde esse momento, seria em trevas brancas que flutuaria; como um coágulo de nata em uma tigela de leite. Pois não tivera de esfregar com leite o seu grande corpo branco para ter acesso a tal profundidade?

A esse grau de profundidade, a natureza feminina de Speranza era tomada de todos os atributos da maternidade. Como o enfraquecimento dos limites do espaço e do tempo permitia a Robinson mergulhar como nunca no mundo adormecido da sua infância, ei-lo assombrado por sua mãe. Julgava-se nos braços dela, mulher forte, alma excepcional, mas pouco comunicativa e estranha às efusões sentimentais. Não se lembrava de ela ter beijado uma vez que fosse os seus cinco irmãos e irmãs e ele próprio. Todavia, essa mulher era exatamente o contrário de um monstro de secura. Para tudo o que não fosse relativo aos filhos, até era uma mulher normal. Vira-a chorar de alegria quando encontrou uma joia da família que, durante cinco anos, não conseguira localizar. Viu-a perder a cabeça no dia em que o pai sofrera um colapso cardíaco. Tratando-se, porém, dos filhos, tornava-se uma mulher *inspirada*, no sentido mais elevado da palavra. Muito devotada, tal como o pai, à seita dos quacres, rejeitava a autoridade dos textos sagrados tanto quanto a da Igreja papista. Para o grande escândalo dos vizinhos, considerava a Bíblia como um livro ditado por Deus, é certo, mas escrito pela mão do homem e muito desfigurado pelas vicissitudes da história e pelas injúrias do tempo. Quanto mais pura e viva do que essas charadas vindas do fundo dos séculos não era a fonte de sabedoria que sentia jorrar dentro de si! Aí, Deus falava diretamente à sua criatura. Aí, o Espírito Santo dispensava-lhe a sua luz sobrenatural. Ora, a vocação de mãe confundia-se nela com essa fé tranquila. A atitude em relação aos filhos tinha algo de *infalível* que os reconfortava mais do que todas as demonstrações de afeto. A mãe não os beijara uma única vez, mas os filhos liam-lhe no olhar que ela tudo sabia a respeito deles, que ela lhes experimentava as alegrias e as dores mais até do que eles próprios e dispunha, para humildemente os servir, de um inesgotável tesouro de doçura, lucidez e coragem. Quando iam à casa das vizinhas, os filhos ficavam assustados com as alternâncias de cólera e de efusões, bofetadas e beijos que essas mulheres barulhentas e exaustas dispensavam à progenitura. Sempre inalterável, a mãe tinha infalivelmente a palavra ou o gesto que melhor podia acalmar ou regozijar os filhos.

Num dia em que o pai se encontrava ausente, um incêndio deflagrou-se na loja do térreo. Ela estava com os filhos no primeiro andar. Numa casa de madeira de vários séculos, o fogo propagou-se com assustadora rapidez. Robinson tinha apenas algumas semanas, a irmã mais velha, talvez 9 anos. Estava o pequeno mercador de panos, que regressara às pressas, ajoelhado na rua, frente ao braseiro e suplicando a Deus que toda a família tivesse saído a passeio, quando viu a esposa emergir tranquilamente de uma torrente de chamas e de fumo. Como uma árvore dobrada pelo excesso de frutos, trazia os seus filhos sãos e salvos aos ombros, nos braços, às costas, pendurados no avental. Era, pois, sob esse aspecto que Robinson revivia a recordação da mãe, pilar de verdade e bondade, terra acolhedora e firme, refúgio dos seus terrores e penas. Encontrara no fundo do alvéolo algo dessa ternura impecável e seca, algo dessa solicitude infalível e sem efusões inúteis. Via as mãos da mãe, essas mãos grandes que nunca acariciavam nem batiam, tão fortes e seguras, de proporções tão harmoniosas que se assemelhavam a dois anjos, um fraternal par de anjos trabalhando juntos segundo o espírito. Amassavam uma pasta untuosa e branca, pois era a véspera do Dia de Reis. As crianças, no dia seguinte, dividiriam um bolo de espelta onde, numa rugosidade da crosta, se dissimulava uma fava. Robinson era essa massa mole, segura por mão de pedra toda-poderosa. Era a fava, presa na carne maciça e inabalável de Speranza.

O relâmpago voltou a repercutir, lá nessa profundidade em que, cada vez mais macilento pelo jejum, Robinson flutuava. Ora, nessa noite láctea o seu efeito pareceu a Robinson *invertido*: numa fração de segundo, a brancura do ambiente enegreceu e logo recuperou a pureza de neve. Dir-se-ia que uma vaga de tinta rebentara na goela da gruta para instantaneamente refluir sem deixar o menor vestígio.

Robinson pressentiu a necessidade de romper o encanto, se desejava rever a luz do dia. Naqueles lugares lívidos, a vida e a morte estavam tão próximas uma da outra que bastaria um instante de desatenção, um relaxamento da vontade de sobreviver, para que logo se produzisse um resvalamento fatal de um extremo a outro. Arrancou-se do alvéolo. Não estava realmente ancilosado ou enfraquecido, antes mais leve e como que espiritualizado. Içou-se sem dificuldade pela chaminé onde flutuou como um ludião. Ao atingir o fundo da gruta, encontrou a roupa às apalpadelas e, enrolando-a, enfiou-a debaixo do braço, sem perder tempo a vestir-se. A obscuridade láctea persistia em volta dele, o que não deixava de inquietá-lo. Teria ficado cego durante a longa permanência subterrânea? Avançava, cambaleante, para o orifício quando uma espada de fogo súbito o atingiu no rosto. Devorou-lhe os olhos uma dor fulgurante, e Robinson cobriu o rosto com as mãos.

O sol do meio-dia imprimia vibrações ao ar em torno das rochas. Era a hora em que até mesmo os lagartos procuram a sombra. Robinson avançou meio curvado, tiritando de frio e apertando uma contra a outra as coxas úmidas de leite coagulado. A sua solidão no meio daquela paisagem de arbustos e de sílex cortantes esmagava-o de horror e vergonha. Estava nu e branco. A pele arrepiava-se, como a de um ouriço amedrontado que tivesse perdido os espinhos.O próprio sexo, humilhado, estava encolhido. Filtraram-se por entre os dedos pequenos soluços, agudos como guinchos de ratos.

Avançou com dificuldade para a residência, guiado por Tenn, que dançava em volta dele, muito feliz por tê-lo encontrado, porém desconcertado com a sua metamorfose. Na penumbra reconfortante da casa, o seu primeiro cuidado foi o de pôr de novo a clepsidra para funcionar.

Diário – Ainda estou longe de poder apreciar esta descida e esta permanência no seio de Speranza no seu justo valor. É um bem, é um mal? Seria toda uma questão a ser investigada, para a qual ainda me faltam as peças capitais. É certo que a recordação do chiqueiro me causa inquietações: a gruta tem com ele um indiscutível parentesco. Mas o mal não tem sempre sido a falsificação do bem? Lúcifer imita Deus à sua maneira, que é arremedo. A gruta será uma nova e mais sedutora metamorfose do chiqueiro ou a sua negação? É verdade que suscita à minha volta, tal como o lamaçal, os fantasmas do meu passado, e o devaneio retrospectivo em que me afunda não é nada compatível com a luta cotidiana que empreendo para manter Speranza no mais alto grau possível de civilização. Enquanto, porém, no chiqueiro era assombrado principalmente pela minha irmã Lucy, ser efêmero e terno – numa palavra: mórbido –, é à severa e alta imagem de minha mãe que a gruta me consagra. Que proteção prestigiosa! Eu seria facilmente levado a acreditar que essa grande alma, desejando vir socorrer o mais ameaçado dos seus filhos, não teve outro recurso senão o de se encarnar na própria Speranza para melhor me conduzir e alimentar. A prova, sem dúvida, é rude, e mais rude ainda que o amortalhamento nas trevas é o regresso à luz. No entanto, sou tentado a reconhecer nessa benéfica disciplina o método de minha mãe, que não concebia progresso não precedido – e como que pago – por um esforço doloroso. E como me sinto reconfortado por esse recolhimento! A minha vida repousa agora num pedestal de admirável solidez, ancorado no próprio coração da rocha e diretamente ligado às energias que nela dormitam. Havia sempre em mim, antes, algo de flutuante, de mal equilibrado, algo que era fonte de náusea e angústia. Consolava-me sonhando com uma casa, *a* casa que eu havia de ter para acabar os meus dias, e imaginava-a erguida sobre blocos de granito, maciça, inabalável, sustentada por formidáveis alicerces. Já não tenho este sonho. Já não preciso.

Está escrito que não entramos no Reino dos Céus se não nos tornarmos semelhantes a uma criança. Nunca a palavra do Evangelho se aplicou tão literalmente. A gruta trouxe-me não apenas a base imperturbável sobre a qual posso, a partir de agora, assentar a minha pobre vida. É ainda o regresso à inocência perdida pela qual todo homem secretamente chora. Reúne miraculosamente a paz das suaves trevas matriciais e a paz sepulcral, o para aquém e o para além da vida.

Robinson fez ainda alguns retiros no alvéolo, mas foi afastado pela colheita e pela ceifa, que não podiam esperar. Essas tiveram um rendimento tão escasso que o alarmou. O seu abastecimento e a subsistência do gado não estavam, é claro, ameaçados, pois a ilha era explorada de maneira a assegurar a vida de toda uma população. Entretanto, fazia sentir-se um desequilíbrio nas relações de sutil sensibilidade que ele mantinha com Speranza. Parecia-lhe que as forças novas enfunando-lhe os músculos, essa alegria primaveril que o levava a entoar um hino de ação de graças ao acordar todas as manhãs, todo esse alegre frescor que ia colher ao fundo da gruta eram previamente retirados dos recursos vitais de Speranza e diminuíam perigosamente a sua energia íntima. As chuvas generosas que normalmente abençoavam a terra após o grande esforço das colheitas ficaram em suspenso num céu plúmbeo, estriado de relâmpagos, sempre ameaçador, mas avaro e árido. Alguns acres de beldroegas, que forneciam uma salada suculenta e gordurosa, secaram no pé antes de atingir a maturidade. Várias cabras pariram cabritos mortos. Um dia, Robinson viu elevar-se, a meio dos pântanos da costa oriental, uma nuvem de poeira à passagem de um bando de pecaris. Logo concluiu que o chiqueiro devia ter desaparecido, e experimentou profunda satisfação. Todavia, as duas nascentes das quais tinha por costume tirar água doce secaram, e tornou-se necessário avançar muito mais para dentro da floresta para encontrar uma fonte de água ainda viva.

A última nascente destilava gota a gota de um mamilo de terra, numa clareira a meio das árvores, como se a ilha tivesse afastado, naquele lugar, a sua veste florestal. Robinson tinha arroubos de violenta alegria quando, levado pela saciedade antecipada, se apressava na direção do fio de água. Ao colar ao buraco os lábios ávidos para sugar com vontade o líquido vital, soltava vagidos de gratidão e, atrás das pálpebras cerradas, via flamejar a promessa de Moisés: *Filhos de Israel, eu vos farei entrar numa terra jorrando leite e mel.*

Já não podia, no entanto, dissimular a si próprio que, se o leite e o mel jorravam dentro dele, Speranza, pelo contrário, esgotava-se nessa vocação maternal monstruosa que ele lhe impunha.

Diário – A causa foi ouvida. Ontem enterrei-me novamente no alvéolo. Foi a última vez, pois reconheço o meu erro. Esta noite, no meio-sono em que vegetava, a minha semente escapou-se, e só tive tempo de cobrir com a mão, para protegê-la, a estreita fenda, com a largura de dois dedos, que se cava bem no fundo do alvéolo e deve ser o mais íntimo, o seio do seio de Speranza. Veio-me novamente ao espírito a palavra do evangelista, mas desta vez com um sentido ameaçador: *Ninguém, caso não se assemelhe a uma criança...* Por que aberração pude eu tirar partido da inocência de uma criança? Sou um homem na flor dos anos e tenho de assumir virilmente o meu destino. As forças que eu ia buscar ao seio de Speranza eram o perigoso pagamento de uma regressão às minhas próprias origens. Aí encontrei, é certo, a paz e a alegria, mas esmagava com o meu peso de homem a terra que me nutre. Prenhe de mim, Speranza já não podia produzir, tal como se estanca na futura mãe o fluxo menstrual. Mais gravemente ainda, ia sujá-la com a minha semente. Fermento vivo, que horrível maturescência não provocaria nesse forno gigantesco, a gruta! Vejo Speranza, toda ela, inchar como um brioche, dilatar as suas formas à superfície do mar, rebentar, finalmente, para vomitar um monstro incestuoso!

Pondo em risco a minha alma, a minha vida e a integridade de Speranza, explorei a via da terra-mãe. Talvez mais tarde, quando a senilidade tiver esterilizado o meu corpo e secado a minha virilidade, volte a descer ao alvéolo. Mas para não mais subir. Dessa forma, darei aos meus despojos a mais terna, a mais maternal das sepulturas.

A CLEPSIDRA RETOMOU o seu tique-taque e a atividade devorante de Robinson voltou a encher o céu e a terra de Speranza. Amadurecia um vasto projeto, diante do qual até então recuara: transformar em arrozais os pântanos da costa oriental da ilha. Nunca ousara tocar no saco de arroz herdado do *Virginie*. Consumi-lo sem esperança de frutificação, dissipar em gozo efêmero esse capital no qual, porventura, dormiam séculos de colheitas, era um crime, o crime por excelência, que não podia cometer, que não poderia nem mesmo *fisicamente* levar a cabo, porquanto nem uma só colherada do cereal assassinado seria engolida ou digerida pela sua garganta ou pelo seu estômago escandalizados.

Entretanto, a cultura desse grão implica a possibilidade de irrigar ou secar à vontade os arrozais e, portanto, a construção de um sistema de tanques coletores, diques, barragens e válvulas. Obras gigantescas para um homem só, por demais sobrecarregado com as outras culturas, a criação de gado e as obrigações oficiais. Durante meses, a clepsidra não parou, mas o diário regularmente anotado testemunhava o curso de uma meditação sobre a vida, a morte e o sexo, que não era senão o reflexo superficial de uma metamorfose das profundezas do seu ser.

Diário – Sei agora que, se a presença de outrem é um elemento fundamental do indivíduo humano, nem por tal motivo ela é insubstituível. Decerto necessário, mas não indispensável, como dizem de si próprios, com humildade, os Amigos de George Fox, membros da quacre, o outro pode ser suprido por aquele a quem as circunstâncias o recusam. Substituir algo *dado* por algo *construído*, problema geral, problema humano por excelência, se é verdade que tudo o que distingue o homem dos animais é ele poder esperar só de seu próprio esforço tudo o que a natureza dá gratuitamente aos bichos – a veste, as armas, a ração. Isolado na minha ilha, eu podia afundar-me ao nível da animalidade se não construísse – e esse foi, afinal, o meu começo - ou, pelo contrário, tornar-me uma espécie de super-homem construindo tanto mais quanto a sociedade não o faz por mim. Construí, pois, e continuo a construir, mas na verdade a obra prossegue em dois planos diferentes e *em dois sentidos opostos*. Porque se, à superfície da ilha, prossigo na minha obra de civilização - culturas, criação de animais, edifícios, administração, leis etc. - copiada da sociedade humana, e portanto, a bem dizer, *retrospectiva*, sinto-me o palco de uma evolução mais radical que substitui as ruínas criadas pela solidão dentro de mim por soluções originais, todas elas mais ou menos provisórias e tateantes, porém menos semelhantes ao modelo humano de onde partiram. Para acabar com a oposição destes dois planos, não se me afigura possível que a sua crescente divergência se agrave indefinidamente. Há de vir fatalmente um tempo em que um Robinson cada vez mais *desumanizado* já não poderá ser o governador e o arquiteto de uma cidade cada vez mais *humanizada*. Já surpreendo, na minha atividade exterior, alguns momentos de automatismo. Acontece-me de trabalhar sem realmente acreditar no que estou fazendo, e a qualidade e a quantidade do meu trabalho nem sequer se ressentem. Há, pelo contrário, em certos esforços uma embriaguez de repetição que só se beneficia de uma deserção do espírito: trabalha-se por trabalhar, sem pensar no objetivo a atingir. No entanto, não se pode indefinidamente cavar por dentro um edifício sem que ele se desmorone. É provável que, um dia qualquer, a ilha administrada e cultivada cesse por completo de me interessar. E nessa altura terá perdido o único habitante...

Por que esperar então? Por que não decidir que esse dia chegou? Por quê? Porque, no estado atual da minha alma, isso significaria fatalmente recair no chiqueiro. Há em mim um cosmos em gestação. No entanto, um cosmos em gestação chama-se caos. Contra esse caos, a ilha *administrada* – cada vez mais administrada, pois, em tal matéria, só se fica de pé quando se avança – é o meu único refúgio, a única salvaguarda. Foi ela quem me salvou. É ela quem me salva a cada dia que passa. O cosmos, todavia, pode procurar-se. Esta ou aquela parte do caos ordena-se provisoriamente. Por exemplo: eu pensava encontrar na gruta uma fórmula viável. Era um erro, mas a experiência foi útil. Haverá outras fórmulas viáveis. Não sei até onde me levará esta criação continuada de mim mesmo. Se o soubesse, é porque estaria consumada, cumprida e definitiva.

Tal é o desejo. É uma torrente que a natureza e a sociedade aprisionaram num canal, num moinho, numa máquina, para escravizá-lo a um fim, que, por si, lhe é indiferente: a perpetuação da espécie.

Perdi o meu canal, o meu moinho, a minha máquina. Simultaneamente com toda a construção social, transformada em ruínas dentro de mim de ano para ano, desapareceu a estrutura de instituições e de mitos que permite ao desejo *tomar corpo*, no duplo sentido da palavra, isto é: dar a si próprio uma forma definida e fundir-se a um corpo feminino. Ora, dizer que o meu desejo já não é canalizado para os fins da espécie é pouco. Pois ele nem mesmo sabe a quem se prender! Durante muito tempo, a memória ainda me estava suficientemente nutrida para fornecer à imaginação criaturas desejáveis, embora inexistentes. Agora, acabou. As minhas recordações estão exangues, não passam de cascas vazias e ressequidas. Pronuncio: mulher, seios, coxas, coxas separadas pelo meu desejo. Nada. A magia de tais palavras já não tem efeito. Apenas sons, *flatus vocis*. Quer isso dizer que o meu desejo morreu de inanição? Muito longe disso! Sinto ainda murmurar dentro de mim essa fonte da vida, mas tornou-se totalmente disponível. Em vez de se conformar docilmente ao leito de antemão preparado pela sociedade, transborda por todos os lados e irradia em ramificações, procurando (dir-se-ia às apalpadelas) um caminho, o bom caminho, para onde convergirá e no qual deslizará unânime em direção a um objetivo.

Robinson observava, pois, com apaixonado interesse os costumes nupciais dos animais que o rodeavam. Desviara-se desde o princípio das cabras e dos abutres – e, em geral, dos mamíferos e das aves –, cujos amores lhe pareciam uma caricatura odiosa dos amores humanos. Os insetos, porém, mereciam-lhe toda a atenção. Sabia que alguns deles, atraídos pelo néctar das flores, cobriam o corpo com o pólen do órgão masculino das flores, transportando-o involuntariamente para os pistilos. O aperfeiçoamento desse sistema, que observou à lupa praticado pelo *Aristoloche syphon*, deixou-o maravilhado. Mal o inseto penetra nessa flor cordiforme, logo um mecanismo fecha sobre ele uma parte da corola. Ei-lo por um instante prisioneiro do receptáculo mais capitosamente feminino que se possa imaginar. O aveludado bichinho debate-se, inunda-se de pólen. Imediatamente outro mecanismo lhe devolve a liberdade, e o animal toma voo, repleto de pólen como que de geada, para vir a ser recapturado alhures, fiel e inconsciente servo dos amores florais.

Essa inseminação a distância, inventada por esposos vegetais cruelmente separados, parecia-lhe de uma comovente e suprema elegância, e ficava a sonhar com uma ave fantástica, que se cobriria da semente do governador de Speranza e voaria até York para fecundar a solitária mulher dele. No entanto, refletiu, há tanto tempo já sem notícias, decerto entrara em luto ou, talvez, já dele saíra para voltar a casar.

Os seus devaneios tomaram um novo curso. Intrigava-o a manobra de um himenóptero macho que só visitava uma determinada espécie de orquídea,* sem parecer nem um pouco interessado em coletar pólen. Passou longas horas, de lupa na mão, a tentar decifrar o comportamento do bicho. Descobriu primeiro que a flor reproduzia exatamente, em matéria vegetal, o abdômen da fêmea do inseto, a ponto de apresentar uma espécie de vagina, de onde provavelmente se desprendia um odor afrodisíaco específico, próprio para atrair e seduzir o apaixonado. O inseto não recolhia o pólen da flor, provocava-a, depois fazia amor com ela segundo os ritos da fecundação próprios da sua espécie. A operação colocava-o numa boa posição para que o pólen, reunido em duas polínias, viesse fixar-se na frente de seu corpo graças a duas pequenas cápsulas viscosas. Era enfeitado com esse par de cornos vegetais que o ingênuo namorado prosseguia a sua colheita, de órgão masculino para órgão feminino da flor, trabalhando pelo futuro da orquídea quando julgava servir a própria casta. Tal paroxismo de astúcia e de engenho levaria a duvidar da seriedade do Criador. A natureza teria sido modelada por um deus infinitamente sábio e majestoso ou por um demiurgo barroco, levado às combinações mais loucas pelo anjo do bizarro? Repelindo os seus escrúpulos, Robinson pensou que certas árvores da ilha podiam atrever-se a utilizá-lo, tal como as orquídeas faziam com os himenópteros, para veicular o respectivo pólen. Então, os ramos dessas árvores metamorfosear-se-iam em mulheres lascivas e perfumadas, cujos corpos dobrados estariam prontos a recebê-lo...

---

*Trata-se da *Ophrys bombyliflora*. (*N. do E.*)

Percorrendo a ilha em todos os sentidos, acabou efetivamente por descobrir uma quilaia,* cujo tronco, decerto abatido por raios ou pelo vento, crescendo a partir do chão, de onde se erguia mediocremente dividido em dois largos ramos. A casca era lisa e tépida, e até macia no interior da forquilha, cuja axila era forrada por um líquen fino e sedoso.

Robinson hesitou vários dias no limiar do que, mais tarde, viria a chamar a *via vegetal*. Voltava sempre, a rodar com ares duvidosos em volta da quilaia, acabando por encontrar um subentendido qualquer nos ramos que se afastavam sob a vegetação como duas enormes coxas negras. Por fim, estendeu-se nu sobre a árvore fulminada, abraçado ao tronco – e o sexo aventurou-se na pequena cavidade musgosa que se abria na junção dos dois ramos. Amoleceu-o um venturoso torpor. Os olhos semicerrados viam um desfraldar de flores com pétalas cremosas que, das corolas inclinadas, vertiam eflúvios pesados e entontecedores. Entreabrindo as mucosas úmidas, pareciam esperar uma dádiva do céu, atravessado por preguiçosos voos de insetos. Não seria Robinson o último, da raça humana, a ser convidado a um regresso às fontes vegetais da vida? A flor é o sexo da planta. Ao primeiro que chegue, a planta inocentemente oferece o sexo como o que ela tem de mais brilhante e perfumado. Robinson imaginava uma nova humanidade em que cada um orgulhosamente levasse à cabeça os atributos masculinos ou femininos – enormes, iluminados, aromáticos...

Conheceu longos meses de feliz ligação com Quilaia. Vieram depois as chuvas. Nada aparentemente mudara. Um dia, porém, quando jazia imóvel na sua estranha cruz de amor, atravessou-lhe a glande uma dor fulgurante e num salto Robinson pôs-se de pé. Uma grande aranha com manchas vermelhas correu sobre o tronco da árvore e desapareceu na

---

**Quilaia:* árvore americana, da família das rosáceas, uma espécie cuja casca é conhecida por pau-do-panamá. (*N. do E.*)

grama. A dor só melhorou várias horas mais tarde, enquanto o membro ferido tomava o aspecto de uma tangerina.

Robinson, evidentemente, sofrera muitos percalços durante os seus anos de vida solitária a meio duma fauna e duma flora enfebrecidas pelo clima tropical. Este acidente, porém, revestiu-se de um inegável significado moral. Sob a forma de uma picada de aranha, não seria afinal uma doença venérea que o atingira – semelhante ao mal-francês contra o qual os professores continuamente tinham posto em guarda a sua juventude estudantil? Robinson viu no fato o indício de que a via vegetal talvez não fosse mais do que um perigoso beco sem saída.

6

Robinson subiu de três furos a válvula da comporta e travou-o encaixando uma cavilha no quarto furo. Um estremecimento percorreu a superfície plúmbea do tanque coletor. Cavou-se um funil esverdeado e vivo, líquida corola que se retorcia e girava, cada vez mais depressa, em torno da haste. Uma folha morta deslizou lentamente para o rebordo do funil e, após um momento de hesitação, remexeu-se e desapareceu, como que tragada pela água. Robinson voltou-se e encostou-se ao vigamento da comporta. Do outro lado, um espelho d'água suja corria sobre a terra úmida arrastando grama seca, restos de madeira e ilhéus de espuma cinzenta. À distância de 150 passos, atingiu a entrada do escoamento e começou a refluir, enquanto a torrente que desaparecia sob os pés de Robinson perdia impetuosidade. Um cheiro de podridão e fecundidade subia no ar. Sobre esta terra de aluvião, com um subsolo argiloso que parecia propício, Robinson semeara, a lanço, a metade dos 10 galões de arroz que tinha em reserva há tanto tempo. O espelho d'água seria mantido e renovado, se viesse a baixar, até a floração da gramínea, depois Robinson deixaria que secasse e, conforme a necessidade, faria o escoamento durante a maturação das espigas.

O barulho de deglutição lodosa, os vapores apodrecidos que os redemoinhos viscosos exalavam, toda esta atmosfera pantanosa evocava poderosamente, no seu espírito, o lamaçal, e ele encontrava-se dividido entre um sentimento de triunfo e uma fraqueza nauseada. Não seria este arrozal a domesticação definitiva do chiqueiro e a vitória definitiva sobre o que havia de mais selvagem e inquietante em Speranza? Tal vitória, porém, tinha sido obtida por alto preço, e Robinson sempre se havia de lembrar com desânimo dos esforços a que o tinham obrigado o desvio do regato que alimentava o tanque de reserva, a elevação de diques em todo o contorno do arrozal situado à jusante do rio, a construção das duas comportas com as suas alvenarias de argila, os batentes formados de tábuas sobrepostas e as plataformas de pedra colocadas sob as portas para evitar o desgaste pelas águas. Tudo isso para que, dentro de dez meses, uns sacos de arroz – cujo descasque, por sua vez, exigiria semanas de trabalho – fossem juntar-se, nos silos, ao trigo e cevada que neles já transbordavam. Uma vez mais a solidão condenava lhe, de antemão, todos os esforços. A fragilidade de toda a sua obra afigurou-se-lhe, de repente, opressiva, indiscutível. Inúteis as suas culturas, absurda a criação de animais, um insulto ao bom senso os seus depósitos, uma zombaria os silos – e a fortaleza, a Carta, o Código Penal? Para alimentar quem? Para proteger quem? Cada um dos seus gestos, cada uma das suas obras, era um apelo a que ninguém respondia.

Saltou sobre o dique, ultrapassou com um pulo uma goteira de irrigação e, com a vista turvada pelo desespero, se lançou diretamente para a frente. Destruir tudo aquilo. Queimar as colheitas. Arrasar as construções. Abrir os currais e chicotear as cabras e os bodes até que sangrassem, para que fugissem desordenadamente em todas as direções. Sonhava com um sismo que pulverizasse Speranza, fazendo com que o mar se fechasse com as suas águas benéficas sobre esta crosta purulenta, da qual ele era a amargurada consciência. Os soluços sufocavam-no. Depois de ter atravessado uma floresta de árvores-da-goma-elástica e sândalos, encontrava-se num planalto arenoso. Atirou-se ao chão e, por um tempo infinito, só viu fosfenos cruzando, como relâmpagos, a noite vermelha das suas pálpebras, só ouviu a tempestade nele desencadeada pela dor.

Não era, evidentemente, a primeira vez que a conclusão de um empreendimento de grande porte o deixava vazio e esgotado, presa fácil da dúvida e do desespero. Todavia, a verdade é que a ilha administrada lhe parecia, cada vez mais frequentemente, uma empresa inútil e louca. Nascia então nele um homem novo, totalmente estranho ao administrador. Esses dois homens ainda não coexistiam nele: sucediam-se e excluíam-se, e o perigo maior era que o primeiro, o administrador, desaparecesse para sempre, antes de se estabelecer o novo homem.

Na falta do sismo, tinha as suas lágrimas, cujo sal corroía ativamente a bola de cólera e tristeza que o estrangulava. Voltou-lhe um vislumbre de juízo. Compreendeu que a ilha administrada continuava a ser a única salvação, enquanto outra forma de vida, a qual nem sequer imaginava mas que vagamente se procurava nele, não estivesse preparada para substituir o comportamento humano a que tinha permanecido fiel depois do naufrágio. Era necessário continuar a trabalhar com paciência, vigiando em si próprio os sintomas da metamorfose.

Adormeceu. Quando abriu os olhos e rolou sobre as costas, o sol declinava. O vento insinuou-se pela grama com um rumor misericordioso. Três pinheiros enlaçavam e desenlaçavam fraternalmente os seus ramos com gestos amplos e lentos. Robinson sentiu que a alma voava, ligeira, para uma pesada nau de nuvens que cruzava o céu com majestosa lentidão. Corria nele um rio de doçura. Foi então que teve certeza de uma mudança: no peso da atmosfera, talvez, ou na respiração das coisas. Estava *na outra ilha*, aquela que entrevira uma vez e que nunca mais lhe aparecera. Sentia, mais do que nunca, que estava deitado sobre alguém, e que tinha debaixo dele o corpo da ilha. Era um sentimento que nunca experimentara com tal intensidade, mesmo andando de pés descalços sobre a areia tão viva. A presença quase carnal da ilha junto a si aquecia-o, comovia-o. Estava nua, essa terra que o envolvia. Também ele se despiu. Com os braços em cruz e o ventre trêmulo, abraçou com todas as suas forças o grande corpo telúrico, queimado todo o dia pelo sol, e que libertava um suor almiscarado no ar mais fresco da noite. O rosto fechado explorava a vegetação até as raízes, e da sua boca saiu um hálito quente em pleno húmus. A terra respondeu, devolvendo-lhe, bem no rosto, um bafo carregado de odores, que misturavam a alma das plantas mortas e o ranço desagradável das sementes, dos brotos em gestação. Àquele nível elementar, como se encontravam estreitamente combinadas, sensatamente confundidas, a vida e a morte! O sexo penetrou-lhe no solo como relha de arado e aí ejaculou, numa imensa piedade por todas as coisas criadas. Estranha semeadura, à imagem do grande solitário do Pacífico! Aqui jaz agora, prostrado, aquele que desposou a terra e, minúscula rã colada medrosamente à pele do globo terrestre, parece-lhe rodar com ele, vertiginosamente, nos espaços infinitos... Por fim, um pouco estonteado, levantou-se ao vento, saudado veementemente pelos três pinheiros unânimes, aos quais respondeu a ovação longínqua da floresta tropical, cuja ramaria verde e tumultuosa bordejava o horizonte.

Encontrava-se num prado docemente ondulado, cortado por desfiladeiros e escarpas, cobertos por uma penugem de ervas de seção cilíndrica – como pelos – e de cor rosada. "É um combo",* murmurou, "um combo rosa...". A palavra "combo" evocava-lhe outra, parente próxima pela consonância, e que a enriquecia com uma constelação de significados novos, mas de que não conseguia recordar-se. Lutava por arrancá-la do esquecimento em que se encontrava meio enterrada. Combo... Combo... Via um dorso de mulher um pouco gordo, mas de majestoso porte. Uma ondulação musculosa envolvia as omoplatas. Mais abaixo, aquela bela planície de carne atormentada estreitava-se e aplanava-se numa praia estreita, arqueada, muito firme, dividida ao meio por um desfiladeiro coberto por uma pálida penugem voltada para direções divergentes. O LOMBO! Essa palavra bela, grave e sonora retiniu bruscamente na sua memória, e Robinson lembrava-se de fato de que as suas mãos, outrora, se haviam juntado e repousado no côncavo onde dormem as energias secretas do relaxamento e do espasmo, região lombar do animal e centro de gravidade do bicho-homem. O lombo... Dirigiu-se para casa, com aquela palavra troando como o sino de uma catedral nos ouvidos.

Diário – Esta espécie de *aturdimento* em que acordamos todas as manhãs. Nada confirma melhor que o sono é uma experiência autêntica e como que o ensaio geral da morte. De tudo o que pode acontecer a quem dorme, o acordar é, decerto, aquilo que ele menos espera, aquilo para que está menos preparado. Nenhum pesadelo o choca mais do que esta brusca passagem

---

**Combo*: palavra de origem espanhola que significa curva. Em Moçambique, combo significa infelicidade. (*N. do E.*)

à luz, a uma *outra* luz. Não há dúvida de que, para quem dorme, o sono é definitivo. A alma deixa o corpo num voo rápido, sem se volver, sem espírito de regresso. Tudo esqueceu, tudo lançou ao nada, quando, de repente, uma força brutal a obriga a voltar, a vestir o seu velho invólucro corpóreo, os seus hábitos, o seu modo de ser.

Assim, daqui a pouco, vou estender-me e deixar-me deslizar nas trevas *para sempre*. Estranha alienação. Quem dorme é um louco que se imagina morto.

Diário – Sempre este problema da existência. Há alguns anos, se alguém me tivesse dito que a ausência de outrem me faria, um dia, duvidar da *Existência*, eu teria esboçado um sorriso! Como me divertia, ao ouvir citar, dentre as provas da existência de Deus, o *consenso universal*! "A maioria dos homens, de todos os tempos e de todos os países, acredita ou acreditou na existência de Deus. Portanto, Deus existe." Que estupidez! A mais estúpida das provas da existência de Deus. Que tolice, em comparação com esta maravilha de força e sutileza que é o argumento ontológico!

A prova pelo consenso universal. Sei hoje que não há outra. E não somente para a existência de Deus!

Existir, o que significa? Significa *estar fora, sistere ex*. O que está no exterior existe. O que está no interior não existe. As minhas ideias, imagens, sonhos não existem. Se Speranza não é mais do que uma sensação ou um feixe de sensações, não existe. E eu próprio só existo quando me evado de mim para outrem.

No entanto, tudo se torna mais complicado, pois o que não existe insiste em que se pense o contrário. Há uma grande e comum aspiração do inexistente à existência. É como uma força centrífuga que empurra para o exterior tudo o que se move dentro de mim, imagens, sonhos, projetos, fantasmas, desejos, obsessões. O que não *ex-siste in-siste*. Insiste para existir. Todo este pequeno mundo se empurra à porta do grande, do verdadeiro mundo. E é um terceiro que possui a chave. Quando um sonho me agitava na cama, minha mulher sacudia-me pelos ombros para me acordar e terminar com a *insistência* do pesadelo. Ao passo que hoje... Mas por que voltar incansavelmente a este assunto?

Diário – Todos os que me conheceram, todos, sem exceção, julgam-me morto. A minha própria convicção de que existo tem contra ela a unanimidade. O que quer que eu faça, não poderei impedir que no espírito da totalidade dos homens permaneça a imagem do cadáver de Robinson. Isso basta, não, evidentemente, para me matar, mas para me empurrar para os confins da vida, num lugar suspenso entre o céu e os infernos. Numa palavra: nos limbos. Speranza ou os limbos do Pacífico...

Esta meia-morte ajuda-me, pelo menos, a compreender a relação profunda, substancial e como que fatal entre o sexo e a morte. Mais perto da morte que qualquer outro homem, estou, ao mesmo tempo, mais perto das próprias fontes da sexualidade.

O sexo e a morte. A sua estreita conivência apareceu-me pela primeira vez graças às palavras de Samuel Gloaming, velho original, ervanário de profissão, com o qual, certas noites em York, gostava de tagarelar, na sua loja repleta de animais empalhados e ervas secas. Ele levara toda a vida a refletir nos mistérios da criação. Explicava-me que a vida se pulverizara numa infinidade de indivíduos mais ou menos diferentes uns dos outros, para ter um número de chances igualmente infinitas de sobreviver às variações do meio. Se a terra arrefecer e se transformar num banco de gelo ou, pelo contrário, se o sol a transformar num deserto de pedra, a maioria dos seres vivos morrerá, mas, graças à sua variedade, sempre se encontrará certo número com qualidades particulares, aptos para as novas condições exteriores. Dessa multiplicidade de indivíduos resultaria, segundo ele, a necessidade da reprodução, isto é, a passagem de um indivíduo a outro mais novo. Gloaming insistia no sacrifício do indivíduo à espécie que é sempre secretamente consumado no ato da procriação. Assim, a sexualidade era, dizia, a presença viva, ameaçadora e mortal da própria espécie no indivíduo. Procriar é suscitar a geração seguinte que, de forma inocente, mas inexorável, empurra a precedente para o nada. Mal os pais deixam de ser indispensáveis, tornam-se importunos. A prole deixa de lado os genitores tão naturalmente como aceitou deles tudo o que lhe era necessário para crescer. É bem verdade, pois, que o instinto que aproxima os sexos um do outro é um instinto de morte. Também a natureza se julgou obrigada a esconder o seu jogo – que permanece, no entanto, bem transparente. É, na aparência, um prazer egoísta que os amantes perseguem, quando, afinal, caminham na estrada mais louca da abnegação.

Estava eu neste ponto das minhas reflexões quando atravessei uma província da Irlanda do Norte que acabava de sofrer uma terrível época de fome. Os sobreviventes erravam pelas ruas das aldeias como fantasmas esqueléticos, e os mortos eram amontoados sobre piras, para destruir com eles os germes da epidemia, mais perigosos ainda do que a miséria. A maioria dos cadáveres era do sexo masculino – tanto é verdade que as mulheres suportam melhor que os homens a maior parte das adversidades –, e todos eles proclamavam a mesma paradoxal lição: naqueles corpos consumidos pela fome, despojados da sua substância, reduzidos a manequins de pele e tendões duma tremenda secura, o sexo – e só ele – desabrochava monstruosa e cinicamente, mais inchado, mais turgescente, mais musculoso e triunfante do que jamais havia sido durante a vida dos desgraçados. Essa fúnebre apoteose dos órgãos genitais lançava uma estranha luz sobre as palavras de Gloaming. Imaginei imediatamente um debate dramático entre esta força de vida – o indivíduo – e esta força de morte – o sexo. De dia, o indivíduo tenso, inquieto, lúcido reprime o indesejável, deixa-o reduzido e humilhado. No entanto, beneficiado pelas trevas, por uma languidez qualquer, pelo calor, pelo torpor, por esse torpor localizado que é o desejo, levanta-se o inimigo prostrado, empunha a sua espada, simplifica o homem, faz dele amante mergulhado numa agonia passageira, e depois lhe fecha os olhos, e o amante torna-se este pequeno morto, um ser que dorme, deitado sobre a terra, flutuando nas delícias do abandono, da renúncia de si, da abnegação.

Deitado sobre a terra. Essas quatro palavras, saídas naturalmente da minha pena, são talvez uma chave. A terra atrai irresistivelmente os amantes enlaçados, cujas bocas se uniram. Embala-os depois do abraço, no sono feliz que se segue à volúpia. Entretanto, é também ela que envolve os mortos, que lhes bebe o sangue e lhes come a carne, para que os órfãos voltem ao cosmos de que se tinham separado pelo período de uma vida. O amor e a morte, esses dois aspectos da mesma derrota do indivíduo, lançam-se, num impulso comum, no mesmo elemento terrestre. Um e outro são de natureza telúrica.

Os mais sagazes dos homens adivinham, mais do que percebem claramente, essa relação. A situação única em que me encontro faz com que ela me apareça luminosamente - que estou eu a dizer! -, força-me a vivê-la com todos os poros da minha pele. Privado de mulher, estou reduzido a amores *imediatos*. Afastado da fecunda vereda formada pelas vias femininas, encontro-me por tempo indeterminado nesta terra que será também a minha última morada. Que fiz no Combo Rosa? Cavei minha sepultura com o sexo e morri daquela morte passageira que tem por nome volúpia. Reparo, igualmente, que atravessei desse modo uma nova etapa na metamorfose que me arrasta. Pois precisei de anos para lá chegar. Quando fui atirado para estas margens, saía eu dos moldes da sociedade. O mecanismo que desvia a vocação naturalmente geotrópica do sexo para encaixá-lo no circuito uterino estava a postos no meu ventre. Era a mulher ou nada. Pouco a pouco, porém, a solidão simplificou-me. O desvio já não tinha objetivo, o mecanismo afrouxou-se. Pela primeira vez, no Combo Rosa, o meu sexo encontrou o seu elemento original: a terra. E, ao mesmo tempo que fazia este novo progresso de desumanização, o meu *alter ego* realizava, com a plantação do arrozal, a obra humana mais ambiciosa do seu reinado em Speranza.

Toda esta história seria apaixonante se eu não fosse o único protagonista e se não a escrevesse com o meu sangue e as minhas lágrimas.

Serás uma coroa de honra na mão de Javé,
Uma tiara real na mão do nosso Deus.
Não mais te chamarão Desamparada, *nem* Desolação *à tua terra,*
Mas hão de chamar-te Nela-meu-prazer e à tua terra a Desposada.
Porque Javé se deliciará em ti, e terá um esposo a tua terra...

ISAÍAS, 62: 3-4

De pé, no umbral da residência, diante do atril no qual se abria a Santa Bíblia, Robinson lembrava-se de que, de fato, num dia longínquo, batizara a ilha de Desolação. Ora, essa manhã possuía um esplendor nupcial, e Speranza estava prosternada a seus pés na doçura dos primeiros raios do levante. Um rebanho de cabras descia de uma colina, e os cabritos, de repente, levados pelo declive e pelo excesso da sua vitalidade, rolavam e quicavam como bolas. Para o oeste, a penugem dourada de um campo de trigo amadurecido ondulava sob a carícia de um vento tépido. Um grupo de palmeiras ocultava parcialmente o esplendor prateado do arrozal carregado de espigas adolescentes. O cedro gigante da gruta ressoava como um órgão. Robinson voltou algumas páginas do Livro dos livros, e o que leu não era mais do que o cântico de amor de Speranza e do seu esposo. Dizia:

És bela, minha amiga, como Tirza, encantadora como Jerusalém.
Os teus cabelos são como um rebanho de cabras que descem ondeando os flancos da montanha de Galaad.
Os teus dentes são como um rebanho de ovelhas que voltam do lavadouro.
Cada uma delas com dois gêmeos, entre elas não há nenhuma estéril.

A tua face é como metade de romã atrás do véu.
A curva dos teus quadris é como um colar, obra de artista.
O teu umbigo é taça torneada em que não falta o vinho aromatizado.
O teu ventre é um monte de trigo rodeado de lírios.
Os teus seios são como duas crias gêmeas de uma gazela.
A tua silhueta lembra a palmeira, e os teus seios os seus cachos.
Disse: subirei à palmeira, apanharei os cachos.
Que os teus seios sejam como os cachos de uvas, o perfume do teu hálito como o das maçãs e o teu palato como um vinho delicado.

E Speranza respondia:

O meu bem-amado desceu ao meu jardim, aos canteiros dos balsameiros, para aí apascentar o seu rebanho e colher lírios.
Eu sou do meu bem-amado e o meu bem-amado é meu; ele apascenta o seu rebanho entre os meus lírios.
Vem, ó meu bem-amado, vamos para os campos,
Passemos a noite nas aldeias.
Logo de manhã iremos às vinhas, veremos se a videira floresce.
Se os botões abriram, se as romãzeiras estão em flor.
Aí dar-te-ei o meu amor,
As mandrágoras espalharão o seu perfume!

Ela diria, enfim, como se tivesse lido nele as suas meditações sobre o sexo e a morte:

> *Coloca-me como um sinete no teu coração,*
> *Como um sinete no teu braço,*
> *Porque o amor é forte como a morte!*

Speranza ficou, assim, dotada de palavra. Já não se tratava do sussurro do vento nas árvores, nem do bramido das marés inquietas, nem mesmo dos estalidos tranquilos do fogo de vigia, duplamente refletido nos olhos de Tenn. A Bíblia, transbordante de imagens que identificam a terra com a mulher e a esposa com um jardim, acompanhava os seus amores com o mais venerável dos epitalâmios.

Robinson decorou depressa estes textos sagrados e inflamados e, sempre que atravessava o bosque de árvores-da-goma-elástica e sândalos para ir ao Combo Rosa, recitava os versículos do esposo e, depois, calando-se, ouvia cantar nele os responsos da esposa. Encontrava-se, então, pronto a lançar-se num rego de areia e, pondo Speranza como um sinete sobre o coração, a acalmar nela a sua angústia e o seu desejo.

Foi preciso perto de um ano para que Robinson notasse que os seus amores provocavam uma mudança na vegetação do Combo Rosa. A princípio, não deu atenção ao desaparecimento das ervas e gramíneas por todo o lado onde havia derramado a sua semente carnal. Chamou, porém, a sua atenção a proliferação de uma nova planta que não tinha visto em qualquer outro lugar da ilha. Tratava-se de grandes folhas dentadas que cresciam em tufos, rente ao chão, em um caule muito pequeno. Davam lindas flores brancas com pétalas lanceoladas, aroma de maresia e bagas castanhas volumosas que caíam em abundância do seu cálice.

Robinson examinou-as com curiosidade; depois, nunca mais pensou nisso até o dia em que julgou ter a prova indiscutível de que elas apareciam regularmente, após algumas semanas, no local preciso onde tinha ejaculado. Desde então o seu espírito nunca mais deixou de revirar o mistério. Enterrou a sua semente perto da gruta. Em vão. Aparentemente, só o combo podia produzir essa variedade vegetal. A singularidade dessas plantas impedia-o de colhê-las, dissecá-las, prová-las, como teria feito noutras circunstâncias. Acabou por procurar uma distração desta preocupação sem saída, quando um versículo do Cântico dos Cânticos, que havia repetido milhares de vezes sem lhe prestar atenção, lhe trouxe subitamente uma luz: "As mandrágoras irão espalhar o seu perfume", prometia a jovem desposada. Seria possível que Speranza cumprisse essa promessa bíblica? Tinha ouvido contar maravilhas dessa solanácea que cresce ao pé dos patíbulos, ali onde os supliciados verteram as últimas gotas de licor seminal, e que é, no fim das contas, o produto do cruzamento do homem com a terra. Nesse dia, correu para o Combo Rosa e, ajoelhado diante de uma dessas plantas, desprendeu-lhe com muita delicadeza a raiz, cavando com as mãos em redor. Era bem isso, os seus amores com Speranza não haviam sido estéreis; a raiz carnuda e branca, curiosamente bifurcada, representava indiscutivelmente o corpo de uma mocinha. Tremia de emoção e ternura ao recolocar a mandrágora no seu lugar e pôr areia à volta do caule, como se aconchegasse uma criança na cama. Depois partiu, pé ante pé, tentando não esmagar nenhuma outra.

Desde então, com a bênção da Bíblia, um vínculo mais forte e íntimo o prendeu a Speranza. Havia humanizado aquela que podia agora chamar de sua esposa de maneira incomparavelmente mais profunda que todas as tentativas do governador. Que essa união mais estreita significasse, em troca, mais um passo na direção do abandono da sua própria humanidade, Robinson bem o suspeitava, mas só lhe mediu o alcance quando, um dia ao acordar, verificou que a sua barba, crescida ao longo da noite, havia começado a tomar raízes na terra.

7

"Não desperdices o tempo: é o pano de que a vida é feita."

Suspenso no ar por uma espécie de balanço de cipós, Robinson empurrou com os pés a parede rochosa sobre a qual acabava de marcar essa divisa. No granito, as letras destacavam-se enormes e brancas. O lugar era excepcional. Cada palavra transmitida por esta muralha negra parecia catapultada como um bramido silente para o horizonte brumoso que margeava a vasta cintilação do mar. Há alguns meses, o jogo indisciplinado da sua memória restituía-lhe os "almanaques" de Benjamin Franklin, que seu pai considerava a quintessência da moral e que o obrigara a decorar. Os pedaços de madeira plantados na areia das dunas já proclamavam que: "*A pobreza priva o homem de toda a virtude: é difícil a um saco vazio ficar de pé.*" Podia ler-se, também, nos mosaicos incrustados na parede da gruta que: "*Se o segundo vício é mentir, o primeiro é endividar-se, porque a mentira cavalga a dívida.*" No entanto, a obra-prima deste breviário foi escrita na praia com letras de fogo na noite em que Robinson sentiu a necessidade de lutar contra as trevas pela proclamação da verdade. Sobre um leito de pedras secas, pousaram-se lascas de pinheiro envolvidas em estopa, prontas a serem queimadas e, pela maneira como estavam dispostas, diziam: *Se os velhacos soubessem as vantagens da virtude, tornar-se-iam virtuosos por velhacaria.*

A ilha estava coberta de campos de cereais e legumes, o arrozal daria em breve a sua primeira colheita, empurravam-se nos cercados rebanhos de cabras domesticadas, a gruta transbordava de provisões, que seriam suficientes para alimentar a população de uma aldeia durante vários anos. Robinson, no entanto, sentia toda esta magnífica obra esvaziar-se inexoravelmente do seu conteúdo. A ilha administrada perdia a alma em proveito da *outra ilha* e assemelhava-se a uma enorme máquina trabalhando sem resultado. Veio-lhe então a ideia de que dessa primeira ilha governada e explorada tão economicamente podia extrair-se uma forma de moral cujas máximas se encontravam todas nos escritos do bom Franklin. Tinha, então, procurado escrevê-las na pedra, na terra, na madeira, em suma, na própria carne de Speranza, esforçando-se por dar a este grande corpo um espírito que lhe conviesse.

Empunhando numa das mãos o pincel de pelo de bode e na outra o pote de giz pulverizado e ligado com seiva de azevinho, procurava, agora, um lugar apropriado para este pensamento, aparentemente materialista, mas que, no entanto, marcava certa tomada de posse do tempo: "*Aquele que mata uma porca assassina a sua descendência até a milésima geração. Aquele que gasta uma moeda de cinco xelins aniquila montões de libras esterlinas.*" Um rebanho de cabritos fugiu, em desordem, à sua frente. Não seria curioso tosquiar no dorso de cada cabrito cada uma das 133 letras dessa divisa, de tal modo que dependesse da Providência que a verdade brotasse repentinamente da contradança destes animais em constante movimento? Tal ideia abria caminho no seu espírito enquanto calculava as probabilidades que teria de lá estar quando a fórmula "surgisse". Deixou, de repente, cair o pincel e o pote, gelado de medo. Elevava-se no céu límpido um filete de fumaça branca. Provinha, como da primeira vez, da baía da Salvação, e tinha aquela mesma consistência pesada e leitosa que Robinson observara. No entanto, desta vez, as inscrições espalhadas pelas rochas e desenhadas com paus no areal arriscavam-se a alertar os intrusos e a lançá-los à procura do habitante da ilha. Seguido por Tenn, correu para a fortaleza, pedindo a Deus que os índios não chegassem lá antes dele. O medo fê-lo voar, e um incidente a que não teve tempo de dar atenção apareceu-lhe mais tarde como um mau agouro: um dos seus bodes mais mansos, surpreendido por esta inesperada cavalgada, atacou-o brutalmente, com a cabeça baixa. Robinson evitou-o no último momento, mas Tenn caiu, gemendo, projetado como uma bala num maciço de samambaias.

Não previra, todavia, que a espera de um eventual ataque a um quilômetro do ponto de desembarque dos índios constituiria uma prova demasiado grande para os seus nervos. Se os araucanos tivessem tentado cercar a fortaleza, teriam para além da vantagem numérica a da surpresa. Mas se, pelo contrário, não tivessem prestado qualquer atenção aos sinais da presença humana e estivessem, no momento, inteiramente absorvidos pelos seus jogos mortíferos, que alívio para o solitário! Urgia certificar-se. Sempre seguido por Tenn, que coxeava, empunhou um dos mosquetes e prendeu a pistola no cinto, embrenhando-se depois na mata, em direção à baía. Foi, todavia, obrigado a retroceder, por ter se esquecido da luneta, que lhe podia fazer falta.

Desta vez eram três canoas havaianas, largadas sobre a areia como brinquedos de criança. O círculo de homens à volta do fogo era maior que na primeira incursão, e Robinson, examinando-os pela luneta, acreditou não se tratar do mesmo grupo. O sacrifício ritual parecia consumado, a avaliar pelo aglomerado de carnes palpitantes, para o qual dois guerreiros se dirigiam. Nessa altura, porém, deu-se um incidente que perturbou o seguimento do ritual. A feiticeira saiu repentinamente da prostração que a mantinha encolhida e, saltando para um dos homens, apontou-o com o braço macilento, a boca vociferando torrentes de maldições que Robinson não conseguia ouvir. Seria possível que as cerimônias expiatórias araucanas fizessem mais que uma vítima? Houve uma hesitação entre os homens. Por fim, um deles, com um facão na mão, dirigiu-se para o culpado escolhido, que os seus dois vizinhos tinham levantado e jogado no chão. O facão abateu-se uma primeira vez e a tanga de couro voou pelos ares. Quando ia caindo sobre o corpo nu, o infeliz, pondo-se de pé num salto, correu para a floresta. Pela luneta de Robinson, parecia que saltava no mesmo lugar, perseguido por dois índios. Na realidade, corria em linha reta na direção de Robinson, com uma rapidez extraordinária. Não sendo mais alto que os outros, era mais esbelto e talhado para a corrida. Parecia ter a pele mais escura, tipo um tanto negroide, sensivelmente diferente dos seus congêneres, o que talvez tivesse contribuído para o designarem como vítima.

Entretanto, aproximava-se a cada segundo, e a distância que o separava dos seus dois perseguidores não parava de aumentar. Se Robinson não tivesse a certeza de que não podiam vê-lo a partir da praia, teria julgado que o fugitivo o tinha visto e vinha refugiar-se junto dele. Era necessário tomar uma decisão. Dentro de poucos instantes, os três índios estariam face a face com ele, e a descoberta de uma vítima inesperada iria, talvez, reconciliá-los. Foi o momento que Tenn escolheu para ladrar furiosamente na direção da praia. Maldito animal! Robinson atirou-se ao cão e, passando-lhe o braço à volta do pescoço, fechou-lhe o focinho na mão esquerda, enquanto com uma só mão apoiava, com dificuldade, o mosquete no ombro. Abatendo um dos perseguidores, arriscava-se a provocar revolta de toda a tribo contra ele. Se, pelo contrário, matasse o fugitivo, restabeleceria a ordem do sacrifício ritual e talvez a sua intervenção fosse interpretada como ato sobrenatural de uma divindade ultrajada. Tendo de escolher entre a vítima e os carrascos – um e outros eram-lhe indiferentes –, o bom senso ordenava-lhe que se juntasse aos mais fortes. Fez mira ao meio do peito do fugitivo, que não estava a mais de trinta passos, e apertou o gatilho. No momento em que o tiro partia, Tenn, incomodado pela pressão a que o submetia o dono, fez um brusco movimento para se libertar. O mosquete desviou-se, e o primeiro dos perseguidores executou um mergulho parabólico que terminou num monte de areia. O índio que o seguia parou, inclinou-se sobre o corpo do companheiro, levantou-se, inspecionou a cortina de árvores onde a praia se acabava e, por fim, correu com quantas pernas tinha em direção ao grupo dos seus semelhantes.

A alguns metros dali, num maciço de samambaias arborescentes, um homem negro e nu, com o espírito devastado pelo pânico, inclinava a cabeça até o chão e procurava com a mão, para o pôr sobre a nuca, o pé de um homem branco e barbudo, carregado de armas, vestido com peles de cabra, com a cabeça coberta por um gorro de peles e recheada de três milênios de civilização ocidental.

ROBINSON E O ARAUCANO passaram a noite atrás das ameias da fortaleza, com o ouvido atento a todos os ecos e suspiros da floresta tropical, tão ruidosa de noite como de dia, embora de maneira diferente.

De duas em duas horas, Robinson enviava Tenn em missão de reconhecimento, com ordem de ladrar se descobrisse uma presença humana. Voltou sempre sem ter dado o alerta. O araucano, que apertava à volta dos quadris uns velhos calções de marinheiro que Robinson o mandara enfiar – menos para protegê-lo do fresco da noite que para salvaguardar o próprio pudor –, estava abatido, sem reação, como se estivesse esmagado pela sua horrível aventura e pela inacreditável cidade onde se encontrava. Deixara intactas as bolachas de cereais que Robinson lhe dera, e contentava-se em mascar continuamente favas selvagens, o que intrigou por um instante Robinson, que se perguntou onde diabo as teria ele encontrado. Um pouco antes dos primeiros clarões da aurora, adormeceu sobre um monte de folhas secas, curiosamente agarrado a Tenn, que também acabara pegando no sono. Robinson conhecia o hábito que tinham certos índios chilenos de utilizar um animal doméstico como um cobertor vivo que os protegesse do frio das noites tropicais, mas ficou surpreso com a tolerância do cão, que, apesar de arisco por natureza, parecia acomodar-se a esse processo.

Estariam os índios à espera do dia para atacar? Robinson, armado de pistola, dois mosquetes e tudo o que podia transportar de pólvora e balas, deslizou para fora da cerca e alcançou a baía da Salvação, fazendo um grande desvio a leste, pelas dunas. A praia estava deserta. As três pirogas e os seus ocupantes tinham desaparecido. O cadáver do índio abatido na véspera com uma bala no peito fora levado. Restava apenas o círculo negro do fogo ritual onde as ossadas mal se distinguiam dos troncos calcinados. Robinson, pousando na areia as armas e as munições, sentiu que se libertava de vez de toda a angústia acumulada durante aquela noite em claro. Sacudiu-o um imenso riso, nervoso, doido, inextinguível. Quando parou para tomar fôlego, reparou que era a primeira vez que ria depois do naufrágio do *Virginie*. Seria o primeiro efeito da presença de um companheiro? A faculdade de rir ter-lhe-ia sido devolvida junto com uma sociedade, por mais modesta que fosse? A pergunta ocorrer-lhe-ia mais tarde, mas, de momento, uma ideia muito mais importante acabava de excitá-lo. O *Evasão*! Sempre evitara voltar ao lugar do fracasso que preludiara os seus anos de degradação. No entanto, o *Evasão* provavelmente esperava, fiel, de proa voltada para a amplidão, que braços suficientemente fortes o lançassem para as ondas. Talvez o índio salvo desse prosseguimento a essa empreitada há tanto tempo encalhada, e o seu conhecimento do arquipélago poderia ser precioso.

Aproximando-se da fortaleza, Robinson avistou o araucano, que, todo nu, brincava com Tenn. Irritou-se com o impudor do selvagem, e também com a amizade que parecia ter nascido entre ele e o cão. Depois de lhe ter feito compreender, com severidade, que devia reenfiar as calças, arrastou-o para a baía do *Evasão*.

As giestas tinham crescido muito, e a silhueta atarracada da pequena embarcação parecia flutuar num mar de flores amarelas, agitado pelo vento. O mastro estava caído e a ponte erguia-se aqui e ali, sob o efeito, certamente, da umidade, mas o casco parecia intacto. Tenn, que precedia os dois homens, deu várias voltas ao barco, e a sua presença apenas se adivinhava pelo balanço das papilionáceas à sua passagem. Depois, com um impulso, saltou sobre a ponte, que logo se abateu com o seu peso. Robinson viu-o desaparecer no porão com um uivo de medo. Quando chegou perto do barco, a ponte caía por tabiques inteiros, cada vez que Tenn fazia um esforço para se libertar. O araucano pousou a mão na borda do casco, ergueu depois o punho fechado até o rosto de Robinson e abriu-o para lhe mostrar um pouco de serragem avermelhada, que, em seguida, deixou espalhar-se ao vento. Iluminou-lhe a face negra um grande sorriso. Por sua vez, Robinson deu um ligeiro pontapé no casco. Uma nuvem de pó subiu ao ar quando uma brecha se abriu no flanco do barco. Os cupins tinham feito a sua obra. O *Evasão* não era mais que uma barcaça de cinzas.

Diário – Nestes últimos três dias, quantas provações novas, quantos reveses mortificantes para o meu amor-próprio! Deus enviou-me um companheiro. Contudo, por uma decisão obscura da sua Santa Vontade, escolheu-o no mais baixo degrau da escala humana. Pois além de homem de cor, este araucano costeiro está longe de ser um puro-sangue, e tudo nele denuncia o mestiço negro! Um índio misturado com negro. E se ainda fosse de idade mais madura, capaz de avaliar calmamente a sua nulidade perante a civilização que eu encarno! No entanto, ficaria espantado se tivesse mais de 15 anos – levando em conta a grande precocidade destas raças inferiores – e a sua imaturidade leva-o a rir insolentemente dos meus ensinamentos.

Além disso, essa chegada inesperada, depois de anos de solidão, abalou o meu frágil equilíbrio. O *Evasão* foi para mim, uma vez mais, motivo de mortal abatimento. Depois destes anos de instalação, domesticação, construção, codificação, bastou uma réstia de esperança para me precipitar na armadilha em que outrora quase sucumbi. Aceitemos a lição com submissa humildade. Já por demais lamentei a ausência da sociedade pela qual toda a minha obra sobre esta terra em vão clamava. Essa sociedade me foi dada sob a forma mais rudimentar e primitiva, mas ser-me-á por isso, sem dúvida, mais fácil subjugá-la à minha ordem. O caminho que se me impõe está todo traçado: incorporar o meu escravo no sistema que aperfeiçoo há anos. O êxito da empreitada estará assegurado no dia em que não restarem dúvidas de que Speranza e ele se beneficiam conjuntamente da sua união.

P.S. – Era preciso encontrar um nome para o recém-chegado. Não queria dar-lhe um nome cristão antes de ele merecer tal dignidade. Um selvagem não é, de todo, um ser humano. Também não podia, decentemente, impor-lhe um nome de coisa, embora essa fosse talvez uma solução sensata. Creio ter resolvido, com certa elegância, tal dilema, dando-lhe o nome do dia da semana em que o salvei: *Sexta-Feira*. Não é nome de pessoa, nem um nome vulgar, está a meio caminho entre os dois, o de uma entidade meio viva, meio abstrata, fortemente marcada pelo seu caráter temporal, fortuito e como que episódico...

Sexta-Feira aprendeu inglês o suficiente para compreender as ordens de Robinson. Sabia arrotear, lavrar, semear, gradar, transplantar, sachar, ceifar, colher, malhar, moer, peneirar, amassar e cozer. Ordenhava as cabras, fazia coalhar o leite, recolhia os ovos de tartaruga, cozinhava-os com as gemas moles, cavava as valas de irrigação, conservava os viveiros, fazia as armadilhas para os animais fedorentos, calafetava a piroga, remendava o vestuário do patrão e engraxava-lhe as botas. À noite, vestia uma libré de lacaio e servia o jantar ao Governador. Aquecia-lhe depois o leito e ajudava-o a despir-se, antes de ir, também ele, estender-se numa camada de feno que puxava para junto da porta da residência e que partilhava com Tenn.

Sexta-Feira era de uma docilidade completa. Na verdade, morrera quando a feiticeira dardejara o indicador nodoso para ele. O que fugra fora um corpo sem alma, um corpo cego, como o desses patos que se escapam, batendo as asas, depois de lhes terem cortado a cabeça. Entretanto, este corpo inanimado não fugira ao acaso. Correra ao encontro da sua alma, e a alma encontrava-se nas mãos do homem branco. Desde então, Sexta-Feira pertencia de corpo e alma ao homem branco. Tudo o que o patrão lhe ordenava era bom, tudo o que lhe proibia era mau. Era bom trabalhar noite e dia no funcionamento de uma organização delicada e desprovida de sentido. Era mau comer mais que a ração concedida pelo patrão. Era bom ser soldado quando o patrão era general, menino de coro quando ele rezava, pedreiro quando ele construía, moço de lavoura quando ele se dedicava às suas terras, pastor quando se preocupava com os seus rebanhos, batedor quando caçava, remador quando navegava, carregador quando viajava, curandeiro quando sofria, além de abanar para ele o leque e o enxota-moscas. Era mau fumar cachimbo, passear todo nu e esconder-se para dormir quando havia o que fazer. Contudo, se a boa vontade de Sexta-Feira era total, ele era ainda muito novo, e a sua juventude irrompia por vezes, embora contra a sua vontade. Então ria, com uma gargalhada temível, um riso que desmascarava e confundia a séria mentira com que se enfeitavam o governador e a sua ilha administrada. Robinson odiava essas explosões juvenis que destruíam a sua ordem e minavam a sua autoridade. Foi, aliás, o riso de Sexta-Feira que levou o patrão a levantar a mão para ele pela primeira vez. Sexta-Feira devia repetir, depois dele, as definições, princípios, dogmas e mistérios que ele enunciava. Robinson dizia: *Deus é um senhor todo-poderoso, onisciente, infinitamente bom, amável e justo, criador do homem e de todas as coisas.* O riso de Sexta-Feira brotou lírico, irreprimível, blasfemo, imediatamente extinto, esmagado como uma chama louca por uma bofetada sonora. É que essa evocação de um deus simultaneamente tão bom e tão poderoso parecera-lhe divertida em confronto com a sua pouca experiência de vida. Que importa? Repetia agora, com a voz entrecortada por soluços, as palavras que o patrão lhe sussurrava.

Sexta-Feira trouxe-lhe, aliás, um primeiro motivo de satisfação. Graças a ele, o governador descobriu finalmente uma utilidade para as moedas que salvara dos destroços. Pagava a Sexta-Feira um meio-soberano de ouro por mês. No princípio, tivera o cuidado de "investir" a totalidade dessa quantia a um juro de 5,5 por cento. Depois, considerando que Sexta-Feira atingira, mentalmente, a idade da razão, permitira-lhe a livre utilização do seu salário. Com o dinheiro, Sexta-Feira comprava alimentação suplementar, pequenos objetos para uso pessoal ou quinquilharia herdada do *Virginie*, ou, muito simplesmente, um meio dia de repouso – o dia inteiro estava à venda –, que passava numa rede feita por ele.

Pois se o domingo era dia de folga em Speranza, tal não quer dizer que decorrera em culposa ociosidade. Levantando-se com a aurora, Sexta-Feira varria e aprontava o templo. Ia depois acordar o patrão e recitava, com ele, a oração da manhã. A seguir, entravam juntos no templo, onde o pastor oficiava durante duas horas. De pé, em frente ao atril, salmodiava alguns versículos da Bíblia. Essa leitura era interrompida por longos silêncios meditativos e por comentários inspirados pelo Espírito Santo. Sexta-Feira, ajoelhado no vão esquerdo – o vão direito era reservado às mulheres –, escutava com a máxima atenção. As palavras que ouvia – pecado, redenção, inferno, paraíso, bezerro de ouro, apocalipse – compunham na sua cabeça um conjunto fascinante, ainda que desprovido de significado. Era música de uma beleza obscura e um pouco assustadora. Por vezes, um vago clarão emanava de duas ou três frases. Sexta-Feira julgava compreender que um homem engolido por uma baleia saíra dela incólume, ou que um país fora em um dia invadido por tantas rãs que elas se encontravam nas camas e até no pão, ou, ainda, que dois mil porcos se lançaram ao mar porque os demônios lhes tinham entrado nos corpos. Então, sentia infalivelmente umas cócegas atormentarem-lhe o epigástrio, enquanto um sopro de hilaridade lhe enchia os pulmões. Esforçava-se por voltar os pensamentos para assuntos fúnebres, pois não ousava sequer imaginar o que aconteceria se desatasse a rir durante o serviço dominical.

Depois do almoço, mais lento e mais requintado que durante a semana, o Governador mandava-o trazer uma espécie de bengala por ele fabricada, a qual era o seu báculo episcopal e cetro real, e, abrigado sob um grande guarda-sol feito de pele de cabra que Sexta-Feira empunhava, perambulava majestosamente por toda a ilha, inspecionando os campos, os arrozais e os pomares, os rebanhos, as construções e as obras em curso, dispensando ao seu criado elogios e censuras e dando-lhe as instruções para os dias seguintes. Como o restante da tarde não podia, assim como as horas, ser consagrado ao trabalho lucrativo, Sexta-Feira aproveitava-o para limpar e embelezar a ilha. Cortava as ervas dos caminhos, semeava flores diante das casas, podava as árvores que ornamentava a parte residencial da ilha. Dissolvendo cera de abelha na essência de terebintina corada com quercitrina, Robinson chegou a produzir um belo verniz, cujo emprego trouxe alguns problemas, visto os móveis rarearem e os soalhos de madeira não existirem na ilha.

Finalmente, teve a ideia de fazer com que Sexta-Feira encerasse os calhaus e seixos da rua principal, aquela que descia da gruta para a baía da Salvação, que havia sido delineada por Robinson no próprio dia da sua chegada à ilha. O valor histórico dessa rua pareceu-lhe justificar esse trabalho enorme, que o mais curto aguaceiro reduzia a nada e que, de início, se perguntara se seria razoável impor a Sexta-Feira.

O araucano soubera granjear a benevolência do patrão por meio de várias iniciativas felizes. Uma das grandes preocupações de Robinson era se livrar do lixo e dos detritos da cozinha e da oficina, de forma a não atrair nem abutres nem ratos. Ora, nenhuma das soluções imaginadas por Robinson lhe satisfizera por inteiro. Os pequenos carnívoros desenterravam o que ele enterrava, as marés reconduziam para o areal tudo o que ele lançava à água; quanto à destruição pelo fogo, tinha a desvantagem de produzir uma fumarada acre que empestava as casas e as vestes. Sexta-Feira teve a ideia de aproveitar a voracidade de uma colônia de formigas vermelhas que tinha descoberto a um passo da residência. Os dejetos depositados no meio do formigueiro pareciam, a alguma distância, dotados de uma espécie de vida superficial, percorrida por um estremecimento epidérmico, e era fascinante ver a carne desaparecer aos poucos e o osso aparecer nu, seco, perfeitamente limpo.

Sexta-Feira revelou-se igualmente excelente lançador de *bolas*, calhaus redondos em número de três, atados com cordões e reunidos num centro comum. Lançadas destramente, volteavam como uma estrela de três pontas e, se um obstáculo as fizesse parar, rodeavam-no e apertavam-no com força. Sexta-Feira serviu-se delas, primeiramente, para imobilizar os bodes ou as cabras que queria ordenhar, tratar ou sacrificar. Depois fizeram maravilhas na captura das corças e até das aves pernaltas. Por fim, convenceu Robinson de que, aumentando o volume dos calhaus, poder-se-ia fazer das bolas uma arma terrível, capaz de fraturar o peito de um inimigo, depois de tê-lo quase estrangulado. Robinson, que ainda receava um ataque dos araucanos, ficou-lhe grato por ter acrescentado ao seu arsenal essa arma silenciosa, fácil de substituir e, no entanto, mortífera. Exercitaram-se durante muito tempo no areal, tomando para alvo um tronco de árvore da largura de um homem.

Nas primeiras semanas que se seguiram à chegada de Sexta-Feira, a ilha administrada tinha assim, pela força das circunstâncias, recuperado toda a atenção de Robinson, que voltara a ser, por uns tempos pelo menos, governador, general, pastor... Chegou a acreditar que a presença do recém-chegado traria à sua organização uma justificação, um peso, um equilíbrio que poriam definitivamente fim aos perigos que a tinham ameaçado, tal como certos navios só adquirem o seu andamento normal quando carregados com um determinado peso. Sentira o perigo que podia representar, simultaneamente, o estado permanente de tensão em que se encontravam os habitantes da ilha e a inflação de bens de consumo transbordando dos silos, e pensava em evitar o perigo com uma programação de festas e folguedos, acompanhados de banquetes e bebedeiras. Desconfiava, porém, de que o último propósito, que, na verdade, estava muito pouco de acordo com o espírito da ilha administrada, lhe tinha sido surdamente inspirado pela nostalgia da *outra ilha* que dormitava e se fortificava em segredo nele. Talvez fosse essa mesma nostalgia que, igualmente, o impedia de se satisfazer com a docilidade total de Sexta-Feira, induzindo-o a estimulá-la, para testá-la, até a sua exaustão.

Diário – É evidente que ele me obedece inteiramente, e é bem estranho que eu o lamente. No entanto, há nessa submissão algo de demasiado perfeito, de mecânico mesmo, que me gela, salvo – ai de mim! – aquele riso devastador que parece não poder reprimir em certos casos e que se assemelha à manifestação súbita de um diabo que existiria nele. Possesso. Sim, Sexta-Feira está possesso. Na realidade, duplamente possesso. Porque, temos de reconhecer, fora as suas gargalhadas diabólicas, sou eu, inteiro, que ajo e penso dentro dele.

Não espero razão de um homem de cor – deverei dizer de cores, visto que há nele o índio e o negro. Ele podia, pelo menos, manifestar algum sentimento. Ora, exceto pela ternura absurda e chocante que o liga a Tenn, não lhe conheço qualquer outra prova de afeição. Na verdade, esbarro num desgosto que me custa confessar, mas que sou obrigado a dizer. Nunca me arriscaria a pedir-lhe "ama-me", porque sei perfeitamente que, pela primeira vez, não seria obedecido. No entanto, não há razão alguma para que não me tenha amor. Salvei-lhe a vida – involuntariamente, é certo –, mas como pode ele sabê-lo? Ensinei-lhe tudo, a começar pelo trabalho, que é o bem supremo. É verdade que lhe bato, mas como não poderá compreender que é para o seu bem? Contudo, também aí são desconcertantes as suas reações. Num dia em que eu lhe explicava, acaloradamente, é certo, como descascar e rachar os talos dos vimes antes de entrançá-los, fiz um gesto um pouco mais amplo com a mão. Para minha grande surpresa, ele recuou imediatamente um passo, protegendo o rosto com o braço. Ora, seria preciso que eu fosse insensato para lhe querer bater num momento em que lhe ensinava uma técnica difícil e que requeria toda a sua atenção. E tudo me leva a acreditar que, a seus olhos, dia e noite, eu sou esse insensato. Ponho-me então no seu lugar e encho-me de piedade perante esta criança sem defesa, abandonada numa ilha deserta a todas às fantasias de um louco. A minha condição, porém, é ainda pior, porque me vejo no meu único companheiro, como num espelho desfigurador, sob a forma de um monstro.

Cansado de o ver realizar as tarefas de que o incumbo, sem jamais se inquietar, aparentemente, com a sua razão de ser, resolvi tirar o assunto a limpo. Impus-lhe o trabalho absurdo, considerado em todas as penitenciárias do mundo como o mais humilhante dos vexames: cavar um buraco, fazer um segundo para pôr o que se tirou do primeiro, um terceiro para pôr o que se tirou do segundo, e assim sucessivamente. Ele sofreu durante um dia inteiro sob um céu de chumbo, num calor de estufa. Para Tenn, esta furiosa atividade era um jogo apaixonante, inebriante. De cada buraco subiam eflúvios complexos e embriagadores. Logo que Sexta-Feira se erguia e passava o antebraço pela testa, Tenn atirava-se no meio da terra revirada. Enfiava o nariz enorme nos montículos, aspirando e soprando como uma foca, e depois cavava freneticamente, projetando a terra por entre as patas. Por fim, no auge da excitação, galopava com latidos plangentes ao redor do buraco e voltava para gozar de nova embriaguez no seio deste solo margoso em que o húmus negro se misturava com a seiva das raízes cortadas, como a morte se confunde com a vida quando atingida certa profundidade.

Ora, não basta dizer que Sexta-Feira não se irritou perante esse labor imbecil. Raramente o vi trabalhar com tanto ardor. Fê-lo até com uma espécie de júbilo, que frustra a situação em que eu pretendia aprisioná-lo – Sexta-Feira completamente embrutecido ou Robinson considerado por ele como demente – e que me obriga a procurar outros meios. E pergunto-me se a dança apaixonada de Tenn ao redor e dentro das feridas abertas gratuitamente no corpo de Speranza não será reveladora, e se não cometi a imperdoável estupidez de entregar ao araucano, quando simplesmente o queria humilhar, o segredo do Combo Rosa...

UMA NOITE, ROBINSON não conseguiu adormecer. O luar traçava um retângulo luminoso nas lajes da residência. Uma coruja-das-torres ululou, e ele pensou ouvir a própria terra, abandonada, que gemia sequiosa de amor. Sob o seu ventre, o colchão de ervas secas era de uma moleza absurda e inconsistente. Revia Tenn, louco de desejo, a dançar em volta da terra aberta, que se oferecia, depois de violada pela ferramenta do araucano. Havia semanas que não ia ao combo. As mandrágoras, suas filhas, deviam ter crescido bastante durante todo esse tempo! Sentou-se na cama, com os pés pousados no tapete de luar, e sentiu um perfume de seiva brotar do seu grande corpo, branco como uma raiz. Levantou-se em silêncio, saltou por sobre os corpos enlaçados de Sexta-Feira e de Tenn, e dirigiu-se para a floresta de árvores-de-goma-elástica e sândalos.

8

Ao entrar na Residência, Sexta-Feira logo se apercebeu de que a clepsidra havia parado. Havia água no garrafão de vidro, mas o orifício estava obstruído por uma bucha de madeira, e o nível tinha-se estabilizado por volta das 3 horas da manhã. Não ficou nem um pouco surpreso que Robinson tivesse desaparecido. No seu espírito, a parada da clepsidra implicava, muito naturalmente, a ausência do governador. Acostumado a tomar as coisas tal como elas se apresentavam, não se inquiriu nem onde estava Robinson, nem quando viria, nem mesmo se ainda estaria vivo. Também não teve a ideia de ir procurá-lo. Estava totalmente absorvido na contemplação das coisas que o cercavam, pois, embora familiares, a parada da clepsidra e a ausência de Robinson conferiam-lhes um novo aspecto. Era agora senhor de si, senhor da ilha. Como para confirmar essa dignidade de que se sentia revestido,

Tenn ergueu-se preguiçosamente nas patas, veio colocar-se perto dele e levantou para o seu rosto um olhar cor de avelã. Não estava propriamente na flor da idade o pobre Tenn, e o seu lombo, redondo como uma pipa, as patas demasiado curtas, os olhos úmidos e a pele lãzuda e baça revelavam bastante das injúrias da idade no fim de uma vida de cão bem movimentada. Contudo, também ele experimentava, aparentemente, a novidade da situação, esperando que o amigo tomasse uma decisão.

Que fazer? Nem pensar em acabar a rega das azedas e dos rabanetes, necessária devido à seca, ou em prosseguir a construção de um mirante de observação no alto do cedro gigante da gruta. Tais obras dependiam, evidentemente, de uma ordem suspensa até a chegada de Robinson. O olhar de Sexta-Feira pousou num cofre cuidadosamente fechado, mas não aferrolhado, posto debaixo da mesa da Residência, e do qual conseguira ver o conteúdo. Arrastou-o sobre as lajes e, levantando-o do lado menor, ajoelhou-se e colocou-o aos ombros. Depois saiu, seguido de perto por Tenn.

A noroeste da ilha, no local onde o prado se perdia nas areias que anunciavam as dunas, apertavam-se as silhuetas bizarras, vagamente humanas, do *jardim dos cactos* que Robinson aí tinha instalado. Certamente hesitou em consagrar o tempo a uma cultura tão gratuita, mas essas plantas não requeriam quase cuidado algum, e ele apenas tivera o trabalho de transplantar para um terreno particularmente favorável os espécimes mais interessantes daqueles que, esporadicamente, descobria na ilha. Constituía uma homenagem à memória do pai, cuja única paixão, além da mulher e dos filhos, era o pequeno jardim tropical que conservava na rotunda envidraçada da casa. Robinson tinha inscrito em pequenas tábuas de madeira colocadas sobre pauzinhos enterrados os nomes latinos dessas variedades, que lhe tinham surgido em conjunto, por um destes caprichos imprevisíveis da memória.

Sexta-Feira lançou ao chão o cofre que lhe feria o ombro. As dobradiças do tampo saltaram e uma suntuosa desordem de tecidos preciosos e de joias derramou-se ao pé dos cactos. Poderia, enfim, usar à vontade estas roupas cujo brilho o fascinava, mas que Robinson o fazia usar apenas como instrumento de tortura ou de cerimônia. Não se tratava dele – qualquer que fosse o vestuário, só lhe prendia os movimentos –, mas, precisamente, daqueles estranhos vegetais cuja carne verde exorbitante, dilatada, provocante, parecia mais indicada que qualquer corpo humano para realçar a beleza dos tecidos.

Primeiro, estendeu-os na areia com gestos delicados para avaliar com os olhos a sua riqueza e quantidade. Colocou também à sua frente algumas pedras chatas, sobre as quais dispôs as joias, como na vitrine de uma joalheria. Depois, durante muito tempo, andou em volta dos cactos, avaliando-lhes a silhueta e, com o dedo, apreciando a consistência. Era uma estranha sociedade de manequins vegetais compostos de candelabros, bolas, raquetes, membros torneados, caudas felpudas, cabeças frisadas, estrelas pontiagudas, mãos com mil dedos venenosos. A carne tanto era uma polpa mole e aquosa como borracha coriácea, ou ainda mucosas esverdeadas, emanando odores de carne podre. Foi depois buscar uma capa negra chamalotado com que, de um só movimento, vestiu os ombros fortes do *Cereus pruinosus*. Então cobriu de belos ornamentos as nádegas intumescidas da *Crassula falcata*. Uma renda leve serviu-lhe para engrinaldar o falo espinhoso da *Stapelia variegata*, enquanto vestia de mitenes de cambraia os pequenos dedos felpudos da *Crassula lycopodiodes*. Uma touca de brocado adaptava-se perfeitamente à cabeça lãzuda da *Cephalocereus senilis*. Trabalhou assim muito tempo, completamente absorvido pelas suas experiências, vestindo, ajustando, recuando para melhor apreciar o efeito, despindo de repente um dos cactos para vestir outro. Finalmente, coroou a sua obra distribuindo com igual discernimento pulseiras, colares, penachos, brincos, agulhetas, cruzes e diademas. Contudo, não se demorou na contemplação do cortejo alucinante de prelados, grandes damas e monstros opulentos que acabara de fazer surgir em plena areia. Nada mais tinha a fazer ali, e afastou-se com Tenn no seu encalço.

Atravessou a zona das dunas, divertindo-se com o barulho que os seus passos faziam. Parou e voltou-se para Tenn, imitando, com a boca fechada, o ruído, mas a brincadeira não divertiu o cão, que prosseguia penosamente com saltos sucessivos no solo movediço, e cuja espinha se eriçava de hostilidade quando o barulho aumentava. O chão por fim firmou-se, e eles desembocaram na faixa de areia alargada pela maré baixa. Sexta-Feira, aprumado, envolvido pela luz gloriosa da manhã, caminhava feliz sobre o areal imenso e impecável. Estava ébrio de juventude e sensibilidade neste meio sem limites onde todos os movimentos eram possíveis, onde nada detinha o olhar. Apanhou um seixo oval e pô-lo em equilíbrio na palma da mão aberta. Preferia às joias que abandonara sobre os cactos esta pedra gasta mas rígida, em que cristais de feldspato rosa se misturavam com uma massa de quartzo vítreo, palhetado de mica. A curva do seixo tocava apenas num ponto a palma negra da sua mão e com ela formava uma figura geométrica simples e pura. Uma onda espraiou-se rapidamente no espelho da areia molhada, constelada de pequenas águas-vivas, e rodeou-lhe os tornozelos. Deixou cair o seixo oval e apanhou outro, chato e circular, pequeno disco opalescente manchado de malva. Fê-lo saltar na mão. Se ele pudesse voar! Transformar-se em borboleta! Fazer voar uma pedra – tal sonho encantava a alma aérea de Sexta-Feira. Lançou-a à superfície da água O disco ricocheteou sete vezes sobre o espelho d'água antes de mergulhar sem salpicos. Tenn, contudo, habituado a este jogo, tinha-se lançado à água e, batendo as quatro patas, com a cabeça projetada para o horizonte, nadou para o ponto de imersão do seixo, mergulhou e regressou trazido pela rebentação das ondas, depositando-o aos pés de Sexta-Feira.

Caminharam durante muito tempo para leste e, depois de terem contornado as dunas, para o sul. Sexta-Feira apanhava e atirava estrelas-do-mar, cepos, conchas, ossos de sibas, cabeleiras de sargaços, que se tornavam, para Tenn, outras tantas presas vivas, desejáveis e fugitivas que ele perseguia ladrando. Chegaram assim ao arrozal.

A bacia coletora estava seca e o nível da laguna semeada baixava a cada dia. Era preciso, no entanto, que ficasse imersa ainda um mês para que as espigas atingissem a maturidade, e Robinson voltava cada vez mais inquieto das suas visitas de inspeção.

Sexta-Feira tinha na mão o seixo malva. Lançou-o ao arrozal e contou os ressaltos na água morta, ondeada de reflexos gordurosos. O disco de pedra afundou-se depois de nove ricochetes, e Tenn já saltava o dique em sua perseguição. O impulso levou-o a 20 metros, mas lá parou. A água não era profunda o bastante para lhe permitir nadar e ele chafurdava no lodo. Deu meia-volta e tentou regressar na direção de Sexta-Feira. Um primeiro salto arrancou-o do abraço da lama, mas tornou a cair mais pesadamente e os seus esforços tornaram-se desordenados. Corria perigo de morrer, caso não fosse socorrido. Debruçado sobre aquela água traiçoeira e impura, Sexta-Feira hesitou um instante. Depois reconsiderou e correu para a comporta de escoamento. Passou um pau no primeiro orifício do cabo e fez alavanca com todas as suas forças, apoiando-se sobre as vigas. A ponte subiu, rangendo no suporte. No mesmo instante, o tapete lodoso que cobria o arrozal deslocou-se e começou a ser absorvido pela comporta, comprimindo-se. Alguns minutos mais tarde Tenn, arrastando-se, atingiu o dique. Não era mais que um amontoado de lama, mas estava salvo.

Sexta-Feira deixou-o entregue à própria limpeza e dirigiu-se, a dançar, para a floresta. A ideia de que a colheita do arroz estava perdida nem lhe passou pela cabeça.

PARA SEXTA-FEIRA, A parada da clepsidra e a ausência de Robinson apenas tinham significado um – e um só – acontecimento: a suspensão de uma determinada ordem. Para Robinson, o desaparecimento de Sexta-Feira, os cactos ornamentados e a seca do arrozal traduziam unanimemente a fragilidade e talvez o fracasso da domesticação do araucano. Era, aliás, raro que Robinson o aprovasse quando ele agia por conta própria. Para não incorrer nas suas reprimendas, devia ou não fazer nada ou agir exatamente segundo as instruções recebidas. Robinson tinha de reconhecer que Sexta-Feira, sob uma docilidade solícita, possuía uma personalidade e que tudo o que dela emanava o chocava profundamente e constituía uma ameaça para a integridade da ilha administrada.

Decidiu, primeiro, resignar-se com o desaparecimento do seu companheiro. Ao cabo de dois dias, porém, caiu numa inquietude complexa, uma mistura de um vago remorso, curiosidade e também a piedade que lhe inspirava o visível desgosto de Tenn, resolvendo-se a procurá-lo. Durante toda a manhã, explorou com Tenn a floresta onde se perdera o rasto do araucano. Aqui e ali, observavam-se sinais da sua passagem. Bem depressa Robinson teve de render-se às evidências: Sexta-Feira, sem que ele soubesse, devia habitar regularmente esta parte da ilha e nela levar uma vida à margem da *ordem*, entregando-se a jogos misteriosos, cujo sentido lhe escapava. Máscaras de madeira, uma zarabatana, uma rede de cipós onde repousava um manequim de ráfia, toucas de plumas, peles de répteis, cadáveres secos de pássaros, tais eram os indícios de um universo secreto, do qual Robinson não tinha a chave. Entretanto, a sua surpresa atingiu o auge quando desembocou na margem de um riacho guarnecido de pequenas árvores semelhantes a salgueiros. Pois estes arbustos tinham sido todos desenraizados e replantados *ao contrário*, com os ramos enterrados e as raízes voltadas para o céu. O que dava um aspecto mais fantástico a esta plantação monstruosa é que a vegetação parecia acomodar-se a este bárbaro tratamento. Apareciam nas pontas das raízes rebentos verdes e mesmo tufos de folhas, o que fazia supor terem os ramos enterrados sabido metamorfosear-se em raízes e a seiva ter invertido o sentido da circulação. Robinson não podia arrancar-se da observação deste fenômeno. Que Sexta-Feira tivesse imaginado algo assim e executado tal fantasia era por si bem inquietante. No entanto, os arbustos tinham aceitado o tratamento, Speranza consentira, aparentemente, em tal extravagância. Desta vez, pelo menos, a inspiração barroca do araucano tivera um resultado que, por irrisório que fosse, comportava certo aspecto positivo e não se acabara numa simples destruição. Robinson não parava de pensar na descoberta! Estava ele de regresso quando Tenn estacou, alerta, diante de um maciço de magnólias invadido pela hera; avançou depois lentamente, com o pescoço tenso, pisando com cautela. Por fim, ficou imóvel, com o focinho sobre um dos troncos. Então o tronco agitou-se e o riso de Sexta-Feira irrompeu. O araucano dissimulara a cabeça sob um capacete de flores. Em todo o corpo nu, desenhara com suco de jenipapo folhas de hera cujos ramos lhe subiam pelas coxas e lhe envolviam o tronco. Assim metamorfoseado em homem-planta, sacudido por um riso demente, rodeou Robinson com uma coreografia louca. Depois se dirigiu para o rio a fim de se lavar nas vagas, e Robinson, pensativo e silencioso, viu-o mergulhar, sempre a dançar, na sombra verde da vegetação do manguezal.

AINDA NESSA NOITE, um céu puro deixava a lua cheia reinar, com todo o seu brilho, sobre a floresta. Robinson fechou a residência, confiou Sexta-Feira e Tenn à guarda um do outro, e enredou-se na galeria silvestre por onde se infiltravam raros raios de prata. Hipnotizados talvez pelo astro pálido, os pequenos animais e insetos que habitualmente povoavam o matagal com os seus murmúrios observavam solene silêncio. À medida que se aproximava do Combo Rosa, sentia que o peso das preocupações cotidianas se aligeirava e que uma doçura nupcial o invadia.

Sexta-Feira preocupava-o cada vez mais. O araucano não só não se integrava harmoniosamente no sistema, mas ainda – corpo estranho – ameaçava destruí-lo. Podiam desculpar-se erros graves e devastadores, como a secagem do arrozal, levando-os à conta da sua juventude e inexperiência. Entretanto, sob uma aparente boa vontade, mostrava-se completamente refratário às noções de ordem, economia, cálculo, organização. "Ele dá-me mais trabalho do que produz", pensava tristemente Robinson, com o sentimento vago de que exagerava um pouco. Além disso, o estranho instinto que valia a Sexta-Feira a compreensão e, podia dizer-se, a cumplicidade dos animais, se o levava a uma intimidade já irritante com Tenn, tinha efeitos desastrosos na arraia-miúda das cabras, dos coelhos e mesmo dos peixes. Impossível meter naquela cabeça de ébano que o pequeno gado apenas era reunido, alimentado, selecionado por sua capacidade nutritiva e não para adestramento, familiaridade ou simulacros de caça e pesca. Sexta-Feira não concebia que se pudesse matar um animal a não ser como resultado de uma perseguição ou de uma luta que lhe daria chance de escapar. Concepção perigosamente romanesca! Também não compreendia que houvesse espécies nocivas que convinha combater a todo o custo, e tinha mesmo pensado em domesticar um casal de ratos com a intenção de o fazer crescer e multiplicar! A ordem era uma conquista frágil, duramente alcançada sobre a selvageria natural da ilha. Os golpes que lhe desferia o araucano abalavam-na gravemente. Robinson não podia dar-se ao luxo de um elemento perturbador, ameaçando destruir o que, durante anos, edificara. Mas o que fazer?

Chegado à orla da floresta, parou, invadido pela grandeza e pela doçura da paisagem. A campina estendia a perder de vista o seu vestido acetinado, em que uma brisa muito leve cavava, por vezes, ondulações brandas. A oeste, dormiam, de pé, as varas dos caniços, apertados como lanças de um exército. Em intervalos regulares, subia a nota aflautada de uma rã. Uma coruja-das-torres tocou-lhe, de leve, com a asa, pousou num cipreste e voltou para ele a sua face alucinada. Um aroma perfumado advertiu-o de que se aproximava do Combo Rosa, cujas irregularidades de terreno eram disfarçadas pelo luar. As mandrágoras multiplicavam-se aí de tal maneira que a fisionomia da paisagem se modificara. Robinson sentou-se, com as costas apoiadas num declive saibroso, e procurou com a mão as grandes folhas violáceas e recortadas que introduzira na ilha. Os seus dedos encontraram o redondo de um destes frutos castanhos que deixavam um aroma profundo e fétido, dificilmente esquecível. As suas filhas lá estavam – fruto da sua união com Speranza –, inclinando as saias dentadas para a grama negra, e ele sabia que, se desenraizasse uma, faria aparecer as pernas brancas e gordas de um pequeno ser vegetal. Estendeu-se num sulco um tanto granulado, mas muito envolvente, e fruiu o torpor voluptuoso que, subindo do solo, lhe chegava aos quadris. Comprimia de encontro aos lábios as mucosas mornas e almiscaradas de uma flor de mandrágora. Essas flores, conhecia-as ele bem por lhes ter classificado os cálices azuis, violetas, brancos ou púrpura. Mas o que é isto? A flor que ele tem sob os olhos é *raiada*. Branca listrada de castanho. Sacode-se do torpor. Não compreende. Este pé de mandrágora não existia dois dias antes. Havia sol, e ele teria notado esta nova variedade. Além disso, mantém uma relação topográfica muito precisa das suas sementeiras. Verificará o cadastro na prefeitura, mas está de antemão convencido de que nunca se deitara no sítio onde floriu a mandrágora listrada...

Levantou-se. Quebrara-se o encanto, dissipara-se toda a magia desta noite radiosa... Uma suspeita ainda muito vaga nascera nele e logo se transformara em rancor contra Sexta-Feira. A sua vida secreta, os salgueiros plantados ao contrário, o homem-planta e, anteriormente, os cactos ornamentados, a dança de Tenn nas feridas de Speranza não seriam indícios que iluminavam o mistério das novas mandrágoras?

Diário – Cheguei à residência no auge da agitação. É evidente que o meu primeiro pensamento foi acordar o infame, depois bater-lhe para fazê-lo vomitar os seus segredos, e bater-lhe ainda mais para castigá-lo pelos crimes confessados. Aprendi, porém, a nunca agir dominado pela cólera. A cólera empurra-nos para a ação, mas é sempre para a má ação. Forcei-me a entrar em casa, a colocar-me de pé, calcanhares unidos, diante do atril e a ler ao acaso algumas páginas da Bíblia. Que esforço não me foi preciso, pois o meu espírito parecia puxar-se de meu corpo, como um cabrito preso por uma curta corda a uma estaca. A paz, por fim, entrou em mim, à medida que as palavras majestosas e amargas do Eclesiastes saíam dos meus lábios. Ó Livro dos livros, quantas horas serenas não te devo eu! Ler a Bíblia é subir ao alto de uma montanha de onde abraçamos, com o mesmo olhar, toda a ilha e a oceânica imensidão que a rodeia. Então, todas as frivolidades da vida são varridas, a alma desfralda as suas grandes asas e paira, só conhecendo as coisas sublimes e eternas. O pessimismo altivo do rei Salomão era muito adequado para falar ao meu coração transbordante de rancor. Gostei de ler que nada é novo sob o sol, que o trabalho do justo não é mais bem recompensado que a ociosidade do louco, que é inútil construir, plantar, irrigar, criar animais, pois tudo isso é como correr atrás do vento. Dir-se-ia que o Sábio dos sábios adulava o meu humor colérico para melhor me atingir, em seguida, com a verdade que apenas importava ao meu caso, aquela que de toda a eternidade estava escrita só à espera deste instante. E o fato é que recebi em pleno rosto, como uma bofetada benéfica, estes versículos do capítulo 4:

Mais vale viver a dois que solitário,
porque recebem mais por seu trabalho.
Se caem, um pode levantar o companheiro.
Pobre, porém, do que está só
e cai sem ter outro que o levante!
Assim, se dormem juntos, os dois se aquecem,
mas um homem só, como terá calor?
E, se alguém ataca o que está só,
os dois poderão resistir-lhe,
e o fio triplicado não se rompe facilmente.

Li e reli estas linhas e foi recitando-as que me deitei. Perguntei-me pela primeira vez se não teria pecado gravemente contra a caridade ao procurar por todos os meios submeter

Sexta-Feira à lei da ilha administrada, demonstrando com isso que preferia a terra modelada por minhas mãos ao meu irmãozinho de cor. Velha alternativa na verdade, origem de mais do que uma dilaceração e de crimes inumeráveis.

Assim se esforçava Robinson por afastar o pensamento das mandrágoras listradas, no que foi ajudado pela urgência das obras de terraplenagem e de reconstrução que os dilúvios tornaram necessárias e que o aproximaram de Sexta-Feira. Os meses passavam na alternância de desentendimentos tempestuosos e de reconciliações tácitas. Acontecia também que Robinson, profundamente chocado com a conduta do seu companheiro, nada deixasse transparecer e fizesse esforços para desculpá-lo quando se encontrava frente a frente com o seu diário. Isso aconteceu, por exemplo, no caso do escudo feito de carapaça.

Sexta-Feira, nessa manhã, tinha-se ausentado havia já várias horas, quando Robinson foi alertado por uma coluna de fumaça que aparecia por detrás das árvores, para os lados da praia. Não era proibido acender fogueiras na ilha, mas a lei exigia que se avisassem previamente as autoridades, especificando o lugar e a hora, a fim de evitar todo o risco de confusão com o fogo ritual dos índios. Se Sexta-Feira negligenciara tal precaução, lá teria as suas razões, o que significava, em outras palavras, que o empreendimento a que se dedicava não tinha qualquer chance de agradar ao patrão.

Robinson, suspirando, fechou a Bíblia, levantou-se e dirigiu-se à praia, depois de ter assobiado a Tenn.

Não compreendeu imediatamente o estranho trabalho que Sexta-Feira realizava. Num tapete de cinzas incandescentes, tinha colocado uma grande tartaruga que ele havia virado sobre o dorso. O animal não estava morto, longe disso, e agitava furiosamente as patas. Robinson julgou mesmo ouvir uma espécie de tosse rouca que devia ser a sua maneira de se lamentar.

Fazer chorar uma tartaruga! Era preciso que este selvagem tivesse o diabo na alma! Quanto à finalidade desse tratamento bárbaro, compreendeu-a ao ver a carapaça da tartaruga perder a sua concavidade e endireitar-se lentamente sob a ação do calor, enquanto Sexta-Feira se apressava em cortar com uma faca as aderências que a ligavam aos órgãos do animal. Ainda faltava muito para que a carapaça ficasse plana, o seu aspecto era ainda o de um prato ligeiramente curvo, quando a tartaruga, rolando sobre um lado, assentou as patas no chão, colocando-se de pé. Uma enorme bolha vermelha, verde e violácea oscilava-lhe no dorso como um alforje repleto de sangue e fel. Rápida como uma bala, tão depressa quanto Tenn, que a perseguia ladrando, disparou para o mar e mergulhou na rebentação das ondas.

– Ela faz mal – observou Sexta-Feira com calma –, amanhã terá sido comida por caranguejos.

Entretanto, esfregava com areia o interior da carapaça achatada.

– Nenhuma flecha pode atravessar este escudo – explicou ele a Robinson –, e até as bolas grandes batem nele sem o quebrar!

Diário – É condição da alma inglesa ser mais piedosa com os animais do que com os homens. Pode-se discutir essa inclinação dos sentimentos. O fato é que nada me afastou tanto de Sexta-Feira como a horrível tortura que o vi infligir a uma tartaruga (dou-me conta da semelhança destas duas palavras: *tortura* e *tartaruga*. Será que esses animais infelizes estarão naturalmente destinados a serem sacrificados?). O caso, porém, não é simples e suscita algumas dúvidas.

Acreditei a princípio que ele amava os animais. No entanto, o entendimento imediato e como que instintivo que se estabelece entre eles, quer se trate de Tenn, dos cabritos ou mesmo de ratos e abutres, não tem qualquer relação com o impulso sentimental que me atrai para os meus irmãos inferiores. Na verdade, as suas relações com os bichos são mais animalescas do que humanas. Estão todos ao mesmo nível. Sexta-Feira nunca procura fazer-lhes o bem e muito menos fazer-se amar. Trata-os com uma desenvoltura, uma indiferença e uma crueldade que me revoltam, mas que parecem não afetar nem de leve a sua boa relação com eles. Aproxima-os uma espécie de conivência mais profunda, dir-se-ia, que os piores tratamentos que ele possa infligir-lhes. Ao descobrir que ele, em caso de necessidade, não hesitaria em degolar Tenn para comê-lo e que Tenn, obscuramente consciente do fato, em nada arrefecia a preferência manifestada, em todas as ocasiões, pelo seu dono de cor, senti uma irritação misturada com ciúme contra este animal estúpido e tacanho, obstinadamente cego ao próprio interesse. Depois compreendi que só se deve comparar o que é comparável e que a afinidade de Sexta-Feira com os bichos é substancialmente diferente das relações que estabeleci com os meus animais. Ele é recebido e aceito pelos animais como um deles. Não lhes deve nada e pode exercer inocentemente sobre eles todos os direitos que lhe dão a força física e engenho superiores. Tento convencer-me de que manifesta, assim, a bestialidade da sua natureza.

Nos dias que se seguiram, Sexta-Feira mostrou-se muito preocupado com um pequeno abutre que tinha recolhido após a mãe tê-lo expulso do ninho por motivos obscuros. A sua fealdade era tão perturbadora que bastaria para justificar a expulsão, caso ela não fosse comum a toda a espécie. O pequeno monstrengo, despido, disforme, coxo, estendia para qualquer coisa, na extremidade de um pescoço pelado, um bico faminto, a que se sobrepunham dois olhos enormes de pálpebras fechadas e violáceas, semelhantes a dois tumores inchados de pus.

Nesse bico pedinchão, Sexta-Feira deitou primeiro pedaços de carne fresca, que desapareceram em soluços de deglutição –, mas até seixos, parecia, teriam sido devorados com igual avidez. Contudo, o pequeno abutre apresentou, dois dias depois, sinais de enfraquecimento. Já não manifestava a mesma vivacidade, dormitando dias inteiros, e Sexta-Feira, ao apalpar-lhe a moela, encontrou-a dura, obstruída, carregada, embora a sua última refeição tivesse ocorrido há várias horas, apresentando, em suma, todos os sintomas de uma digestão difícil, a bem dizer impossível.

Desde então, o araucano deixou decompor-se ao sol, por muito tempo, numa nuvem de varejeiras azuis, vísceras de cabrito, cuja fetidez exasperou Robinson. Por fim, pululavam na carne estragada, meio liquefeita, miríades de larvas brancas, e Sexta-Feira pôde entregar-se a uma operação que deixou uma lembrança indelével na memória do patrão.

Com a ajuda de uma concha, raspou as vísceras em decomposição. Em seguida, levou à boca um punhado de larvas, e mascou pacientemente, com um ar ausente, a imunda provisão. Por fim, inclinado para o seu protegido, deixou-lhe escorregar para o bico, estendido como uma gamela de cego, uma papa leitosa e morna que o abutre comeu, balançando a cauda.

Pegando na colheita de larvas, Sexta-Feira explicou:

– Vermes vivos, muito frescos. Pássaro doente. É preciso mascar, mascar. Mascar sempre para os passarinhos...

Robinson fugiu, enojado. Entretanto, a devoção e a lógica impávidas do companheiro impressionaram-no. Pela primeira vez, perguntou-se se as suas exigências de delicadeza, repugnâncias, náuseas, todo esse nervosismo de homem branco seriam uma última e preciosa prova da sua civilização ou, pelo contrário, um lastro morto, que seria necessário um dia rejeitar para entrar numa vida nova.

TODAVIA, TAMBÉM, POR VEZES, o governador, o general, o pontífice voltavam a dominar Robinson. Então, ele media com o olhar a vastidão dos danos provocados por Sexta-Feira na perfeita organização da ilha: as colheitas perdidas, as provisões desperdiçadas, o gado dispersado, a proliferação dos bichos fedorentos, os utensílios quebrados ou perdidos. E isso ainda não seria nada, mas havia por outro lado algum *discernimento* nas ideias diabólicas e errantes, nas descobertas infernais e imprevisíveis que derramava à sua volta e atingiam o próprio Robinson. Para culminar essa lista de acusações, bastava a Robinson evocar a mandrágora listrada que o assombrava e lhe tirava o sono.

Foi nessa disposição raivosa que se pôs a confeccionar um chicote, entrançando correias de couro de bode. Sentia secretamente vergonha e inquietava-se com os progressos que o ódio fizera no seu coração. Assim, não contente em destruir Speranza, o araucano tinha envenenado a alma do patrão. Com efeito, Robinson logo começou a ter pensamentos que não ousava confessar a si próprio e que eram diversas variações sobre um mesmo tema: a morte natural, acidental ou provocada de Sexta-Feira.

Pensava nisso quando, em certa manhã, um pressentimento funesto lhe guiou os passos para a floresta de árvores-de-goma-elástica e sândalos. Uma flor desprendeu-se de um maciço de ciprestes e voou vacilante num raio de sol. Era uma suntuosa e gigantesca borboleta de veludo negro, matizada de dourado. A franja do chicote assobiou e estalou. A flor viva desfez-se em farrapos, que voltearam em seu redor. Era algo que, meses atrás, não teria feito. O fogo que sentia esbrasear dentro de si parecia-lhe, porém, de uma essência mais pura e de origem mais sublime que uma simples paixão humana. Como tudo o que dizia respeito às suas relações com Speranza, a sua fúria tinha algo de cósmico. Não era como um homem irritado comum que se via, mas como uma força original, saída das entranhas da terra e varrendo tudo com um sopro ardente. Um vulcão. Robinson era um vulcão a rebentar à superfície de Speranza, como a cólera fundamental da rocha e do tufo. Por outro lado, há algum tempo, cada vez que abria a Bíblia, ouvia ribombar o trovão de Javé:

A sua cólera queima, e o ardor é opressivo.
Os seus lábios respiram fúria, e a língua é como um fogo
devorador.
O seu hálito é como uma torrente transbordante que sobe
Para crivar as nações com o crivo da destruição
E pôr um freio de loucura nas mandíbulas dos povos.

Lendo esses versículos, Robinson não podia suster os rugidos que, a um tempo, o libertavam e o inflamavam. Julgava ver-se de pé, sobre o mais alto ponto da ilha, terrível e grandioso:

Javé fará retumbar a majestade da sua voz e mostrará o braço que se abate, no ardor da sua cólera, e a chama de um fogo devorador, em meio a tempestade, aguaceiro, e pedras de granizo.

ISAÍAS, 30: 30

A franja do chicote fendeu o ar na direção da silhueta longínqua de um busardo* que planava no céu. A ave de rapina continuou, por certo, a sua caça preguiçosa a uma altitude infinita, mas Robinson, numa névoa de alucinação, vira-a cair a seus pés, palpitante e retalhada, e rira como um selvagem.

No meio de toda esta árida desolação, corria, contudo, um grande rio de doçura. O Combo Rosa, com as suas dobras acolhedoras e ondulações lascivas, continuava ali, fresco, reconfortante na doçura da sua pele balsâmica. Robinson apressou o andar. Dentro de poucos instantes, estender-se-ia por sobre esta terra feminina, de costas, com os braços em cruz, e parecer-lhe-ia cair num abismo de azul, levando aos ombros Speranza inteira, como Atlas com o globo terrestre. Sentiria, então, uma força nova a penetrá-lo ao contato com esta fonte primordial, voltar-se-ia e colaria o ventre no flanco desta fêmea gigantesca e ardente para penetrá-la com uma relha de carne.

Parou na orla da floresta. O combo estendia a seus pés as ancas e os mamilos. Com todas as folhas, largas como mãos, as mandrágoras, suas filhas, faziam-lhe sinais de boas-vindas. Uma doçura já lhe tomava as entranhas, enchia-lhe a boca uma saliva açucarada. Tendo feito sinal a Tenn para ficar sob as árvores, avançou para o seu leito nupcial, levado por asas invisíveis. Um pântano margoso onde repousava um espelho d'água imóvel terminava num canal de areia dourada, coberta por um veludo de gramíneas. Seria ali que Robinson iria hoje amar. Conhecia já aquele ninho de verdura e, aliás, o ouro violáceo das flores de mandrágora ali brilhava surdamente.

Foi então que viu sob as folhas duas pequenas nádegas pretas. Estavam em plena atividade, percorridas por uma

---

**Busardo:* ave de rapina, que vive sobretudo nos pântanos e se alimenta de répteis e caça aquática. (*N. do E.*)

vaga que as relaxava, logo as contraía duramente, voltava a relaxá-las, e apertava-as de novo. Robinson era um sonâmbulo, brutalmente arrancado de um sonho de amor. Contemplava, arrasado, a abjeção total que se consumava perante seus olhos. Speranza conspurcada, suja, ultrajada por um negro! As mandrágoras listradas floresceriam, aqui mesmo, dentro de algumas semanas! E ele tinha deixado o chicote junto de Tenn, na orla da floresta! Com um chute, levantou Sexta-Feira, com um murro, estatelou-o de novo na grama. Depois caiu sobre ele, com todo o seu peso de homem branco. Ah, não é para um ato de amor que ele se deita no meio das flores! Bate com os punhos como um surdo, surdo na verdade às lamentações que saem dos lábios rebentados de Sexta-Feira. A fúria que o possui é sagrada. É o dilúvio afogando em toda a terra a iniquidade humana, é o fogo do céu calcinando Sodoma e Gomorra, são as Sete Pragas do Egito castigando a dureza do Faraó. No entanto, quatro palavras pronunciadas num último fôlego pelo mestiço trespassam, de repente, a sua surdez divina. O punho esfolado de Robinson golpeia ainda uma vez, mas sem firmeza, travado por um esforço de reflexão: "Patrão, não me mates!", gemeu Sexta-Feira, cego pelo sangue. Robinson está representando uma cena que já viu num livro ou em qualquer outro lugar: um irmão espancando até a morte o outro, na dobra de um fosso. Abel e Caim, o primeiro assassínio da história humana, o assassinato por excelência! Quem é ele, afinal? O braço de Javé ou o irmão maldito? Levanta-se, afasta-se, corre, é preciso que lave o espírito na fonte de toda a sabedoria...

Ei-lo, de novo, diante do atril, com os calcanhares juntos e as mãos unidas, esperando a inspiração do Espírito. Trata-se de fazer a sua cólera transcender, dar-lhe um tom mais puro, mais sublime. Abre a Bíblia ao acaso. É o livro de Oseias. A palavra do profeta retorce-se em sinais negros sobre a página branca antes de ribombar em ondas sonoras pela voz de

Robinson. Também o clarão precede o trovão. Robinson fala. Dirige-se a suas filhas, as mandrágoras, e previne-as contra a mãe, a terra adúltera:

Acusai vossa mãe, acusai.
Pois ela já não é minha mulher,
e eu já não sou o seu marido.
Que ela afaste da sua face as suas prostituições
e os seus adultérios do meio dos seus seios,
para que eu não a ponha a nu
e a deixe como no dia em que nasceu
e a faça igual ao deserto,
tornando-a uma terra ressequida
e obrigando-a a morrer de sede.

OSEIAS, 2: 4

O Livro dos livros falou, e condena Speranza! Não era o que Robinson procurava. Queria ler, em letras de fogo, a condenação do servo indigno, do aliciador, do profanador. Fecha a Bíblia e reabre-a ao acaso. É Jeremias quem fala agora, e é da mandrágora listrada que se trata, sob a imagem da vinha bastarda:

Sobre toda colina cultivada, sob toda árvore verde,
estendeste-te como uma cortesã.
E eu plantara-te como uma vinha excelente,
Toda de boa cepa.
Como pudeste tornar-te, para mim, sarmentos bastardos de uma vinha estranha?
Sim, mesmo lavando-te com soda e prodigalizando a potassa;
a tua iniquidade faria nódoa à minha frente!

Entretanto, se Speranza seduziu Sexta-Feira, quer dizer que o araucano é completamente inocente, inimputável? O coração ultrajado de Robinson revolta-se perante esse veredicto bíblico, que condena Speranza e só ela. Fecha e abre uma vez mais a Bíblia. É o capítulo 39 do Gênesis que ressoa, agora, pela voz de Robinson:

Aconteceu que a mulher do seu patrão lançou os olhos para José e disse-lhe: "Deita-te comigo." Ele recusou e disse à mulher do patrão: "Olha, o meu patrão não se informa junto de mim do que se passa em casa, pois tudo o que tem pôs nas minhas mãos. Ninguém nesta casa é maior do que eu, e nada me foi proibido salvo tu, porque és a sua mulher. Como poderia eu fazer um mal tão grande e pecar contra Deus?" Embora ela falasse todos os dias a José, ele recusava-se a deitar-se junto dela e a estar com ela. Um dia que entrara em casa para fazer o seu serviço, sem que lá houvesse qualquer pessoa, ela agarrou-o pela veste e disse-lhe: "Deita-te comigo." Ele, porém, deixou-lhe a veste nas mãos e fugiu. Quando ela viu que ele tinha deixado a veste nas suas mãos e que fugira para fora, chamou as pessoas da casa e falou-lhes, dizendo: "Este homem veio à minha casa para se deitar comigo, e eu gritei com todas as minhas forças. Quando ele ouviu que eu levantava a voz e gritava, deixou a veste a meu lado e fugiu." Quando o patrão de José ouviu as palavras da mulher, que lhe falava nestes termos: "Eis o que me fez o teu servo", a sua cólera inflamou-se. Apanhou José e meteu-o na prisão. Era o lugar onde estavam detidos os prisioneiros do rei. E ele ficou lá, na prisão.

ROBINSON CALOU-SE, ACABRUNHADO. Tinha certeza de que seus olhos não o haviam enganado. Apanhara realmente Sexta-Feira em flagrante delito de fornicação na terra de Speranza. Contudo, sabia também que, já havia muito tempo, lhe era necessário interpretar os fatos exteriores, por mais indiscutíveis que fossem, como outros tantos *sinais* superficiais de uma realidade profunda e ainda obscura, em vias de gestação. Na verdade, o fato de Sexta-Feira espalhar a sua negra semente nas sinuosidades do Combo Rosa, por espírito de imitação ou por zombaria, era acidental e tão anedótico como os enredos entre a mulher de Putifar e José. Robinson sentiu, a cada dia, cavar-se um fosso entre as mensagens fúteis que a sociedade humana ainda lhe transmitia por meio da própria memória, da Bíblia e da imagem que uma e outra projetam sobre a ilha, e o universo inumano, elementar, absoluto, em que ele se vai enterrando e cuja verdade procurava, tremendo, desenredar. A voz dentro dele, que nunca o enganou, balbuciou-lhe em segredo que se encontrava num momento de mudança da sua história, que a era da ilha-esposa – sucessora da ilha-mãe, também esta posterior à ilha administrada – estava prestes a terminar, aproximando-se o advento de coisas absolutamente novas, extraordinárias e imprevisíveis.

Pensativo e silencioso, deu alguns passos e assomou à porta da residência. Ele recuou e a cólera reanimou-o quando distinguiu, à esquerda, encostado à parede da casa, Sexta-Feira acocorado sobre os calcanhares, numa imobilidade completa, com o rosto voltado para o horizonte e o olhar perdido. Sabia que o araucano era capaz de ficar horas seguidas numa posição que ele não conseguia adotar por alguns segundos sem que cãibras fulgurantes lhe despertassem nos joelhos. Robinson era presa de sentimentos diversos, depois resolveu ir sentar-se perto de Sexta-Feira e comungar com ele na grande espera silenciosa que envolvia Speranza e os seus habitantes.

No céu de uma pureza impecável, o sol ostentava a sua soberana onipotência. Colocou todo o seu peso dourado sobre o mar estendido debaixo dele numa submissão total, sobre a ilha inerte e ressequida, sobre as construções de Robinson, que pareciam agora templos dedicados à sua glória. A voz interior segredou-lhe que talvez ao reino telúrico de Speranza sucedesse, um dia, um reino *solar*, mas era uma ideia ainda tão vaga, tão fraca, tão incompreensível, que não a reteve por muito tempo e guardou-a de reserva na sua memória para a deixar amadurecer.

Voltando a cabeça um pouco à esquerda, viu o perfil direito de Sexta-Feira. Lavravam-lhe o rosto hematomas e cortes e, na maçã do rosto proeminente, afastavam-se as bordas roxas de uma lesão feia. Robinson observou, como sob uma lupa, essa máscara prognata, um tanto bestial, que a tristeza tornava mais obstinada e amuada. Foi então que notou nessa paisagem de carne sofrida e feia algo de brilhante, puro e delicado: o olho de Sexta-Feira. Sob os cílios longos e curvos, o globo ocular perfeitamente liso e límpido era incessantemente varrido, refrescado e lavado pelo movimento da pálpebra. A pupila contraiu-se sob a ação variável da luz, ajustando com precisão o seu diâmetro à luminosidade ambiente, de modo a que retina fosse sempre igualmente atingida pela luz. Na massa transparente da íris, encontrava-se imersa uma ínfima corola de plumas de vidro, uma tênue rosácea, infinitamente preciosa e delicada. Robinson estava fascinado por esse órgão tão sutilmente composto, tão perfeitamente novo e brilhante. Como é que tal maravilha podia estar incorporada num ser tão grosseiro, ingrato e vulgar? E se, neste instante preciso, descobria por acaso a beleza anatômica, espantosa, do olho de Sexta-Feira, não deveria, honestamente, perguntar-se se o araucano não era todo ele uma adição de coisas igualmente admiráveis que ele ignorava só por cegueira?

Robinson debateu-se interiormente com essa dúvida. Pela primeira vez, entreviu nitidamente, no mestiço grosseiro e estúpido que o irritava, a possível existência de *outro Sexta-Feira* – tal como outrora pressentira, antes de descobrir a gruta e o combo, *outra ilha*, escondida sob a ilha administrada.

No entanto, essa visão devia durar apenas um instante fugaz, e a vida devia retomar ainda o seu curso monótono e laborioso.

Retomou efetivamente o seu curso, mas, o que quer que Robinson fizesse, havia sempre alguém nele que esperava um acontecimento decisivo, perturbador, um começo radicalmente novo que invalidaria todos os empreendimentos passados ou futuros. Em seguida, o velho que havia nele protestava, agarrava-se à sua obra, calculava as próximas colheitas, planejava vagamente plantações de madeiras de lei, de seringueiras ou de algodão, projetava um moinho que captaria a energia de uma corrente. Contudo, nunca mais voltou ao Combo Rosa.

Sexta-Feira não se preocupava com qualquer problema desse gênero. Descobrira o pote do tabaco e fumava o grande cachimbo de Van Deyssel, às escondidas do patrão. A punição, se fosse descoberto, seria sem dúvida exemplar, pois a provisão de tabaco chegava ao fim, e Robinson agora se permitia fumar apenas uma vez de dois em dois meses. Era uma festa para ele, com a qual sonhava com larga antecedência, e temia o momento em que deveria renunciar definitivamente a tal prazer.

Tinha ido, nesse dia, inspecionar as linhas de fundo que colocara na maré baixa da véspera e que deviam estar agora descobertas pela jusante. Sexta-Feira pôs o pote do tabaco debaixo do braço e foi instalar-se na gruta. Todo o prazer se desvanecia quando fumava ao ar livre, mas sabia que, se fumasse numa das casas, o aroma infalivelmente o denunciaria. Robinson podia fumar em qualquer lugar. Para ele, apenas contava o fornilho ardente e vivo, crepitante e enegrecido. Era o envoltório terrestre de um pequeno sol subterrâneo, uma espécie de vulcão portátil e domesticado, incandescendo tranquilamente sob a cinza, respondendo ao apelo da sua boca. Nessa retorta em miniatura, o tabaco recozido, calcinado, sublimado, transformava-se em resina, alcatrão e xaropes betuminosos, cujo aroma vinha agradavelmente impressionar-lhe as narinas. Era a câmara nupcial *possuída*, fechada no côncavo da sua mão, da terra e do sol.

Para Sexta-Feira, pelo contrário, toda a operação só se justificava pelo fumo expelido em espirais, e a menor aragem ou corrente de ar quebrava, irremediavelmente, o encanto. Era-lhe necessária uma atmosfera absolutamente calma, e nada convinha mais aos seus jogos eólicos do que o ar parado da gruta.

A uns vinte passos da entrada da gruta, construíra para si, com sacos e barris, uma espécie de divã. Semirrecostado, aspirou profundamente pela boquilha do cachimbo. Depois os lábios deixaram filtrar um fio de fumaça que se dividiu em dois e que, sem qualquer perda, se insinuou nas narinas. O fumo cumpriu, então, a sua principal função: preencheu e sensibilizou-lhe os pulmões, tornou consciente e como que luminoso esse espaço escondido no seu peito, o que nele havia de mais sublime e espiritual. Expulsou por fim, docemente, a nuvem azul que o habitava. Em contraluz, frente à abertura iluminada da gruta, o fumo desenrolava-se como um polvo, repleto de arabescos e de lentos redemoinhos, que ia aumentando, subindo, tornando-se cada vez mais tênue... Sexta-Feira sonhou por longos minutos e preparava-se para uma nova tragada, quando chegou até ele o eco longínquo de gritos e de latidos. Robinson regressara mais cedo que o previsto e chamava-o com uma voz que nada de bom pressagiava. Tenn ladrou, um estalido retiniu. O chicote. A voz tornou-se mais próxima, mais imperiosa. Na moldura clara à entrada da gruta, delineou-se a silhueta escura de Robinson, com as mãos nos quadris, as pernas afastadas, rubricado pela correia do chicote. Sexta-Feira levantou-se. Que fazer com o cachimbo? Lançou-o com toda a força para o fundo da gruta. Encaminhou-se depois corajosamente para o castigo. Robinson devia ter dado pelo desaparecimento do pote, pois espumava de raiva. Levantou o chicote. Então, os quarenta tonéis de pólvora negra falavam ao mesmo tempo. Uma torrente de chamas vermelhas jorrou da gruta. Num último clarão de consciência, Robinson sentiu-se levantado, levado, enquanto via o caos rochoso que dominava a gruta ruir como um jogo de construções.

9

Quando abriu os olhos, Robinson viu, primeiro, um rosto negro inclinado para ele. Sexta-Feira segurava-lhe a cabeça com a mão esquerda e tentava fazê-lo beber água fresca na concha da sua mão direita. No entanto, como Robinson fechava convulsivamente os dentes, a água derramava-se em volta da boca, pela barba e pelo peito. O araucano sorriu e levantou-se ao vê-lo se mexer. No mesmo instante, uma parte da camisa e a perna esquerda da calça, retalhadas e enegrecidas, caíram no chão. Desatou a rir e, com algumas contorções, libertou-se do restante do vestuário, meio calcinado. Depois, tendo apanhado um fragmento de espelho no meio dos objetos domésticos desconjuntados, mirou-se, fazendo caretas, e, com uma nova gargalhada, apresentou-o a Robinson. Apesar de marcado por traços de fuligem, não tinha qualquer ferida no rosto, mas a sua bonita barba ruiva estava repleta de áreas peladas e de pequenas crostas polidas que os pelos formam quando queimados. Levantou-se e, por sua vez, arrancou os farrapos carbonizados que ainda se agarravam a ele. Deu alguns passos. Tinha apenas contusões superficiais sob a espessa camada de fuligem, pó e terra que o cobria.

A Residência ardia como uma tocha. A muralha com ameias da fortaleza desabara no fosso que a defendia. Mais leves, o edifício da Tesouraria, o Oratório e o Mastro-calendário tinham sido derrubados todos juntos. Robinson e Sexta-Feira contemplavam esse espetáculo de desolação, quando, a cem passos dali, um monte de terra subiu pelos ares, seguido, um segundo mais tarde, por uma explosão tremenda que os lançou de novo ao chão. Crepitou em volta deles uma chuva de pedras e de troncos aos pedaços. Devia ser a carga de pólvora que Robinson escondera na trilha que levava à baía e que podia ser inflamada à distância por um cordão de estopa. Robinson teve de se convencer de que não restava nem um grama de pólvora em toda a ilha para ter a coragem de se levantar e fazer o inventário da catástrofe.

Assustadas por esta segunda explosão, muito mais próxima, as cabras tinham fugido, todas, na direção oposta e quebrado a cerca do curral. Galopavam agora em todos os sentidos, como tomadas de frenesi. Ser-lhes-ia necessário menos de uma hora para se dispersarem na ilha e menos de uma semana para voltarem ao estado selvagem. No lugar da gruta, cuja entrada tinha desaparecido, erguia-se uma confusão de blocos gigantescos em forma de torres, pirâmides, prismas, cilindros. O conjunto era dominado por um pico rochoso que devia constituir um mirante incomparável sobre a ilha e sobre o mar. A explosão, portanto, não tivera apenas um efeito destruidor e, no local onde a deflagração fora mais violenta, parecia que um gênio arquitetônico tirara proveito disso para dar livre curso a uma inspiração barroca.

Robinson olhava à sua volta com um ar embrutecido e, maquinalmente, começou a apanhar os objetos que a gruta vomitara antes de se fechar. Havia roupas retalhadas, um mosquete de cano retorcido, fragmentos de louça, sacos esburacados, cestos furados. Examinava cada um dos destroços e colocava-os, delicadamente, junto do cedro gigante. Sexta-Feira imitava-o mais do que o ajudava, pois naturalmente refratário a reparar e a conservar, acabava geralmente por destruir definitivamente os objetos danificados. Robinson não tinha forças para se irritar e nem reagiu quando o viu dispersar, aos punhados, um pouco de trigo que tinha encontrado no fundo de um vaso.

A noite caía, e tinham eles finalmente encontrado um objeto intacto – a luneta –, quando descobriram o cadáver de Tenn ao pé de uma árvore. Sexta-Feira apalpou-o demoradamente. Não tinha fratura alguma, aparentemente não tinha ferimento algum, mas estava indiscutivelmente morto. Pobre Tenn, tão velho, tão fiel, a explosão tinha-o talvez feito morrer pura e simplesmente de medo! Prometeram um ao outro enterrá-lo na manhã seguinte. Levantou-se o vento. Foram juntos lavar-se no mar, jantaram depois um abacaxi selvagem – e Robinson lembrou-se de que essa fora a sua primeira refeição na ilha, no dia seguinte ao do naufrágio. Não sabendo onde dormir, deitaram-se os dois debaixo do grande cedro, entre as suas relíquias. O céu estava límpido, mas uma forte brisa de noroeste atormentava a copa das árvores. Contudo, os pesados ramos do cedro não participavam da lenga-lenga da floresta, e Robinson, estendido de costas, via a sua silhueta imóvel e dentada delineada com nanquim em meio às estrelas.

Assim, Sexta-Feira vira-se livre de uma situação que solenemente detestava. É evidente que não tinha provocado *voluntariamente* a catástrofe. Robinson sabia, há muito tempo, quanto essa noção de vontade se aplicava mal à conduta do companheiro. Menos que uma vontade livre e lúcida tomando as suas decisões de modo deliberado, Sexta-Feira era uma *natureza* da qual fluíam atos, e as consequências destes assemelhavam-se ao araucano como os filhos se parecem com as mães. Até então, nada, aparentemente, tinha podido influenciar o curso dessa geração espontânea. Sobre esse ponto particularmente profundo, Robinson dava-se conta de que a sua influência sobre o araucano havia sido nula. Sexta-Feira havia, imperturbável – e inconscientemente – preparado, e depois provocado, o cataclismo que antecederia o advento de uma nova era. Quanto a saber o que seria essa nova era, seria sem dúvida na própria natureza de Sexta-feira que se devia ver os sinais. Robinson ainda se encontrava demasiadamente prisioneiro do velho homem para poder prever fosse o que fosse. Pois o que os opunha um ao outro ultrapassava – e englobava ao mesmo tempo – o antagonismo, tantas vezes descrito, entre o inglês metódico, avaro e melancólico e o "nativo" impulsivo, pródigo e radiante. Sexta-Feira opunha-se, por natureza, a essa ordem terrestre que Robinson, como camponês e administrador, tinha instaurado na ilha, e à qual devia a sobrevivência. Parecia que o araucano pertencia a outro reino, em oposição ao reino telúrico do patrão, sobre o qual tinha efeitos devastadores, por menor que fosse a tentativa de nele o conservar prisioneiro.

A explosão não havia matado por completo o velho homem que havia em Robinson, pois que aflorou nele a ideia de que podia ainda matar o companheiro, adormecido a seu lado – merecia mil vezes a morte –, e pacientemente recomeçar a tecer a tela do seu universo devastado. Não foram apenas o medo de se encontrar novamente só e o horror que lhe inspirava tal violência que o impediram de agir. O recente cataclismo, ele secretamente o desejara. Na verdade, a ilha administrada pesava-lhe ultimamente quase tanto como a Sexta-Feira. O araucano, depois de tê-lo libertado, contra a sua vontade, das raízes terrenas, ia arrastá-lo para *outra coisa*. Substituiria este reino telúrico que lhe era odioso por uma ordem que lhe era própria, e que Robinson ansiava por descobrir. Debatia-se na sua velha pele um novo Robinson, que aceitava, de antemão, deixar ruir a ilha administrada para enveredar, atrás de um iniciador acidental, por um caminho desconhecido.

Estava ele nesse ponto das suas reflexões quando sentiu qualquer coisa mexer-se sob a sua mão pousada no solo. Pensou que era um inseto e apalpou o húmus com a ponta dos dedos. No entanto, era a própria terra que se levantava naquele lugar. Um rato silvestre ou uma toupeira ia emergir no fim da sua galeria. Robinson sorriu no escuro, imaginando o susto do bichinho que, julgando ir dar ao ar livre, ia lançar-se numa prisão de carne e osso. A terra voltou a agitar-se e alguma coisa saiu dela. Algo duro e frio que se encontrava fortemente ancorado ao solo. Uma raiz. Com que então, para coroar este dia pavoroso, as raízes tomavam vida e saíam por si próprias da terra! Robinson, conformado com todos os acontecimentos extraordinários, olhava fixamente as estrelas por entre os ramos da árvore. Foi então que viu, sem sombra de dúvida, uma constelação inteira deslizar rapidamente para a direita, desaparecer atrás de um ramo e reaparecer do outro lado. Depois ficou imóvel. Alguns segundos mais tarde, cortou o ar um estalido longo e dilacerante. Sexta-Feira já estava de pé e ajudava Robinson a levantar-se. Fugiram velozmente no momento em que o solo começou a oscilar debaixo deles. O grande cedro escorregava lentamente por entre as estrelas e caiu com o estrondo de um trovão no meio das outras árvores, como um gigante por entre a grama alta. O cepo, erguido verticalmente, tinha enlaçada, nos seus numerosos braços ganchosos, toda uma colina de terra. Sucedeu a esse cataclismo um silêncio formidável. Minada pela explosão, a entidade protetora de Speranza não resistira ao sopro vigoroso – ainda que sem rajadas – que agitava a folhagem.

Depois da destruição da gruta, esse novo golpe na terra de Speranza acabava de quebrar os últimos laços que uniam Robinson aos seus antigos alicerces. Daí por diante, flutuaria, livre e assustado, sozinho com Sexta-Feira. Nunca mais poderia soltar a mão morena que tinha agarrado a sua, para salvá-lo, no momento em que a árvore soçobrava na noite.

A LIBERDADE DE SEXTA-FEIRA, na qual Robinson começou a iniciar-se nos dias seguintes, era mais do que a negação da ordem, apagada da superfície da ilha pela explosão. Pela recordação dos seus primeiros tempos em Speranza, Robinson sabia por demais o que era uma vida desamparada, à deriva e sujeita a todos os impulsos do capricho e a todas as recaídas de desânimo para não pressentir uma unidade escondida, um princípio implícito na conduta do companheiro.

Rigorosamente falando, Sexta-Feira nunca trabalhava. Ignorando qualquer noção de passado ou futuro, vivia fechado no instante presente. Passava dias inteiros numa rede feita de cipós entrançados que estendera entre dois pimenteiros, e do fundo da qual abatia, por vezes, com a zarabatana, os pássaros que vinham pousar nos ramos, enganados pela sua imobilidade. À noite, lançava o produto dessa caça indolente aos pés de Robinson, que já nem procurava saber se tal gesto era o do cão fiel ou, pelo contrário, o de um patrão tão arrogante que nem sequer se digna a expressar as suas ordens. Na verdade, tinha já ultrapassado, nas suas relações com Sexta-Feira, a fase dessas alternativas mesquinhas. Observava-o, apaixonadamente atento aos feitos e gestos do companheiro e à sua repercussão nele, em quem suscitavam uma metamorfose perturbadora.

A sua aparência foi o primeiro aspecto atingido. Renunciou a raspar a cabeça, e os cabelos caíam-lhe em caracóis ruivos, a cada dia mais exuberantes. Em contrapartida, havia cortado a barba, já danificada pela explosão, e todas as manhãs passava pelo rosto a lâmina da faca, demoradamente afiada numa pedra vulcânica, leve e porosa, comum na ilha. Ao mesmo tempo, perdera o aspecto solene e patriarcal, esse feitio "Deus Nosso Senhor" que tão bem corroborava a sua antiga autoridade. Havia rejuvenescido assim em uma geração, e um olhar ao espelho revelou-lhe que agora até existia, por um fenômeno de mimetismo bem explicável, uma semelhança evidente entre o seu rosto e o do companheiro. Havia sido durante anos patrão e pai de Sexta-Feira. Em alguns dias, tornara-se seu irmão, e não tinha certeza de ser o mais velho. Também o corpo se transformara. Sempre temera as queimaduras do sol, como um dos piores perigos que ameaçam um inglês – ainda mais, ruivo – em zona tropical, e cobria cuidadosamente todas as partes do corpo, sem esquecer, como precaução suplementar, o grande guarda-sol de pele de cabra, antes de se expor aos raios solares. As permanências no fundo da gruta, depois a sua intimidade com a terra, haviam acabado por dar à sua carne a brancura leitosa e frágil dos rabanetes e tubérculos. Encorajado por Sexta-Feira, passou a expor-se nu ao sol. A princípio amedrontado, encolhido e feio, foi pouco a pouco desabrochando. A pele havia adquirido um tom acobreado. Enchia-lhe o peito e os músculos um orgulho novo. Do seu corpo irradiava um calor, do qual, parecia-lhe, a sua alma extraía uma segurança que jamais conhecera. Descobria, assim, que um corpo aceito, querido, vagamente desejado também – por uma espécie de narcisismo nascente – pode ser não somente um melhor instrumento de inserção na teia das coisas exteriores, mas também um companheiro fiel e forte.

Acompanhava Sexta-Feira nos jogos e exercícios que outrora considerava incompatíveis com a sua dignidade. Foi assim que não descansou enquanto não soube andar sobre as mãos tão bem como o araucano. Não experimentou, de início, qualquer dificuldade em "plantar bananeira" contra um rochedo inclinado. Era mais difícil afastar-se desse ponto de apoio e avançar, sem se desequilibrar para trás ou ficar esgotado. Os braços tremiam-lhe sob o peso opressivo de todo o restante do corpo, mas não era por falta de força, era antes porque ainda estava por conquistar a maneira de equilibrar e sustentar esse fardo insólito. Obstinava-se, considerando como um progresso decisivo na estrada nova por onde avançava a conquista de uma espécie de *polivalência* dos seus membros. Sonhava com a metamorfose do seu corpo numa gigantesca mão, cujos cinco dedos seriam a cabeça, os braços e as pernas. A perna devia poder apontar-se como um indicador, os braços deviam andar como as pernas, podendo o corpo repousar indiferentemente sobre um membro, depois sobre outro, como a mão que se apoia sobre cada um dos seus dedos.

ENTRE AS SUAS raras ocupações, Sexta-Feira confeccionava arcos e flechas com minucioso cuidado, tanto mais notável porque deles pouco se servia para a caça. Depois de ter talhado arcos simples nas madeiras mais flexíveis e regulares – sândalo, amaranto e copaíba –, chegou rapidamente ao ponto de ligar a uma estrutura de buxo pequenas lâminas de chifre de bode que lhe multiplicavam o vigor.

Entretanto, era às flechas que concedia a maior atenção, pois, se continuamente aumentava a potência dos arcos, era para poder alongar as flechas, que depressa ultrapassaram 6 pés. O equilíbrio delicado da ponta e da plumagem das flechas não estava nunca exatamente como queria, e passava horas seguidas a fazer oscilar a vara sobre a aresta de uma pedra para lhe situar o centro de gravidade. Na verdade, emplumava as flechas para além de todo o limite razoável, usando, para isso, tanto penas de papagaio como folhas de palmeira, e, dado que cortava em forma de pequenas asas as pontas tiradas de omoplatas de cabras, era evidente que o seu objetivo não era o de obter flechas que atingissem uma presa com força e precisão, mas sim que voassem e planassem tão longe e por tanto tempo quanto possível.

Quando retesava o arco, a sua fisionomia fechava-se num esforço de concentração quase doloroso. Procurava durante muito tempo a inclinação da flecha que lhe assegurasse a trajetória mais gloriosa. A corda finalmente assobiava e vinha raspar-lhe a manga de couro com que protegia o antebraço esquerdo. Inclinando todo o corpo para a frente, com os dois braços estendidos num gesto ao mesmo tempo de levantar voo e de imploração, acompanhava o percurso da flecha. Brilhava-lhe o rosto de prazer por tanto tempo quanto a força impulsionando-a não cedesse ao atrito do ar e ao peso. Contudo, algo parecia quebrar-se nele quando a ponta balançava em direção à terra, com a queda pouco amortecida pela plumagem.

Robinson perguntou-se muitas vezes qual podia ser o significado desse tiro ao arco, sem presa, sem alvo, em que Sexta-Feira se obstinava até o esgotamento. Julgou tê-lo compreendido num dia em que um forte vento marítimo fazia encrespar as vagas que se espraiavam na areia. Sexta-Feira experimentava novas flechas, de um comprimento desmedido, com plumagem de quase 3 pés formada por uma barba fina tirada dos remígios do albatroz. Dando à flecha uma inclinação de 45 graus, retesou o arco na direção da floresta. A flecha subiu a uma altura de, pelo menos, 150 pés. Aí, pareceu ter uns instantes de hesitação, mas, em vez de descer direto à praia, inclinou-se na horizontal e seguiu rapidamente para a floresta com uma nova energia. Assim que desapareceu por detrás da cortina formada pelas primeiras árvores, Sexta-Feira voltou-se radiante para Robinson.

– Vai cair nos ramos, não vais encontrá-la – disse-lhe Robinson.

– Não vou encontrá-la – respondeu Sexta-Feira – porque esta nunca mais cairá.

Depois de regredir ao estado selvagem, as cabras não viviam mais na anarquia à qual a domesticação pelo homem obriga os animais. Tinham-se agrupado em bandos hierarquizados e comandados pelos bodes mais fortes e sábios. Quando um perigo os ameaçava, o bando reunia-se, geralmente sobre uma elevação, e todos os animais da primeira fila opunham ao agressor uma sequência intransponível de chifres. Sexta-Feira brincava de desafiar os bodes que surpreendia isolados. Forçava-os a deitarem-se, agarrando-os pelos chifres, ou então os apanhava na corrida e, para marcá-los com a sua vitória, atava-lhes um colar de cipó em volta do pescoço.

Um dia, no entanto, encontrou uma espécie de bode selvagem, grande como um urso, que o atirou, rolando, para os rochedos só com uma pancada dos chifres enormes e nodosos, erguidos como duas longas chamas negras na sua cabeça. Sexta-Feira teve de ficar três dias imóvel na rede, mas falava constantemente em voltar a encontrar o animal que havia batizado de *Andoar* e que parecia inspirar-lhe uma admiração misturada com ternura. Andoar notava-se à distância de dois lanços de flecha só pelo seu horroroso cheiro. Andoar nunca fugia quando alguém se aproximava. Andoar estava sempre afastado do bando. Andoar não investiu contra ele depois de tê-lo quase matado, como o teria feito qualquer outro bode... Salmodiando à meia-voz o elogio ao adversário, Sexta-Feira entrançava cordéis de cores vivas para fazer um colar mais sólido e mais vistoso que os outros: o colar de Andoar. Quando o araucano voltava ao caos rochoso onde habitava o animal, Robinson protestou fracamente, sem esperança de detê-lo. O fedor que se colava à sua pele depois das suas caçadas de perseguição bastava para justificar a oposição de Robinson. Porém, além disso, o perigo era real, como o provava o acidente recém-acontecido, do qual ainda mal conseguira recompor-se. Sexta-Feira não se importava. Era tão pródigo com suas forças e coragem em prol de um jogo que o exaltava quanto era habitualmente desmedido na preguiça e indiferença. Encontrara em Andoar um parceiro de jogo cuja obtusa brutalidade parecia encantá-lo, e de antemão aceitava com bom humor a perspectiva de novas feridas, mesmo mortais.

Não levou muito tempo para descobri-lo. A silhueta do grande animal erguia-se como um rochedo no meio de uma vaga de cabras e cabritos que, à sua aproximação, dispersaram-se em desordem. Ficaram sós, em meio a uma espécie de arena cujo fundo se encontrava limitado por uma parede abrupta e que se abria sobre uma cascata de entulho coberta por cactos. A ocidente, uma saliência do terreno dominava um desfiladeiro com uma centena de pés. Sexta-Feira desprendeu a corda que enrolara no pulso e agitou-a em desafio na direção de Andoar. O animal parou subitamente de mastigar, mantendo uma grande gramínea entre os dentes. Em seguida deu risadas e ergueu-se sobre as patas traseiras. Avançou para Sexta-Feira, agitando no ar os cascos dianteiros, sacudindo os enormes chifres como se saudasse uma multidão à sua passagem. Essa mímica grotesca paralisou Sexta-Feira de surpresa. O animal estava apenas a alguns passos dele quando se atirou para a frente, tomando, ao mesmo tempo, um impulso de catapulta na sua direção. Com a cabeça metida entre as patas da frente e os chifres apontados em forquilha, voou para o peito de Sexta-Feira como uma enorme flecha guarnecida de pele. Sexta-Feira lançou-se para a esquerda, mas tarde demais por uma fração de segundo. Envolveu-o um fedor almiscarado no momento em que um violento choque no ombro direito o fez dar uma volta sobre si. Caiu duramente e ficou estatelado no chão. Caso tivesse se erguido logo a seguir, não teria podido se esquivar de uma nova investida. Ficou, pois, deitado de costas, observando por entre as pálpebras semicerradas um pedaço de céu azul emoldurado por folhas secas. Foi então que viu inclinar-se para ele uma máscara de patriarca semita, de olhos verdes escondidos em cavernas de pelos, barba anelada, focinho redondo e negro, torcido por um esgar de fauno. Ao fraco movimento que fez, respondeu-lhe o ombro com uma fisgada dolorosa. Perdeu os sentidos. Quando abriu os olhos, o sol ocupava o centro do seu campo visual e banhava-o com um calor insuportável. Apoiou-se na mão esquerda e puxou os pés para debaixo do corpo. Semierguido, observava numa vertigem a parede rochosa que reverberava a luz para toda a arena. Não avistava Andoar. Levantou-se a titubear e ia voltar-se quando ouviu atrás de si um crepitar de cascos sobre as pedras. O barulho vinha de tão perto que não teve tempo de enfrentá-lo. Deixou-se cair para a esquerda, do lado do braço ileso. Atingido de lado na altura da anca esquerda, Sexta-Feira tropeçou, com os braços em cruz. Andoar detivera-se, plantado nas quatro patas secas e nervosas, tendo reduzido o impulso com um golpe com o lombo. Sexta-Feira, em desequilíbrio, caiu como um manequim desarticulado sobre o dorso do bode, que cedeu sob o peso e de novo se arremessou. Torturado pela dor no ombro, agarrava-se ao animal. As mãos tinham apanhado os cornos anelados bem junto ao crânio, as pernas apertavam a pelagem dos flancos, os dedos dos pés batiam nos testículos. O bode dava saltos fantásticos para se libertar daquela espiral humana e nua que se enrolava em seu corpo. Deu várias voltas na arena sem nunca escorregar nos rochedos, apesar do peso que o esmagava. Se tivesse caído ou se jogado no solo, não teria podido levantar-se. Sexta-Feira sentia a dor macerar-lhe o estômago e receava perder de novo os sentidos. Urgia fazer Andoar parar. As suas mãos desceram ao longo do crânio com protuberâncias e cobriram as órbitas oculares do animal. Embora sem ver, o bicho não parou. Como se os obstáculos tornados invisíveis não existissem, atirou-se para a frente. Os cascos soaram na laje de pedra que dava para o precipício, e os dois corpos, sempre enlaçados, caíram pelos ares.

A 3 QUILÔMETROS DALI, Robinson testemunhara, com a luneta, a queda dos dois adversários. Conhecia suficientemente bem aquela região da ilha para saber que o planalto recoberto por espinhos onde eles deviam ter-se esmagado era acessível, quer por uma pequena trilha escarpada descendo das alturas, quer diretamente, desde que se escalasse num percurso de 100 pés a falésia abrupta que conduzia até lá. A urgência ordenava a via direta, mas Robinson não encarava sem angústia a subida tateante ao longo da parede irregular e por vezes saliente que seria preciso enfrentar. Entretanto, não era apenas a necessidade de salvar Sexta-Feira – talvez ainda vivo – que o empurrava para esse desafio. Convertido aos exercícios musculares que levam o corpo ao seu pleno desabrochar, sentia como um dos seus últimos vícios de outrora a vertigem intensa a que estava sujeito, mesmo a 3 pés do solo. Não duvidava de que, afrontando e vencendo essa fraqueza doentia, alcançaria um progresso notável na sua metamorfose.

Depois de ter corrido alegremente por entre os blocos rochosos, saltado de um para outro, como vira tantas vezes Sexta-Feira fazer, chegou com rapidez ao ponto onde era preciso colar-se à parede e nela progredir agarrado com todos os dedos a todas as irregularidades. Aí experimentou um imenso, mas um tanto suspeito, alívio ao contato direto com o elemento telúrico. As suas mãos, os seus pés, todo o seu corpo nu *conheciam* o corpo da montanha, as superfícies lisas, os esboroamentos, as rugosidades. Entregava-se com um êxtase nostálgico a uma apalpação meticulosa da substância mineral, cuja motivação era apenas em parte a preocupação com a segurança. Isso – sabia-o bem – era um mergulho no passado, e teria constituído renúncia covarde e mórbida, caso o vazio – a que voltava as costas – não constituísse a *outra metade* do desafio. Havia a terra e o ar, e, entre os dois, colado à pedra como uma borboleta trêmula, Robinson, que lutava dolorosamente para consumar a sua conversão de uma ao outro. Alcançada a metade da falésia, impôs a si próprio uma parada e uma meia-volta, agora possíveis devido a uma cornija da largura de 1 polegada, na qual os pés podiam apoiar-se. Recobriu-o um suor frio, tornando-lhe as mãos perigosamente escorregadias. Fechou os olhos para não ver rodopiar, a seus pés, a escarpa dos blocos rochosos que percorrera havia pouco. Abriu-os em seguida, decidido a vencer o mal-estar. Teve então a ideia de olhar para o céu, incendiado pelos últimos clarões do ocaso. Certo reconforto devolveu-lhe rapidamente uma parte das suas faculdades. Compreendeu que a vertigem era apenas a atração *terrestre* incidindo sobre o coração do homem que obstina-se em permanecer geotrópico. A alma inclina-se perdidamente para esses abismos de granito ou de argila, de sílica ou de xisto, cujo afastamento a enlouquece e atrai ao mesmo tempo, porque aí pressente a paz da morte. Não é o vazio aéreo que suscita a vertigem, é a fascinante plenitude das profundezas terrestres. Com o rosto voltado para o céu, Robinson sentiu que ao doce apelo dos túmulos em desordem podia sobrepor-se o convite ao voo de um casal de albatrozes planando fraternalmente entre duas nuvens tingidas de rosa pelos últimos raios da tarde. Recomeçou a subida, com a alma reconfortada, e sabendo melhor aonde o levariam os próximos passos.

O crepúsculo caía quando descobriu o cadáver de Andoar no meio dos pequenos arbustos de sorveiras que cresciam entre as pedras. Inclinou-se para o grande corpo desconjuntado e logo reconheceu a coleira de diferentes cores, fortemente amarrada no pescoço. Endireitou-se, ouvindo um riso atrás de si. Lá estava Sexta-Feira, de pé, coberto de arranhões e com o braço esquerdo imobilizado, mas, de resto, ileso.

– Morreu, protegendo-me com a pelagem – disse. – O grande bode está morto, mas em breve farei com que voe e cante...

SEXTA-FEIRA RECOMPUNHA-SE da fadiga e das feridas com uma rapidez que espantava Robinson. Logo na manhã do dia seguinte, com o rosto já relaxado e o corpo descontraído, voltou aos despojos de Andoar. Cortou-lhe primeiro a cabeça, que colocou no centro de um formigueiro. Em seguida, talhando a pele ao redor das patas e em todo o comprimento do peito e do abdômen, estendeu-a no solo e cortou as últimas ligações que ainda prendiam o grande couro magro e róseo, fantasma anatômico de Andoar. Abriu a cavidade abdominal, desenrolou os 40 pés de intestinos que continha e, depois de tê-los lavado com muita água, pendurou-os nos ramos de uma árvore, estranha grinalda, leitosa e violácea, que imediatamente atraiu miríades de moscas. Seguiu depois para a praia, cantarolando e levando debaixo do braço ileso o tosão gordo e pesado de Andoar. Lavou-o nas ondas, e deixou-o impregnar-se de areia e sal. Depois, com a ajuda de uma chifra improvisada – uma concha presa a uma pedra –, principiou a depilar a face exterior e a descamar a face interior da pele. Para esse trabalho foram-lhe necessários vários dias, durante os quais recusou a ajuda de Robinson, reservando-lhe, dizia, uma tarefa ulterior mais nobre, mais fácil e também essencial.

O mistério foi desvendado quando implorou a Robinson que se dignasse urinar sobre a pele estendida no fundo de uma concavidade rochosa onde as grandes marés depositavam um espelho d'água que se evaporava em poucas horas. Suplicou-lhe que bebesse muito nos dias seguintes e que nunca se aliviasse alhures, visto a urina ter de cobrir por completo os despojos de Andoar. Robinson notou que ele se abstinha de fazê-lo, e não lhe perguntou se considerava a sua urina desprovida de virtudes curtidoras ou se repugnava a infame promiscuidade que teria significado a mistura das suas águas. A pele macerou durante oito dias no que se tinha tornado uma salmoura amoniacal. Quando a retirou, enxaguou-a em água salgada e esticou-a entre dois arcos, cuja tensão a submeteu a uma pressão leve e constante. Por fim, deixou-a secar três dias à sombra, e, enquanto conservava um resto de umidade, amaciou-a com uma pedra-pomes. Era agora um grande pergaminho virgem em tons de ouro velho, que, sob a carícia dos dedos, soltava uma nota grave e sonora.

– Andoar vai voar, Andoar vai voar – repetia excitado, recusando-se a desvendar as suas intenções.

As araucárias da ilha eram pouco numerosas, mas as suas silhuetas piramidais e negras elevavam-se soberbamente no meio das matas que vegetavam à sua sombra. Sexta-Feira gostava particularmente dessas árvores, tão características do seu país que lhe compartilhavam o nome, e passava dias inteiros recôndito no berço dos seus ramos principais. À noite, trazia a Robinson um punhado de sementes, contendo uma amêndoa comestível cuja substância farinhenta estava fortemente impregnada de um acre odor de resina. Robinson evitara sempre seguir o companheiro nessas escaladas que considerava simiescas.

Nessa manhã, no entanto, encontrava-se ao pé da mais alta dessas árvores e, mergulhando o olhar na sua densa ramagem, calculava que não devia ter menos de 150 pés de altura. Depois de vários dias de chuva, o frescor da manhã anunciava o regresso do bom tempo. A floresta fumegava como um animal e, na espessura do musgo, invisíveis regatos faziam ouvir uma algazarra anormal. Sempre atento às mudanças que em si observava, Robinson notara já há algumas semanas que, todas as manhãs, esperava o nascer do sol com uma impaciência ansiosa e que a pompa dos seus primeiros raios se revestia para ele da solenidade de uma festa, a qual, nem por ser quotidiana, deixava de apresentar, a cada vez, uma intensa novidade.

Agarrou-se ao ramo mais acessível e içou-se, primeiro sobre um joelho, em seguida já de pé, pensando vagamente que desfrutaria o nascer do sol alguns minutos mais cedo se trepasse ao topo da árvore. Transpôs sem dificuldade os andares sucessivos daquele arcabouço, com a impressão crescente de se encontrar prisioneiro - e como que dependente - de uma vasta estrutura, infinitamente ramificada, que partia do tronco de crosta avermelhada e se desenvolvia em ramos, raminhos, caules e caulículos, para rematar em nervuras de folhas triangulares, pontudas, escamiformes e enroladas em espiral à volta da ramaria. Participava da evidente função da árvore, que é a de abraçar os ares com os seus mil braços, apertá-los com os seus milhões de dedos. À medida que subia, tornava-se sensível à oscilação da arquitetura ramificada através da qual o vento passava com o ronco de um órgão. Aproximava-se do topo quando percebeu subitamente o vazio ao seu redor. Talvez sob o efeito de um raio, ficara o tronco amputado naquele ponto, a uma altura de 6 pés. Baixou os olhos para escapar à vertigem. A seus pés, uma confusão de ramos em planos sobrepostos davam voltas, a perder de vista, numa perspectiva estonteante.

Veio-lhe à memória um terror da infância. Havia decidido subir ao campanário da catedral de York. Avançando durante muito tempo pela escada íngreme e estreita, parafusada em volta de uma colunata de pedra esculpida, deixara bruscamente a penumbra reconfortante das paredes e emergira em pleno céu, em meio a um espaço que a longínqua silhueta dos telhados da cidade tornava mais vertiginoso. Tiveram de trazê-lo para baixo como uma trouxa, com a cabeça envolvida no capuz escolar...

Fechou os olhos e apoiou a face no tronco, único ponto firme de que dispunha. Nessa mastreação viva, o trabalho da madeira, sobrecarregada de membros e desfiando o vento, ouvia-se como uma vibração surda que um longo gemido por vezes atravessava. Escutou longamente o ruído tranquilizador. O aperto da angústia afrouxava em seu peito. Sonhava. A árvore era um grande navio ancorado no húmus e lutava, desfraldadas todas as velas, para abrir caminho. Envolveu-lhe o rosto uma quente carícia. Suas pálpebras tornaram-se incandescentes. Compreendeu que o sol nascera, mas retardou um pouco mais o momento de abrir os olhos. Estava atento ao crescimento de uma alegria nova dentro dele. Cobria-o uma vaga calorosa. Após a fraqueza da aurora, a luz fulva fecundava soberanamente todas as coisas. Entreabriu os olhos. Por entre os cílios, resplandeceram punhados de palhetas luminosas. Uma brisa morna fez estremecer a folhagem. *A folha, pulmão da árvore; a árvore, pulmão ela própria; logo, o vento, sua respiração*, pensou Robinson. Imaginou os seus pulmões, desfraldados, sarça de carne púrpura, polipeiro de corais vivos, com membranas rosadas, com esponjas mucosas. Agitaria no ar essa exuberância delicada, esse ramalhete de flores carnais, e uma alegria púrpura penetraria nele pelo canal do tronco inchado de sangue vermelho...

Do lado do rio, um grande pássaro cor de ouro velho, de forma losangular, balançava-se fantasiosamente no céu. Sexta-Feira, cumprindo a sua misteriosa promessa, fazia voar Andoar.

Após ligar três varas de junco em forma de cruz a duas cruzetas desiguais e paralelas, abrira um orifício em cada uma das suas seções e por ela passara uma tripa. Fixara depois essa armação leve e sólida à pele de Andoar, puxando-a e costurando-lhe a borda à tripa. Uma das extremidades da vara mais comprida sustinha a parte anterior da pele e a outra estava coberta pela parte caudal, que pendia em forma de trevo. Essas duas extremidades eram unidas por uma brida suficientemente frouxa à qual estava atada a corda que segurava, num ponto cuidadosamente calculado para que a pipa adotasse a inclinação que lhe daria maior força ascensional. Sexta-Feira trabalhara desde os primeiros clarões da aurora nesse conjunto delicado, e, soprando por rajadas uma forte brisa de sudoeste, anunciadora de tempo seco e luminoso, o grande pássaro de pergaminho, mal ficou pronto, logo se agitou nas suas mãos, como que impaciente por voar. Na praia, o araucano gritara de alegria no momento em que o monstro frágil, dobrado como um arco, subira qual rojão, fazendo estalar todas as suas partes frouxas e arrastando uma grinalda de plumas alternadamente brancas e negras.

Quando Robinson veio juntar-se a ele, Sexta-Feira estava deitado na areia, com as mãos cruzadas sob a nuca e com a corda da pipa atada ao tornozelo esquerdo. Robinson estendeu-se junto dele e ambos olharam por um longo tempo Andoar, que vivia no meio das nuvens, cedendo a ataques bruscos e invisíveis, atormentado por contraditórias correntes, enfraquecido por uma súbita calmaria, mas rapidamente recuperando, com um salto vertiginoso, toda a altitude perdida.

Sexta-Feira, que participava intensamente de todas estas peripécias eólicas, acabou por levantar-se e, com os braços em cruz, imitou, rindo, a dança de Andoar. Acocorava-se como uma bola na areia, saltava e, projetando para o céu a perna esquerda, rodopiava, cambaleando como que subitamente sem forças; hesitava, arremessava-se de novo, e a corda atada ao tornozelo era como que o eixo dessa coreografia aérea, pois Andoar, cavaleiro fiel e longínquo, respondia a cada um desses movimentos com acenos, reviravoltas e descidas bruscas. A tarde foi consagrada à pesca dos peixes-agulhas. A corda de Andoar foi atada à traseira da piroga, enquanto uma linha do mesmo comprimento – 150 pés, aproximadamente –, partindo da cauda da pipa, terminava por um anel de teia de aranha que roçava, cintilando, a crista das ondas.

Robinson remava lentamente contra o vento, ao largo das lagunas da costa oriental, e Sexta-Feira, sentado atrás e com as costas voltadas para o companheiro, vigiava as evoluções de Andoar. Quando um peixe-agulha se atirava à isca e fechava inextrincavelmente o bico pontiagudo, guarnecido de pequenos dentes, nas teias de aranha; a pipa, qual boia de pesca, denunciava a captura com movimentos desordenados. Então, Robinson dava meia-volta e, remando a favor do vento, alcançava rapidamente a extremidade da linha, que Sexta-Feira agarrava. No fundo da piroga, amontoavam-se os corpos cilíndricos, de dorso verde e flanco prateado, dos peixes-agulhas.

Após o cair da tarde, Sexta-Feira não se decidia a descer Andoar para passar a noite. Atou-o a um dos pimenteiros que sustentavam a sua rede. Como um animal doméstico preso a uma trela, Andoar passou assim a noite aos pés do seu dono, e acompanhou-o ainda todo o dia seguinte. Contudo, no decurso da segunda noite, o vento cessou por completo e foi preciso ir buscar o grande pássaro de ouro no meio de um campo de magnólias onde, docemente, tinha pousado. Após várias tentativas infrutíferas, Sexta-Feira desistiu de fazê-lo voar. Pareceu esquecê-lo e refugiou-se na ociosidade durante oito dias. Foi então que se lembrou da cabeça do bode, que tinha abandonado num formigueiro.

As pequenas e ativas operárias vermelhas haviam trabalhado bem. Dos longos pelos brancos e castanhos, da barba e da carne, nada restava. As órbitas oculares e o interior da cabeça tinham sido perfeitamente limpos, e os músculos e cartilagens, tão bem ingeridos que o maxilar inferior, quando Sexta-Feira o tocou, se separou do restante da cabeça. Era um nobilíssimo despojo de crânio ebúrneo, com fortes chifres negros, anelados e em forma de lira, que ele brandiu, com o braço esticado, como um troféu. Tendo encontrado na areia o colar de cores vivas que havia amarrado ao pescoço do animal, atou-o à base dos chifres, encostado à protuberância formada pela bainha córnea em volta do eixo ósseo.

– Andoar vai cantar – prometeu ele, misteriosamente, a Robinson, que o olhava.

Talhou primeiro, em madeira de sicômoro, duas pequenas traves de comprimento desigual. Com a maior, graças a dois furos abertos lateralmente nas extremidades, ligou as pontas dos dois chifres. A mais curta foi fixada paralelamente à primeira, a meia altura da testeira. Aproximadamente 1 polegada acima, entre as órbitas oculares, introduziu uma tabuinha de abeto cuja aresta superior continha 12 estreitos sulcos. Por fim, desprendeu os intestinos de Andoar, que ainda balançavam nos ramos de uma árvore. Ele cortou a tripa, seca e estreita correia curtida pelo sol, em segmentos iguais de aproximadamente 3 pés.

Robinson observava-o, sempre sem compreender, como observaria o comportamento de um inseto de hábitos complicados e ininteligíveis para um cérebro humano. A maior parte do tempo, Sexta-Feira não fazia nada, e nunca o tédio vinha perturbar o céu da sua imensa e ingênua preguiça. Depois, qual lepidóptero convidado por uma brisa primaveril a empenhar-se no complexo processo da reprodução, levantava-se de repente, visitado por uma ideia, absorvia-se sem interrupção em ocupações cujo sentido permanecia longamente oculto, mas que tinha quase sempre alguma relação com as coisas aéreas. Então, a fadiga e o tempo deixavam de contar, e a sua paciência e os seus cuidados não tinham limite. Foi assim que Robinson o viu, durante vários dias, estender entre as duas traves, com a ajuda de cavilhas, as 12 tripas que podiam enfeitar os chifres e a cabeça de Andoar. Com percepção musical inata, afinava-as, não na terceira ou na quinta, como as cordas de um instrumento comum, mas em uníssono ou na oitava, do modo que pudessem vibrar em conjunto, sem dissonância. Pois não se tratava de uma lira ou de uma cítara que ele mesmo dedilhasse, mas de um instrumento *elementar*, uma harpa eólica, cujo único executante seria o vento. As órbitas oculares serviam de ouvidos, abertos na caixa de ressonância do crânio. A fim de que o mais leve sopro se dirigisse para as cordas, Sexta-Feira fixou num lado e noutro do despojo as asas de um abutre, que Robinson ignorava onde encontrara, pois esses animais sempre lhe tinham parecido invulneráveis e imortais. A harpa eólica foi colocada nos ramos de um cipreste morto, que erguia a sua magra silhueta no meio do caos, num local exposto a ventos de todas as direções. Aliás, mal foi instalada e, embora o tempo estivesse completamente calmo, emitiu um som aflautado, agudo e plangente. Sexta-Feira absorveu-se demoradamente na audição dessa música fúnebre e pura. Por fim, com uma careta de desdém, ergueu dois dedos para Robinson, como a chamar-lhe a atenção para o fato de apenas duas cordas terem vibrado.

Sexta-Feira voltara às suas sestas e Robinson aos seus exercícios solares já havia algumas semanas, quando Andoar revelou toda a sua capacidade. Uma noite, Sexta-Feira veio puxar os pés de Robinson, que acabara enfim por firmar domicílio nos ramos da araucária, onde havia construído um abrigo com a ajuda de alpendres de cortiça. Levantara-se uma tempestade que trazia trovoada e um vento quente, a carregar o ar de eletricidade, sem promessa de chuva. Lançada como um disco, a lua cheia atravessava pedaços de nuvens pálidas. Sexta-Feira conduziu Robinson para a silhueta esquelética do cipreste morto. Muito antes de poder ver a árvore, Robinson julgou ouvir um concerto celeste em que se misturavam flautas e violinos. Não era uma melodia cujas notas sucessivas arrastassem o coração para a sua roda e lhe imprimissem a energia que havia nela. Era uma nota única – mas rica de harmônicos infinitos –, que exercia sobre a alma um domínio definitivo, um acorde formado de numerosos componentes, cuja força sustida tinha algo de fatal e implacável, que fascinava. O vento redobrou de violência quando os dois companheiros chegaram às proximidades da árvore cantante. Preso junto ao mais alto dos ramos, a pipa vibrava como a pele de um tambor, quer fixada numa imobilidade trepidante, quer lançada em rotações furiosas. O Andoar-voador assombrava o Andoar-cantor e parecia simultaneamente vigiá-lo e ameaçá-lo. Sob a luz instável da lua, as duas asas do abutre abriam-se e fechavam-se espasmodicamente de um lado e do outro do despojo, emprestando-lhe uma vida fantástica, harmonizada com a tempestade. Havia, sobretudo, aquele bramido potente e melodioso, música verdadeiramente *elementar*, inumana, que era ao mesmo tempo a voz tenebrosa da terra, a harmonia das esferas celestes e o lamento rouco do grande bode sacrificado. Apertados um contra o outro ao abrigo de uma rocha saliente, Robinson e Sexta-Feira perderam bem depressa a consciência de si próprios perante a grandeza do mistério em que comungavam os elementos brutos. A terra, a árvore e o vento celebravam em uníssono a apoteose noturna de Andoar.

Se as relações entre Robinson e Sexta-Feira aprofundaram-se e humanizaram-se, eram, no entanto, igualmente complicadas, e impunha-se que se fizessem claras como um céu sem nuvens... Outrora – antes da explosão –, não era possível dar-se de fato qualquer discussão entre eles. Robinson era o mestre, e a Sexta-Feira não havia alternativa a não ser obedecer-lhe. A Robinson era permitido repreender Sexta-Feira, ou mesmo bater-lhe. Sexta-Feira agora via-se livre e em condição de igualdade com Robinson; as animosidades de um contra o outro podiam enfim aflorar.

Foi o que sucedeu, um dia em que, em uma grande concha de moluscos, Sexta-Feira preparou uma serpente cortada em anéis com uma guarnição de gafanhotos. Ele andava provocando Robinson, havia já algumas semanas. Nada mais perigoso que a provocação quando se precisa viver a sós com alguém. É uma dinamite que desloca os pares mais unidos. Robinson tivera na véspera uma indigestão por conta de uma refeição de filés de tartarugas com mirtilos. E eis então que Sexta-Feira lhe mete sob o nariz este fricassé de píton e insetos! Robinson sentiu-se nauseado e, com um chute, fez a concha rolar pela areia esparramando tudo o que lhe havia dentro. Sexta-Feira, furioso, apanhou-a e brandiu-a com as duas mãos por sobre a cabeça de Robinson. Iriam os dois amigos iniciar uma luta? Não! Sexta-Feira se esquivou.

Passadas duas horas, Robinson o viu voltar arrastando brutamente uma espécie de manequim. Às vezes fazia um coco de cabeça, os braços e pernas eram tocos de bambu. E o mais notável: o boneco trajava as velhas vestimentas de Robinson, assemelhando-se a um espantalho. No coco, encimado por um chapéu de marinheiro, Sexta-Feira desenhara o rosto do antigo mestre. Ele plantou o boneco na frente de Robinson.

– Eu lhe apresento Robinson Crusoé, governador da ilha de Speranza – disse.

Ele então tomou nas mãos a concha suja e vazia que continuava ali e, com um urro, quebrou-a contra o coco, que se colapsou em meio aos tubos de bambu partidos. Ele enfim gargalhou e foi abraçar Robinson.

Robinson compreendeu a lição dessa estranha comédia. Certo dia em que Sexta-Feira mastigava seus grandes vermes vivos previamente enrolados em ovos de formiga, Robinson foi até a praia exasperado. Na areia molhada, tratou de esculpir uma estátua deitada de bruços, cujos cabelos eram feitos com algas. Não se via o rosto da estátua, que se escondia em um dos braços dobrados, mas o corpo moreno e nu lembrava Sexta-Feira. Robinson mal acabava sua obra quando o companheiro veio unir-se a ele, a boca ainda cheia de vermes.

– Eu lhe apresento Sexta-Feira, o comedor de serpentes e de vermes – disse Robinson, indicando-lhe a estátua de areia.

Então arrancou um galho espigado de um ramo próximo e pôs-se a açoitar as costas, as nádegas e as coxas daquele Sexta-Feira de areia que fora moldado com este objetivo.

Deste dia em diante passaram a viver os quatro na ilha. Havia o verdadeiro Robinson e o boneco de bambu, o verdadeiro Sexta-Feira e a estátua de areia. E tudo aquilo que os dois amigos poderiam ter feito de mal um ao outro – as injúrias, as lutas, os ataques de raiva –, o fizeram à cópia do outro. Entre eles, eram só gentilezas.

Sexta-Feira, no entanto, criou outro jogo, ainda mais empolgante e mais curioso que o das cópias.

Certa tarde, ele acordou abruptamente Robinson, que fazia sua sesta sob um eucalipto. Sexta-Feira havia feito para si uma indumentária que Robinson não identificou de imediato. Suas pernas ocultavam-se sob trapos amarrados qual uma calça comprida. Uma veste curta cobria seus ombros. Ele usava um chapéu de palha, o que não o impedia de abrigar-se sob o guarda-sol de plumas. O detalhe principal, porém, era que tinha criado uma barba falsa, colando tufos de fibras vermelhas de coqueiros nas faces.

– Sabe quem eu sou? – perguntou a Robinson, passeando majestosamente a sua frente.

– Não.

– Sou Robinson Crusoé, da cidade de York, na Inglaterra, o mestre do selvagem Sexta-Feira!

– E eu, quem sou? – perguntou um Robinson estupefato.

– Adivinhe?

Robinson já conhecia demasiado o companheiro para entender o que dizia sem dizer. Levantou-se e desapareceu na floresta.

Se Sexta-Feira era Robinson, o Robinson de outrora, mestre do escravo Sexta-Feira, só restava a Robinson tornar-se Sexta-Feira, o escravo de outros tempos. Na realidade, ele não tinha mais a barba quadrada e os cabelos cortados curtos de antes da explosão, e parecia-se tanto com Sexta-Feira que não havia muito o que pudesse fazer para incorporar melhor seu personagem. Contentou-se em esfregar o rosto e o corpo com um óleo de castanhas para deixar a pele mais escura e amarrar em volta da cintura a correia de couro dos araucanos usada por Sexta-Feira no dia de seu desembarque na ilha. Em seguida apresentou-se a Sexta-Feira e disse:

– Pois, então, eis aqui Sexta-Feira!

Sexta-Feira esforçou-se para proferir frases longas em seu melhor inglês e Robinson lhe respondeu com o pouco de araucano que havia aprendido no tempo em que Sexta-Feira não falava qualquer palavra de seu idioma.

– Eu o salvei dos de sua tribo, que queriam sacrificá-lo para neutralizar seu poder malévolo – disse Sexta-Feira.

Então Robinson ajoelhou-se no chão e inclinou a cabeça ao solo, resmungando agradecimentos desesperados. Enfim tocando o pé de Sexta-Feira, ele pousou-o sobre sua nuca. Com frequência eles encenavam esse jogo. Era sempre Sexta-Feira que dava o sinal. Tão logo ele aparecia com sua barba falsa e seu guarda-sol, Robinson compreendia que tinha à sua frente Robinson Crusoé, e que cabia-lhe o papel de Sexta-Feira. Nunca interpretavam uma cena inventada, somente episódios de suas vidas passadas, quando era Sexta-Feira um escravo intimidado e Robinson, um mestre exigente. Representaram a história dos cactus vestidos, a do arrozal que secou, a do cachimbo fumado escondido perto do barril de pólvora. Nenhuma cena, porém, dava tanto prazer a Sexta-Feira quanto aquela primeira, quando ele fugia dos araucanos que tencionavam sacrificá-lo, e Robinson o salvava.

Robinson compreendeu que tal brincadeira fazia bem a Sexta-Feira, porque o liberava das más lembranças que trazia de sua vida de escravo. Mas também a ele, Robinson, o jogo fazia bem, pois guardava ainda em si algum remorso de seu passado de governador e general.

ALGUM TEMPO DEPOIS, Robinson encontrou por acaso a fossa onde havia outrora purgado numerosos dias de detenção, e que se tinha tornado, pela força das circunstâncias, uma espécie de gabinete de escrita ao ar livre. Teve até a surpresa de descobrir, sob uma espessa camada de areia e pó, um livro repleto de notas e observações do diário e dois volumes virgens. No pequeno pote de barro que lhe servira de tinteiro, secara o sumo de baiacu-de-espinho, e as penas de abutre com as quais escrevia haviam desaparecido. Robinson julgava que tudo fora destruído junto com o restante no incêndio da Residência. Comunicou a Sexta-Feira a sua descoberta e decidiu recomeçar a redação do diário, testemunho interessante dos seus passos. Pensava nisso todos os dias e ia decidir-se a apanhar penas de abutre e a partir à pesca do baiacu-de-espinho, quando, uma tarde, Sexta-Feira colocou à sua frente um ramo de penas de albatroz, cuidadosamente talhadas, e um pequeno pote de tinta azul que obtivera triturando folhas de ísatis.

– Agora – disse simplesmente –, o albatroz é melhor que o abutre, e o azul melhor que o vermelho.

10

Diário – Esta manhã, de pé antes do nascer do dia, arrancado da minha cama por uma angústia lancinante, errei por entre as coisas desoladas pela ausência demasiado longa do sol. Uma luz cinzenta caindo de um céu igualmente lívido apagava os relevos, decompunha as cores. Subi até o topo do caos, lutando com todas as forças contra a fraqueza da minha carne. Será preciso que, de agora em diante, tente acordar o mais tarde possível antes de o sol nascer. Só o sono permite suportar o longo exílio da noite, e essa é sem dúvida a sua razão de ser.

Suspensa acima das dunas do levante, inflamava-se uma capela ardente onde misteriosamente se preparavam as pompas da luz solar. Pus um joelho em terra e recolhi-me, atento à metamorfose da náusea que me habitava, numa espera mística em que participavam os animais, as plantas e até as pedras. Quando ergui os olhos, a capela ardente havia explodido e era agora um grande altar que obstruía metade do céu com a sua massa transbordante de dourado e púrpura. O primeiro raio que rompeu veio pousar nos meus cabelos ruivos, qual mão protetora e abençoadora de um pai. O segundo raio purificou-me os lábios, como outrora um carvão ardente nos do profeta Isaías. Em seguida, tocaram-me os ombros duas espadas de fogo; levantei-me, cavaleiro solar. No mesmo instante, um feixe de flechas ardentes golpearam-me a face, o peito e as mãos. Assim se consumiu a pompa grandiosa da minha sagração, enquanto milhares de diademas e milhares de cetros de luz cobriam a minha estátua sobre-humana.

....

Diário – Sentado num rochedo, mergulha pacientemente um fio no redemoinho das vagas, tentando captar ruivos. Os pés nus, dos quais apenas os calcanhares se apoiam na rocha, pendem para a água como o prolongamento das pernas. Assemelham-se a barbatanas espalmadas, longas e finas, que se harmonizariam perfeitamente com o seu corpo de tritão moreno. Dou-me conta de que, ao contrário dos índios, que têm o pé curto e a barriga da perna proeminente, Sexta-Feira apresenta o pé comprido e a barriga da perna pouco desenvolvida, características da raça negra. Haverá, porventura, uma relação sempre inversa entre esses dois elementos? Os músculos da barriga da perna apoiam-se no osso do calcanhar como sobre um braço de alavanca. Quanto mais comprida é a alavanca, menos trabalha a barriga da perna para mover o pé. Assim se explicariam a forte barriga da perna e o pequeno pé dos amarelos, e o inverso nos negros.

. . . .

Diário – Ó Sol, liberta-me da gravidade! Lava o meu sangue dos humores espessos que me protegem, é certo, da prodigalidade e da imprevidência, mas freiam o ímpeto da minha juventude e extinguem a minha alegria de viver. Quando vejo no espelho o meu rosto pesado e triste de hiperbóreo, compreendo que os dois sentidos da palavra *graça* – aquele que se aplica ao dançarino e aquele que se refere ao santo – podem reunir-se sob um determinado céu do Pacífico. Ensina-me a ironia. Ensina-me a ligeireza, a aceitação sorridente das dádivas imediatas deste dia, sem cálculo, sem gratidão, sem medo.

Sol, torna-me parecido com Sexta-Feira. Dá-me o rosto de Sexta-Feira, desabrochado pelo riso, talhado todo ele para o riso. Aquela fronte muito alta, mas com a testa inclinada para trás e coroada com uma grinalda de caracóis negros. Aqueles olhos sempre iluminados pela zombaria, fendidos pela ironia, alterados pela comicidade de tudo o que ele vê. Aquela boca sinuosa de cantos levantados, gulosa e animal. Aquele balançar de cabeça sobre o ombro para melhor rir, para melhor marcar com a risibilidade todas as coisas do mundo, para melhor denunciar e esclarecer essas duas chateações, a estupidez e a maldade...

Entretanto, se o meu companheiro eólio me atrai, assim, para ele, não será para me voltar para ti? Estás satisfeito comigo, ó Sol? Olha-me. A minha metamorfose caminha no sentido da tua chama? A minha barba, cujos pelos, como radículas geotrópicas, vegetavam em direção da terra, desapareceu. Em compensação, a minha cabeleira retorce os caracóis ardentes como um braseiro dirigido para o céu.

Sou uma flecha arremessada contra a tua fornalha, um pêndulo cujo perfil perpendicular define a tua soberania sobre a Terra, a haste do relógio de sol sobre o qual um ponteiro de sombra inscreve a tua marcha.

Sou a tua testemunha aprumada sobre a Terra, tal espada embebida na tua chama.

. . . .

Diário – O que mais se alterou na minha vida foi o correr do tempo, a sua velocidade e até a sua orientação. Outrora, cada dia, hora ou minuto estava *inclinado*, por assim dizer, para o dia, hora ou minuto seguinte, e todos juntos eram aspirados pela intenção do momento cuja inexistência provisória criava como que um *vácuo*. Assim, o tempo passava depressa e utilmente, tanto mais depressa quanto mais utilmente aproveitado, e deixava atrás de si um acumulado de monumentos e de detritos que se chamava a minha história. Talvez essa dinâmica do tempo, na qual eu embarcara, acabasse após milênios de peripécias, por "anelar-se" e voltar à sua origem. Contudo, essa circularidade do tempo continuava a ser o segredo dos deuses, e a minha curta vida era, para mim, um segmento retilíneo, cujos extremos apontavam, absurdamente, para o infinito, do mesmo modo que num jardim de alguns acres nada revela a esfericidade da Terra. Certos indícios, contudo, ensinam-nos que há chaves para a eternidade: o almanaque, cujas estações são um eterno retorno à escala humana, e até a modesta ciranda das horas, por exemplo.

Para mim, a partir de determinado momento, o ciclo encolheu-se de tal modo que se confunde com o instante. O movimento circular tornou-se tão rápido que já não se distingue da imobilidade. Dir-se-ia, por conseguinte, que os meus dias se endireitaram. Já não se inclinam uns sobre os outros. Têm-se de pé, verticais, e afirmam-se orgulhosamente no seu valor intrínseco. E, como já não são diferenciados por etapas sucessivas de um plano em vias de execução, assemelham-se tanto que se sobrepõem exatamente na minha memória, parecendo-me sempre reviver o mesmo dia. Depois de a explosão ter destruído o mastro-calendário, nunca mais senti a necessidade de contar o tempo. A lembrança desse acidente memorável e de tudo o que o antecedeu permanece no meu espírito com uma vivacidade e um frescor inalteráveis, prova suplementar de que o tempo congelou no instante em que a clepsidra voava em pedaços. Desde então, não será na eternidade que eu e Sexta-Feira estamos instalados?

Não acabei de sondar todas as implicações de tão estranha descoberta. Primeiramente, convém lembrar que essa revolução – por súbita e literalmente *explosiva* que fosse – se anunciara e talvez antecipada por alguns prenúncios. Por exemplo, o hábito que adquirira, para escapar ao calendário tirânico da ilha administrada, de parar a clepsidra. Foi, a princípio, para descer às entranhas da ilha, como se mergulhasse no intemporal. No entanto, não será essa eternidade enovelada nas profundezas da terra, lançada para fora pela explosão, que estende agora a sua bênção por todas as nossas margens? Ou melhor: não será a explosão o desabrochar vulcânico da paz das profundezas, primeiro prisioneira da rocha como um grão enterrado, e agora dona de toda a ilha, qual árvore que estende a sua sombra sobre uma área cada vez mais vasta? Quanto mais penso nisso, mais me parece que os tonéis de pólvora, o cachimbo de Van Deyssel e a desastrada desobediência de Sexta-Feira não foram senão um manto de anedotas a cobrir uma necessidade fatídica em curso desde o naufrágio do *Virginie*.

Ainda outro exemplo: esses breves deslumbramentos que eu por vezes tinha e a que chamava, não sem uma intuição divinatória, "os meus momentos de inocência". Parecia-me então entrever, por um curto instante, *outra ilha* escondida sob o canteiro de obras e a exploração agrícola com que eu cobrira Speranza. Essa outra Speranza, eis-me transportado agora para ela, eis-me para sempre instalado num "momento de inocência". Speranza já não é uma terra não cultivada que é preciso fazer frutificar. Sexta-Feira já não é um selvagem que tenho por dever edificar. Ambos requerem toda a minha atenção, uma atenção contemplativa, uma vigilância maravilhada, pois tenho a impressão - não, tenho a certeza - de que os descubro, a cada instante, pela primeira vez e que nada ofusca a sua mágica novidade.

. . . .

Diário - Sobre o espelho d'água da laguna, vejo Sexta-Feira vir ao meu encontro com o seu passo calmo e regular, e o deserto de céu e água é tão vasto em seu redor que nada serve de escala, de tal modo que esse, ali onde está, talvez seja um Sexta-Feira de 3 polegadas ao alcance da minha mão ou, pelo contrário, um gigante de um quilômetro distante 11 metros...

Ei-lo. Saberei, algum dia, andar com uma majestade tão natural? Poderei escrever, sem parecer ridículo, que me parece vestido na sua nudez? Ei-lo, exibindo o seu corpo com uma ostentação soberana, levando-o à frente como um ostensório de carne e osso. Beleza evidente, brutal, que parece semear o nada à sua volta.

Deixa a laguna e aproxima-se de mim, que estou sentado na praia. Mal pisou a areia recoberta por conchas trituradas e passou entre um tufo de algas malva e um rochedo, reintegrando assim uma paisagem familiar, a sua beleza mudou de registro: tornou-se graça. Sorri para mim e faz um gesto na direção do céu, como certos anjos em pinturas religiosas, para, sem dúvida, me assinalar que uma brisa de sudoeste empurra as nuvens acumuladas há vários dias e vai restabelecer por muito tempo a realeza absoluta do sol. Esboça um passo de dança que faz cantar o equilíbrio das partes fartas e delgadas do seu corpo. Ao chegar perto de mim, não diz nada, taciturno companheiro. Vira-se e olha a laguna, onde há pouco passeava. A sua alma flutua por entre as brumas que envolvem o fim de um dia incerto, deixando-lhe o corpo plantado na areia, sobre as pernas afastadas. Sentado perto dele, observo aquela parte da perna situada atrás do joelho – e que é exatamente o jarrete –, a sua palidez nacarada, o H maiúsculo que nela se desenha. Inchada e carnuda quando a perna está tensa, esse estreito de carne escava-se e amolece quando ela é flexionada.

Ponho as mãos nos seus joelhos. Faço das minhas mãos duas joelheiras atentas a avaliar-lhe a forma e a recolher lhe a vida. O joelho, pela sua dureza e secura, que contrastam com a macieza da coxa e do jarrete, é o fecho da abóbada do edifício carnal que conduz ao céu, em vivo equilíbrio. Não há frêmito, impulso, hesitação que não partam desses seixos tépidos e moventes e que não regressem até eles. Por vários segundos, as minhas mãos souberam que a imobilidade do meu companheiro não é a de uma pedra nem de um cepo, mas, muito ao contrário, a resultante instável, incessantemente comprometida e recriada, de uma série completa de ações e reações de todos os seus músculos.

....

Diário – Caminhava eu ao crepúsculo, na margem dos pântanos onde as tabuas se entrechocam infinitamente, quando vejo, trotando ao meu encontro, um quadrúpede que, de longe, me lembra o nosso pobre Tenn. Bem depressa reconheci uma enorme fêmea da cutia. O vento está a meu favor, e o animal – naturalmente míope – avança calmamente sem suspeitar da minha presença. Torno-me tronco, rocha, árvore, esperando que ela passe por mim e prossiga o seu caminho. Mas não. Estaca a cinco passos, com as orelhas erguidas, a cabeça voltada para me observar com o seu grande olho brumoso. Depois, como um relâmpago, dá meia-volta e foge loucamente, não para os caniços, onde poderia rapidamente desaparecer, mas pelo caminho de onde veio; não é mais do que uma sombra saltitante, e eu ainda ouço as suas garras arranharem as pedras.

Tento imaginar o universo desse animal, cujo prodigioso faro desempenha o papel preponderante que, no homem, compete à visão. A força e a direção do vento que para o homem pouco significam, têm, aqui, fundamental importância. O animal encontra-se sempre na união de duas zonas desigualmente conhecíveis – ou, em linguagem humana, desigualmente "iluminadas". Uma está mergulhada numa obscuridade tanto mais espessa quanto a outra – aquela de onde sopra o vento – é mais abundante de odores. Na ausência de vento, essas duas metades do mundo mergulham numa indefinição confusa, mas, ao menor sopro, uma das duas ilumina-se com um rastro de luz que se torna rastro de tinta, mal atinge e ultrapassa o animal. Um formidável poder separador, comparável ao do olho humano, identifica a quilômetros de distância estes odores da zona clara, como o de certa árvore, de certo pecari ou papagaio, de Sexta-Feira voltando aos seus pimenteiros a mascar um grão de araucária, e tudo isso com uma profundidade incomparável, própria do conhecimento olfativo. Revejo o nosso pobre Tenn enquanto Sexta-Feira cava buracos na terra. Com o nariz colado ao mais fundo da gleba, ficava completamente ébrio, correndo, cambaleante, em volta do meu companheiro, soltando pequenos latidos assustados e voluptuosos. Estava tão apaixonadamente absorvido por essa caça aos odores que nada mais parecia existir para ele.

. . . .

Diário – Não é de espantar, quando penso nisto, a atenção quase maníaca com que o observo. Incrível é que eu tenha podido viver tanto tempo com ele sem, por assim dizer, o ver. Como conceber essa indiferença, essa cegueira, quando ele é para mim toda a humanidade reunida num só indivíduo, meu filho e meu pai, meu irmão e meu vizinho, meu próximo e meu não próximo... Todos os sentimentos que um homem projeta sobre aqueles e aquelas que vivem à sua volta, sou obrigado a fazê-los convergir sobre um só "outrem"; caso contrário, o que se tornariam? Que faria da minha piedade e do meu ódio, da minha admiração e do meu medo, se Sexta-Feira não me inspirasse, ao mesmo tempo, piedade, ódio, admiração e medo? Essa fascinação que exerce em mim é, aliás, em grande parte recíproca, como o comprovei por várias vezes. Nomeadamente, anteontem, dormitava eu estendido sobre a areia, quando se aproximou de mim. Ficou muito tempo de pé, a olhar-me, silhueta flexível e negra no céu luminoso. Depois, ajoelhou-se e começou a examinar-me com uma intensidade extraordinária. Os seus dedos erraram pelo meu rosto, apalparam-me as bochechas, estudando a curva do queixo, experimentando a elasticidade da ponta do nariz. Puxou-me os braços acima da cabeça e, inclinado sobre o meu corpo, inspecionou-o polegada por polegada, com a atenção de um anatomista que se prepara para dissecar um cadáver. Parecia ter esquecido que eu tinha um olhar, uma respiração, que podiam nascer perguntas no meu espírito, que a impaciência podia invadir-me. No entanto, essa *sede do humano* que o impelia para mim era-me por demais compreensível para que lhe contrariasse a manobra. Por fim, sorriu-me como se saísse de um sonho e notasse de repente a minha presença – e tomando-me o pulso, pousou o dedo sobre uma veia violeta, visível sob a pele nacarada, e disse-me, num tom de falsa repreensão: "Oh, vê-se o teu sangue!"

Diário – Estarei eu em vias de voltar ao culto do sol, a que se entregavam alguns pagãos? Não o creio e, além disso, nada sei de concreto sobre as crenças e ritos verdadeiros desses lendários pagãos que talvez tenham existido apenas na imaginação dos nossos pastores. É certo, porém, que, flutuando numa solidão intolerável que não me dava escolha a não ser a loucura e o suicídio, procurei instintivamente o ponto de apoio que o corpo social já não me fornecia. Ao mesmo tempo, as estruturas construídas e mantidas em mim pelas relações com os meus semelhantes caíam em ruínas e desapareciam. Assim, por tentativas sucessivas, era levado a procurar a minha salvação na comunhão com os elementos, tornando-me eu próprio *elementar.* A terra de Speranza trouxe-me uma primeira solução durável e viável, ainda que imperfeita e perigosa. Depois surgiu de forma inesperada Sexta-Feira e, aparentemente subjugando-se ao meu reinado telúrico, destruiu-o com todas as suas forças. Havia, no entanto, um caminho de salvação, pois, se Sexta-Feira tinha uma aversão absoluta à terra, ele era, por nascença, tão elementar quanto eu o era por acaso. Sob a sua influência, sob os golpes sucessivos que me desferiu, avancei na estrada de uma longa e dolorosa metamorfose. O homem da terra, arrancado do seu buraco pelo gênio eólio, não se tornou, ele mesmo, gênio eólio. Havia nele um excesso de densidade, peso e lentas maturações. Entretanto, o sol tocou com a sua varinha de luz esta grande larva branca e mole, escondida nas trevas subterrâneas, e ela tornou-se falena de corselete metálico, de asas refletindo uma poeira dourada, um ser solar duro e inalterável, mas de uma terrível fraqueza quando os raios do Astro-deus não o alimentam.

. . . .

Diário – Andoar era eu. Esse velho macho solitário e teimoso, com a sua barba patriarcal e o velocino emanando lubricidade, esse fauno telúrico asperamente enraizado com os seus quatro cascos fendidos na montanha pedregosa era eu. Sexta-Feira tomou-se de uma estranha amizade por ele, e enredou-os um jogo cruel. "Vou fazer Andoar voar e cantar", repetia misteriosamente o araucano. No entanto, para conseguir a transformação eólia do velho bode, por quantas provas não tinha ele feito passar o seu despojo!

A harpa eólia. Sempre restrito ao instante presente, completamente refratário às pacientes elaborações que promovem a ordenação de peças sucessivas, Sexta-Feira, com uma intuição infalível, encontrou o único instrumento musical correspondente à sua natureza. Pois a harpa eólia não é apenas um instrumento *elementar* que faz os ventos cantarem. É também o único instrumento em que a música, em vez de se desdobrar no tempo, se inscreve, toda ela, no instante. É possível multiplicar-lhe as cordas e conseguir de cada uma que dê esta ou aquela nota que se queira. Compõe-se, desta forma, uma *sinfonia instantânea* que, logo que o vento atinge o instrumento, explode da primeira à última nota.

....

Diário – Vejo-o libertar-se, rindo, da espuma das ondas que o molham, e uma palavra vem-me ao espírito: a *venustidade*. A venustidade de Sexta-Feira. Não sei exatamente o que significa esse substantivo tão raro, mas esse corpo luzente e firme, esses gestos de dança alentecidos pelo abraço da água, essa graça natural e alegre chamam-no irresistivelmente aos meus lábios.

Isso é apenas um dos fios de uma meada de significações das quais Sexta-Feira é o centro, e que eu procuro desenredar. Outro indício é o sentido etimológico de *Vendredi* (Sexta-Feira). *Vendredi* é, se não me engano, o dia de Vênus. Além disso, para os cristãos, é o dia da morte de Cristo. Nascimento de Vênus, morte de Cristo. Não posso impedir-me de pressentir nesse encontro, evidentemente fortuito, um alcance que me ultrapassa e apavora o que resta em mim do devoto puritano que fui.

Um terceiro fio vem da lembrança das últimas palavras humanas que me foi dado ouvir antes do naufrágio do *Virginie*. Essas palavras são, de certo modo, o viático espiritual que a humanidade me concedeu antes de me abandonar aos elementos, e deveriam ter ficado impressas em letras de fogo na minha memória. Mas, ai de mim, apenas me ocorrem trechos confusos e incompletos! Falo dos presságios que o capitão Pieter van Deyssel lia – ou pretendia ler – nas cartas de tarô. Ora, o nome de Vênus apareceu diversas vezes nas suas palavras tão desconcertantes para o jovem que eu era. Não anunciou ele que, após tornar-me eremita numa gruta, seria dela arrancado pela aparição de Vênus? E esse ser saído das águas não devia transformar-se em arqueiro atirando as suas flechas para o sol? Contudo, isso não é o que mais me interessa. Revejo, confusamente, duas crianças numa carta – gêmeas, inocentes – dando-se as mãos, em frente a um muro que simboliza a Cidade solar. Van Deyssel tinha comentado essa imagem, falando de sexualidade circular, fechada sobre ela própria, e evocara o símbolo da serpente que morde a cauda.

Ora, tratando-se da minha sexualidade, noto que nem uma só vez Sexta-Feira despertou em mim qualquer tentação sodomita. Em primeiro lugar, porque chegou *tarde demais*: a minha sexualidade tornara-se *elementar*, e era para Speranza que se voltava. Sobretudo, porém, porque Vênus não saiu das águas e pisou as minhas margens para me seduzir, mas antes para me fazer voltar contra seu pai *Urano*. Não era para me fazer regressar aos amores humanos, mas, sim, sem sair do elementar, para fazer-me *trocar de elemento*. É coisa feita. Os meus amores com Speranza inspiravam-se ainda fortemente nos modelos humanos. Resumindo, eu fecundava esta terra como o teria feito a uma esposa. Sexta-Feira obrigou-me a uma conversão mais radical. O golpe de voluptuosidade brutal que trespassa os quadris do amante transformou-se, para mim, num júbilo suave que me envolve e me transporta dos pés à cabeça durante todo o tempo que o Sol-deus me banha com os seus raios. Já não se trata de uma perda de substância que deixa o animal triste *post coitum*. Os meus amores uranianos enchem-me, pelo contrário, de uma energia vital que me dá forças para um dia e uma noite inteiros. Se fosse preciso, necessariamente, traduzir em termos humanos esse coito solar, é sob as espécies femininas e como esposa do Céu que conviria definir-me. No entanto, esse antropomorfismo é um contrassenso. Na verdade, no supremo grau a que nós acedemos, Sexta-Feira e eu, a diferença de sexo está ultrapassada, e Sexta-Feira pode identificar-se com Vênus, tal como, em linguagem humana, pode dizer-se que eu me abro à fecundação do Astro Maior.

. . . .

Diário – A lua cheia espalha uma claridade tão viva que escrevo estas linhas sem a ajuda de uma lamparina. Sexta-Feira dorme encolhido a meus pés. A atmosfera irreal, a abolição, à minha volta, de todas as coisas familiares, toda esta nudez dão às minhas ideias uma gratuidade e uma ligeireza que elas resgatam pela sua brevidade. Esta meditação não será mais do que uma ceia de lua. *Ave spiritu*, as ideias que vão morrer saúdam-te!

No céu de estrelas ocultas pela sua irradiação, a Grande Luminária Alucinada flutua como uma gota gigantesca e pegajosa. A sua forma geométrica é impecável, mas a matéria é agitada por um turbilhão que evoca uma criação intestina em pleno labor. Na brancura albuminosa, desenham-se vagas figuras que lentamente desaparecem, há membros separados que se unem, há rostos que sorriem um instante – e depois tudo se converte num redemoinho leitoso. Logo os turbilhões aceleram a rotação ao ponto de parecerem imóveis. A geleia lunar parece consistente pelo próprio excesso da sua tremulação. Pouco a pouco as linhas embaraçadas que aí se desenham tornam-se precisas. Dois focos ocupam os polos opostos do ovo. Um jogo de arabescos corre de um para o outro. Os focos tornam-se cabeças, o arabesco, a conjunção de dois corpos. Seres semelhantes, gêmeos em gestação na Lua, gêmeos que nascem da Lua. Ligados um ao outro, movimentam-se suavemente, como que acordando de um sono secular. Os seus movimentos, que primeiro parecem lentas e sonhadoras carícias, adquirem um significado inteiramente oposto: trabalham, agora, para se arrancarem um do outro. Cada um luta contra a sua sombra, espessa e obsidiante, como uma criança contra as úmidas trevas maternais. Logo apartam-se um do outro, erguem-se encantados e solitários e retomam às cegas o caminho da sua intimidade fraternal. Do ovo de Leda, fecundado pelo Cisne jupiteriano, nasceram os Dióscuros, gêmeos da Cidade solar. São mais intimamente irmãos que os gêmeos humanos, pois compartilham da mesma alma. Os gêmeos humanos são *plurânimes*. Os Gêmeos são *unânimes*. Daí resulta uma incrível densidade da sua carne – duas vezes menos imbuída de espírito, duas vezes menos porosa, duas vezes mais pesada e mais carne que a dos gêmeos. Vem daí a sua eterna juventude, a sua beleza inumana. Há neles vidro, metal, superfícies brilhantes e envernizadas, um clarão que não é vivo. É que eles não são elos de uma linhagem que se avilta de geração em geração através das vicissitudes da história. São Dióscuros, seres tombados do céu como meteoros, oriundos de uma geração vertical, abrupta. O Sol, seu pai, abençoa-os, e a sua chama envolve-os e confere-lhes a eternidade.

Uma pequena nuvem nascida do ocidente vem enevoar o ovo de Leda. Sexta-Feira volta para mim um rosto perturbado e pronuncia várias frases incoerentes com uma voz extraordinariamente rápida; em seguida, torna a cair no sono, com as pernas medrosamente dobradas para o ventre, os punhos fechados, colocados de um lado e do outro da sua cabeça negra. Vênus, o Cisne, Leda, os Dióscuros... tateio à procura de mim numa floresta de alegorias.

11

Sexta-Feira colhia flores de murta para fazer água aromática com elas quando distinguiu um ponto branco no horizonte, para os lados do levante. Saltou imediatamente de ramo em ramo até o chão e correu, sem parar, para prevenir Robinson, que acabava de fazer a barba. Se a notícia o comoveu, Robinson nada deixou transparecer.

– Vamos ter visitas – disse simplesmente –, boa razão para que acabe de me arranjar.

No auge da excitação, Sexta-Feira subiu ao topo do caos. Levara a luneta, que ajustou na direção do navio, agora perfeitamente visível. Era uma escuna de gávea, esbelta e com mastros altos. Com todas as velas içadas, devia andar a 12 ou 13 nós sob uma forte brisa de sudeste que a empurrava energicamente para a costa pantanosa de Speranza. Sexta-Feira apressou-a a ir dar essas especificações a Robinson, que punha em ordem suas madeixas vermelhas com a ajuda de um grande pente de tartaruga. Em seguida, voltou ao seu observatório. O comandante devia ter concluído não ser a costa abordável daquele lado da ilha, pois o navio virava de bordo. A retranca varreu a ponte, e o navio prosseguiu a estibordo. Pôs-se à capa e deslizou com as velas reduzidas ao longo da margem.

Sexta-Feira foi avisar Robinson de que o visitante dobrava as dunas do Levante e, muito provavelmente, ancoraria na baía da Salvação. Convinha, antes do mais, reconhecer a sua nacionalidade. Robinson avançou com Sexta-Feira até a última cortina de árvores que bordejava a praia e apontou a luneta para o navio que virava de bordo e parava, proa ao vento, a 2 amarras da praia. Alguns instantes mais tarde, ouvia-se o tinir claro da corrente da âncora deslizando no escovém.

Robinson não conhecia este tipo de embarcações, que devia ser recente, mas identificou os compatriotas pelo pavilhão da *Union Jack* içado na haste da vela. Logo deu alguns passos na praia, como compete a um soberano que recebe estrangeiros de visita ao seu país. Ao longe, uma chalupa carregada de homens balançava-se na ponta das serviolas, depois caía na água a meio de uma nuvem irisada de respingos. Em seguida, os remos sulcaram as ondas.

Robinson mediu de repente o peso extraordinário dos poucos instantes que faltavam para que o homem da proa engatasse o arpéu nos rochedos. Como um moribundo antes de entregar a alma, abarcava num olhar panorâmico toda a sua vida na ilha, o *Evasão*, o chiqueiro, a organização frenética de Speranza, a gruta, o combo, o aparecimento de Sexta-Feira, a explosão e, sobretudo, esta vasta praia de tempo, virgem de qualquer medida, onde numa calma felicidade se completara a sua metamorfose solar.

Na chalupa, amontoavam-se pequenos tonéis destinados a renovar a água do navio, e na traseira via-se, de pé, com o chapéu de palha inclinado sobre uma barba negra, um homem de botas e armado, sem dúvida o comandante. Seria o primeiro da comunidade humana a envolver Robinson na rede das suas palavras e gestos, e o faria entrar de novo no grande sistema. No momento em que a sua mão tocasse a do plenipotenciário da humanidade, todo o universo pacientemente elaborado e urdido pelo solitário seria posto à prova de forma temível.

Houve um ruído de atrito e a roda da proa levantou-se antes de se imobilizar. Os homens saltaram na rebentação e começaram a rebocar a chalupa para fora do alcance da maré cheia. O barba-negra estendeu a mão a Robinson.

– William Hunter, de Blackpool, comandante da escuna *Whitebird*.

– Em que dia estamos? – perguntou Robinson.

O comandante, surpreendido pela pergunta, voltou-se para o homem que o seguia e que devia ser o imediato.

– Em que dia estamos nós, Joseph?

– Quarta-feira, 19 de dezembro de 1787, *sir* – respondeu.

– Quarta-feira, 19 de dezembro de 1787 – repetiu o comandante, virando-se para Robinson.

O cérebro de Robinson trabalhou a toda a velocidade. O naufrágio do *Virginie* havia sido em 30 de setembro de 1759, havia precisamente 28 anos, 2 meses e 19 dias. Fosse qual fosse o número de acontecimentos e a profundidade da evolução que conhecera desde que chegara à ilha, essa duração pareceu fantástica a Robinson. Não ousou, no entanto, pedir ao imediato a confirmação dessa data, que, para ele, se obstinava em pertencer a um futuro ainda longínquo. Resolveu mesmo ocultar aos recém-chegados a data do naufrágio do *Virginie*, por uma espécie de pudor, com receio de passar a seus olhos ou por impostor ou por fenômeno.

– Fui lançado para esta costa quando viajava a bordo da galeota *Virginie*, comandada por Pieter van Deyssel, de Flessingue Sou o único sobrevivente do naufrágio. Infelizmente, o choque apagou da minha mente mais de uma recordação e, nomeadamente, nunca consegui lembrar-me da data do sinistro.

– Não ouvi falar desse navio em nenhum porto e menos ainda do seu desaparecimento – observou Hunter –, mas é verdade que a guerra com as Américas transtornou todas as relações marítimas.

Robinson não sabia de que guerra se tratava, mas compreendeu que, se queria dissimular a sua ignorância dos acontecimentos, devia observar a maior reserva.

Sexta-Feira, entretanto, ajudava os homens a descarregarem os pequenos tonéis, e dirigia-se com eles para a nascente mais próxima. Robinson surpreendeu-se com a extrema facilidade do seu contato com aqueles homens desconhecidos, quando ele próprio se sentia tão longe do comandante Hunter. Era certo que, se Sexta-Feira era atencioso para com os marinheiros, era visivelmente na esperança de que eles o levassem o mais depressa possível a bordo do *Whitebird*. Ele próprio não conseguia dissimular quanto era ardente o desejo de visitar o fino veleiro, maravilhosamente esguio, talhado para voar sobre as águas. Não obstante, esses homens e o universo que representavam causavam-lhe um insuportável incômodo, que se obstinava em superar. Não estava morto. Havia vencido a loucura no decurso daqueles anos de solidão. Havia conseguido um equilíbrio – ou uma série de equilíbrios – em que Speranza e ele próprio, depois Speranza, Sexta-Feira e ele próprio, formavam uma constelação viável e mesmo supremamente feliz. Havia sofrido, havia atravessado crises mortais, mas sentia-se agora capaz, com Sexta-Feira a seu lado, de desafiar o tempo e, como meteoros lançados num espaço sem atritos, prosseguir indefinidamente na sua trajetória, sem conhecer nem baixas de tensão nem lassidões. No entanto, um confronto com outros homens tornava-se uma prova suprema, da qual podiam sair novos progressos. Quem sabe se, regressando à Inglaterra, Robinson conseguiria não apenas salvaguardar a felicidade solar que atingira como ainda elevá-la a um poder superior no centro da metrópole humana? Assim Zoroastro, depois de ter longamente forjado a alma ao sol do deserto, mergulhara uma vez mais na impura agitação dos homens para lhes dispensar a sua sabedoria.

Entretanto, o diálogo com Hunter processava-se laboriosamente e ameaçava a todo o instante perder-se num silêncio pesado. Robinson indicava-lhe os recursos de Speranza em caça e alimentos frescos próprios para evitar o escorbuto, como o agrião e a beldroega. Os homens já trepavam nos troncos nodosos para fazer cair, com um golpe de sabre, o palmito, e ouvia-se o riso daqueles que, a correr, perseguiam as cabras. Robinson pensava, não sem orgulho, no sofrimento que teria sentido, na época em que governava a ilha como uma cidade-jardim, se a visse entregue assim a este bando grosseiro e ávido. Pois, se o espetáculo destes brutos à solta monopolizava toda a sua atenção, o fato não se devia às árvores estupidamente mutiladas nem aos animais massacrados ao acaso, mas ao comportamento destes homens, *seus semelhantes*, simultaneamente tão familiar e tão estranho. No local onde outrora se erguia a Tesouraria de Speranza, a grama alta balançava ao vento com um sedoso murmúrio. Foi lá que um marinheiro encontrou, uma após outra, duas peças de ouro. Logo alvoroçou os companheiros com fortes gritos, e depois de ferozes disputas, decidiu-se incendiar toda a planície para facilitar as buscas. Mal brotou na mente de Robinson a ideia de que esse ouro, afinal, lhe pertencia e que os animais ficariam privados da única pastagem da ilha que a estação chuvosa não convertia em pântano. As brigas suscitadas por cada nova descoberta fascinavam-no, e era distraído que ouvia os comentários do comandante, a contar-lhe como tinha afundado um navio de tropas francesas enviadas como reforço aos insurgentes americanos. O imediato, por seu lado, tentava iniciá-lo no mecanismo tão frutuoso do mercado de escravos africanos, trocados por algodão, açúcar, café e índigo, mercadorias que constituíam uma carga de reimportaçao ideal e que se vendiam facilmente nos portos europeus. Nenhum destes homens, presos às suas preocupações particulares, pensava em interrogá-lo sobre as peripécias pelas quais tinha passado desde o naufrágio. Mesmo a presença de Sexta-Feira não parecia levantar qualquer problema aos olhos deles. Robinson sabia que havia sido semelhante a eles, movido pelas mesmas energias – cobiça, orgulho, violência –, que pertencia àquela sociedade ainda por uma parte de si. Ao mesmo tempo, porém, via-os com o distanciamento interessado de um entomólogo debruçado sobre uma comunidade de insetos, abelhas ou formigas, ou sobre esses ajuntamentos suspeitos de bichos-de-conta, surpreendidos quando se levanta uma pedra.

Cada um desses homens era um mundo *possível*, bastante coerente com os seus valores, os seus focos de atração e de repulsa, o seu centro de gravidade. Por mais diferentes que fossem uns dos outros, esses *possíveis* tinham em comum, atualmente, uma pequena imagem de Speranza – tão sumária e superficial! – em volta da qual se organizavam, e num ponto da qual se encontravam um náufrago chamado Robinson e o seu servo mestiço. Contudo, por muito central que essa imagem fosse, ela estava, em cada um deles, marcada pelo signo do provisório, do efêmero, condenada a voltar, num curto prazo, ao nada de onde a tinha tirado o desvio acidental do *Whitebird*. E cada um desses mundos possíveis proclamava ingenuamente a sua realidade. O outrem era isto: um possível que se obstina em passar por real. E que era cruel, egoísta e imoral rejeitar essa exigência, eis o que toda a sua educação inculcara em Robinson, mas ele tudo esquecera durante estes anos de solidão; perguntava-se, agora, se algum dia conseguiria recuperar os hábitos perdidos. Confundia, além disso, a aspiração a ser desses mundos possíveis e a imagem, que a todos eles envolvia, de uma Speranza destinada a desaparecer, e parecia-lhe que, concedendo a esses homens a dignidade que reivindicavam, destinava Speranza ao aniquilamento.

A chalupa voltara, pela primeira vez, ao *Whitebird*, para aí deixar um carregamento de frutos, legumes e caça, no meio dos quais se debatiam cabritos amarrados, e os homens esperavam as ordens do comandante para efetuar uma segunda viagem.

– Ficaria muito honrado se partilhasse da minha mesa – disse ele a Robinson; e, sem esperar resposta, ordenou que embarcassem água doce e que voltassem para levá-lo a bordo com o seu convidado. Depois, saindo da reserva que mantivera desde a sua chegada à ilha, falou, não sem amargura, da vida que levava havia quatro anos.

Jovem oficial da Marinha Britânica, ele havia aderido à Guerra da Independência com todo o ardor próprio da idade. Fazia parte da tripulação da esquadra do almirante Howe, e distinguira-se na batalha de Brooklyn e na tomada de Nova York. Nada o havia preparado para o revés que se seguiu a essa campanha triunfal.

– Educam-se os jovens oficiais na certeza de vitórias antecipadamente inebriantes – disse ele. – Seria mais sensato inculcar-lhes a convicção de que primeiro seriam vencidos, e ensinar-lhes a arte infinitamente difícil de levantar-se e retomar a luta com um ardor dez vezes maior. Bater em retirada, reagrupar os fugitivos, reparar, no mar alto, a aparelhagem de um navio meio desmantelado pela artilharia inimiga, e voltar ao combate, eis o que há de mais difícil, e o que se considera vergonhoso ensinar aos nossos oficiais em treinamento! No entanto, a história ensina-nos que as grandes vitórias resultaram de derrotas superadas, e qualquer palafreneiro sabe bem que o cavalo que vai à frente durante a corrida é sempre ultrapassado logo antes da linha de chegada.

As derrotas na Dominica e em Santa Lúcia e a perda de Tobago surpreenderam Hunter e inspiraram-lhe um ódio definitivo aos franceses. A capitulação de Saratoga, depois a de Yorktown, preparando o covarde abandono pela metrópole do mais belo florão da Coroa de Inglaterra, despedaçaram a austera paixão pela honra que havia sido até então a força impulsora da sua vida. Pouco depois do Tratado de Versalhes, que consumava a vergonhosa derrota da Inglaterra, havia devolvido o uniforme do Corpo dos Oficiais Reais e voltara-se para a marinha mercante.

Entretanto, era por demais exclusivamente marinheiro para se acomodar às sujeições desse ofício que julgara ser de homem livre. Dissimular perante os armadores o desprezo que se tem por esses proprietários ávidos e medrosos, discutir o preço do frete, assinar recibos, fazer faturas, suportar as visitas alfandegárias, pôr toda a sua vida em sacos, fardos, barricas, isso era demasiado para ele. Ao que juntavam-se o ter jurado não tornar a pisar em solo inglês e o confundir no mesmo ódio os Estados Unidos e a França. Encontrava-se no fim das suas forças quando teve a sorte – a única que o destino lhe reservara, sublinhava – de conseguir o comando deste *Whitebird*, predestinado, pelas reduzidas dimensões dos paióis e excelentes qualidades veleiras, a fretes de pouco volume – chá, especiarias, metais raros, pedras preciosas ou ópio –, cujo comércio implicava, além disso, riscos e mistérios que lisonjeavam o seu espírito aventureiro e romanesco. Sem dúvida que o tráfico de escravos ou o trabalho de corsário conviriam melhor à sua situação, mas a educação militar havia-lhe deixado uma repulsa instintiva por essas atividades pouco recomendáveis.

LOGO QUE ROBINSON saltou para a ponte do *Whitebird*, foi acolhido por um Sexta-Feira radioso, que a chalupa havia levado na viagem anterior. O araucano fora adotado pela tripulação e, aparentemente, conhecia o navio como se nele tivesse nascido. Robinson tivera ocasião de observar que os primitivos apenas admiram os objetos da indústria humana que se encontram, por assim dizer, ao seu nível: navalha, vestuário, piroga. Para além dessa escala, porém, tudo lhes escapa e deixam de admirar, considerando sem dúvida um palácio ou um navio como produtos da natureza, nem mais nem menos espantosos que uma gruta ou um iceberg. Passava-se exatamente o contrário com Sexta-Feira, e Robinson atribuiu à sua própria influência a compreensão imediata que o outro manifestou a bordo. Viu-o depois subir pelos brandais, içar-se ao cesto da gávea e partir daí para os degraus da verga, balançando-se, 50 pés acima das ondas, com um grande riso feliz. Pensou então nos atributos aéreos de que Sexta-Feira se tinha sucessivamente rodeado – a flecha, a pipa, a harpa eólia – e percebeu que um grande veleiro, esbelto e audaciosamente equipado como este, era o resultado triunfal, a apoteose, dessa conquista do éter. Invadiu-o certa tristeza, especialmente por sentir crescer nele um movimento de oposição a este universo para o qual o arrastavam, parecia-lhe, contra a vontade.

O seu mal-estar cresceu quando distinguiu, atada ao pé do mastro de traquete, uma pequena forma humana, seminua e enroscada nela própria. Era um rapaz que podia ter 12 anos, magro como um gato esfolado. Não se lhe podia ver a cara, mas os cabelos formavam uma massa opulenta e ruiva que fazia parecerem ainda mais fracos os delgados ombros, as omoplatas que saíam como asas de anjinho, as costas recoberta por uma carreira de sardas, estriadas por marcas sangrentas. Robinson, vendo-o, diminuíra o passo.

– É Jaan, o nosso grumete – disse-lhe o comandante. Depois, voltando-se para o imediato: – Que fez ele desta vez?

Uma carranca vermelhusca, sobre a qual estava posto um chapéu de cozinheiro, emergiu no mesmo instante da escotilha da despensa, como um diabo que sai de uma caixa.

– Não posso fazer nada dele! Esta manhã estragou-me uma empada de galinha, salgando-a três vezes por distração. Teve as suas 12 chicotadas de gaxeta. E terá outras se não se emendar.

E a cabeça desapareceu tão repentinamente como surgira.

– Desata-o – disse o comandante ao imediato –, vamos precisar dele na sala de refeições.

Robinson almoçou com o comandante e o imediato. Não tornou a ouvir falar de Sexta-Feira, que devia estar fa zendo a refeição com a tripulação. Não precisou se esforçar para alimentar a conversa. Os seus hospedeiros pareciam ter admitido, de uma vez por todas, que ele tinha tudo a aprender com eles e nada a revelar de si ou de Sexta-Feira, e Robinson acomodava-se perfeitamente a essa suposição que lhe permitia observar e meditar à vontade. A bem dizer, era verdade, num certo sentido, que tinha tudo a aprender, tudo a assimilar, a digerir, mas o que ouvia era tão pesado e indigesto como as terrinas e as carnes ensopadas desfilando no seu prato, e era de temer que um reflexo de recusa o fizesse vomitar em bloco o mundo e os costumes descobertos, aos poucos, por ele.

No entanto, o que mais lhe repugnava não era tanto a brutalidade, o ódio e a ganância que estes homens civilizados e altamente honoráveis demonstravam com inocente tranquilidade. Ainda era fácil imaginar – e sem dúvida seria possível encontrar – outros homens que, no lugar destes, fossem amáveis, indulgentes e generosos. Para Robinson, o mal era bem mais profundo. No seu íntimo, reconhecia-o na irremediável *relatividade* dos fins que os via a todos perseguirem febrilmente. Pois o que todos tinham como objetivo era tal aquisição, tal riqueza, tal satisfação, mas por que essa aquisição, essa riqueza, essa satisfação? Decerto ninguém saberia dizê-lo. Robinson imaginava, sem cessar, o diálogo que certamente acabaria por confrontá-lo com um destes homens, o comandante por exemplo. "Por que vives tu?", perguntar-lhe-ia. Hunter, evidentemente, não saberia o que responder, e o seu único recurso seria devolver a pergunta ao Solitário. Então, Robinson mostraria a ele com a mão esquerda a terra de Speranza, enquanto levantaria a direita para o Sol. Após um momento de espanto, o comandante rebentaria a rir, um riso de loucura perante a sabedoria, pois como poderia ele conceber que o Astro Maior fosse algo além de uma chama gigantesca, que nele houvesse espírito e poder para irradiar de eternidade os seres que soubessem abrir-se a ele?

Era o grumete Jaan quem servia à mesa, meio engolido por um enorme avental branco. O pequeno rosto ossudo, recoberto por sardas, parecia ainda mais miúdo sob a massa de cabelos fulvos, e Robinson procurava, em vão, o seu olhar, de íris tão claras que se julgava ver o dia através da sua cabeça. Tampouco ele prestava qualquer atenção ao náufrago, inteiramente absorvido pelo forte medo de cometer algum deslize. Após algumas frases rápidas em que transparecia uma veemência contida, o comandante encerrava-se, regularmente, num silêncio que parecia hostil ou desdenhoso – e Robinson imaginava um sitiado que, depois de ter por muito tempo suportado, sem reagir, os ataques do inimigo, se decide, por fim, a sair e corre a fechar-se de novo na sua fortaleza, depois de lhe ter infligido severas perdas. Esses silêncios eram preenchidos pela tagarelice do imediato, Joseph, todo ele voltado para a vida prática e os progressos técnicos da navegação, e que sentia pelo seu superior, era visível, uma admiração reforçada pela mais completa incompreensão. Depois do almoço, foi ele quem levou Robinson para a ponte de comando, enquanto o comandante se retirava para a sua cabine. Queria fazer-lhe as honras dum instrumento recentemente introduzido na navegação, o sextante, graças ao qual, por um sistema de dupla reflexão, podia medir-se a altura do Sol acima do horizonte com uma precisão incomparavelmente maior que a permitida pelo tradicional *quadrante de Davis*. Seguindo com interesse a demonstração entusiástica de Joseph e manejando com satisfação o belo objeto de cobre, acaju e marfim que havia sido retirado do seu pequeno estojo, Robinson admirava a vivacidade de espírito deste homem, para além disso tão limitado. Descobriu que a inteligência e a estupidez podem habitar na mesma cabeça sem de modo algum se influenciarem, como a água e o azeite se sobrepõem sem se misturar. Falando de alidades, sextantes, nônios e espelhos, Joseph brilhava de inteligência. No entanto, havia sido ele quem, momentos antes, explicara, com muitas piscadelas de olho na direção de Jaan, que o rapaz não tinha de que se lamentar por ter apanhado com as gaxetas, tendo por mãe uma prostituta de marinheiros.

O SOL COMEÇAVA A DECLINAR. Era a hora em que Robinson se habituara a expor-se aos seus raios para se encher de energias caloríficas, antes que se alongassem as sombras e a brisa marítima provocasse os cochichos dos eucaliptos na praia. A convite de Joseph, estendeu-se por cima do tombadilho, à sombra do catavento, e ficou a olhar a flecha do mastro da gávea a desenhar sinais invisíveis no céu azul, onde se perdera um delgado crescente de lua em porcelana translúcida. Voltando um pouco a cabeça, via Speranza, linha de areia dourada ao nível das águas, extensão de verdura e caos rochoso. Foi então que tomou consciência da decisão, amadurecendo inexoravelmente nele, de deixar partir o *Whitebird* e ficar na ilha com Sexta-Feira. A tal era levado, mais do que por tudo o que o separava dos homens deste navio, pela repulsa violenta e amedrontada do turbilhão do tempo, degradante e mortal, que eles à sua volta vertiam e no qual viviam. Dezenove de dezembro de 1787. Vinte e oito anos, dois meses e dezenove dias. Esses dados indiscutíveis continuavam a enchê-lo de espanto. Assim, se não houvesse naufragado nos recifes de Speranza, seria quase quinquagenário. Teria cabelos grisalhos, e suas articulações estalariam. Os seus filhos seriam mais velhos que ele próprio, quando os deixara, e talvez fosse avô. Nada disso, porém, acontecera. Speranza erguia-se a 2 amarras deste navio repleto de miasmas, como clara negativa de toda aquela sinistra degradação. Na verdade, ele era hoje mais novo que o jovem piedoso e avaro que embarcara no *Virginie*. Porque não era jovem de uma juventude biológica, putrescível e portadora de uma espécie de impulso para a decrepitude. Era de uma juventude mineral, divina, solar. Todas as manhãs eram para ele um primeiro princípio, o princípio absoluto da história do mundo. Sob o Sol-deus, Speranza vibrava num presente perpétuo, sem passado nem futuro. Não ia arrancar-se agora desse eterno instante, pousado em equilíbrio na ponta de um paroxismo de perfeição, para cair num mundo de usura, poeira e ruínas!

Quando participou a sua decisão de permanecer na ilha, só Joseph mostrou surpresa. Hunter apenas esboçou um sorriso gelado. Talvez, no fundo, ficasse satisfeito por não ter de recolher dois passageiros suplementares numa embarcação afinal modesta, em que o espaço era rigorosamente medido. Teve a cortesia de considerar tudo o que fora embarcado durante o dia como provas da generosidade de Robinson, o senhor da ilha. Em troca, ofereceu-lhe o pequeno escaler para reconhecimento, arrumado sobre o tombadilho, junto dos dois botes de salvamento regulamentares. Era um escaler leve e de bom porte, ideal para um ou dois homens em tempo calmo ou mesmo chuvoso, que substituiria com vantagem a velha piroga de Sexta-Feira. Foi nessa embarcação que Robinson e o seu companheiro, ao cair do sol, alcançaram a ilha.

A alegria sentida por Robinson ao recuperar a posse daquela terra que julgara para sempre perdida estava em harmonia com os clarões rubros do poente. Imenso era, na verdade, o seu alívio, mas algo havia de fúnebre na paz que o rodeava. Mais do que ferido, sentia-se envelhecido, como se a visita do *Whitebird* marcasse o fim de uma longa e feliz juventude. Mas que importava? Às primeiras luzes da aurora, o navio inglês levantaria âncora e retomaria o seu errante destino, levado pela fantasia do seu tenebroso comandante. As águas da baía da Salvação fechar-se-iam sobre o sulco do único navio que, em 28 anos, se aproximara de Speranza. Por meias-palavras, Robinson dera a entender que não gostaria que fossem reveladas pela tripulação do *Whitebird* a existência e a posição deste ilhéu. Tal desejo casava-se bem demais com o caráter do misterioso Hunter para que ele não o fizesse respeitar. Assim ficaria definitivamente fechado este parêntesis que introduzira 24 horas de tumulto e desagregação na eternidade serena dos Dióscuros.

12

Era ainda pálida a alvorada quando Robinson desceu da araucária. Havia-se acostumado a dormir até os últimos minutos que precedem o nascer do sol, a fim de reduzir, tanto quanto possível, esse período átono, o mais desfavorecido do dia por mais afastado do poente. Contudo, as carnes, fora dos seus hábitos, os vinhos e também uma surda angústia haviam-lhe dado um sono febril, entrecortado por bruscos despertares e por breves mas áridas insônias. Deitado, envolto em trevas, fora presa indefesa de ideias fixas e obsessões torturantes. Apressara-se a levantar-se para sacudir essa matilha imaginária.

Deu alguns passos na praia. Tal como esperava, o *Whitebird* desaparecera. A água estava cinzenta sob o céu descolorido. Um orvalho abundante pesava sobre as plantas, que se curvavam chorosas, sob esta luz pálida, sem brilho e sem sombra, de uma lucidez magoada. Os pássaros observavam um silêncio gelado. Robinson sentiu cavar-se nele uma caverna de desespero, negra e sonora cisterna de onde subia – como um espírito venenoso – uma náusea que lhe enchia a boca de saliva biliosa.

Na praia, uma onda esticava-se com lentidão, brincava um pouco com um caranguejo morto e retirava-se decepcionada. Dentro de alguns minutos, uma hora no máximo, o sol iria nascer e reinsuflar vida e alegria em todas as coisas e no próprio Robinson. Só tinha de aguentar até lá e resistir à tentação de ir acordar Sexta-Feira.

Era indiscutível que a visita do *Whitebird* comprometera gravemente o equilíbrio delicado do triângulo Robinson-Sexta-feira-Speranza. Speranza estava coberta de feridas visíveis mas, no fim das contas, superficiais, que desapareceriam em alguns meses. Contudo, quanto tempo seria preciso a Sexta-Feira para esquecer esse belo galgo dos mares que se inclinava tão graciosamente à carícia de todos os ventos? Robinson censurava-se por ter tomado a decisão de ficar na ilha sem previamente consultar o companheiro. Não se esqueceria de lhe dizer, nesta manhã mesmo, os sinistros pormenores que Joseph lhe contara sobre o tráfico dos negros e seu destino nas velhas colônias da América. Assim, o seu pesar – caso o tivesse – ficaria diminuído.

Pensando em Sexta-Feira, aproximava-se maquinalmente dos dois pimenteiros entre os quais o mestiço estendera a rede onde passava as noites e uma parte dos dias. Não pensava de modo algum em acordá-lo, mas velaria seu sono, e essa presença calma e inocente reconfortá-lo-ia.

Não havia ninguém na rede. O que mais o surpreendia era o desaparecimento dos pequenos objetos com que Sexta-Feira enfeitava as suas sestas – espelhos, zarabatanas, flajolés, penas etc. Uma angústia repentina golpeou Robinson como um murro. Correu para a praia: o escaler e a piroga estavam lá, atracados, no seco. Se Sexta-Feira houvesse desejado alcançar o *Whitebird*, ter-se-ia servido de uma das duas embarcações para depois abandoná-la no mar ou içá-la para bordo. Era pouco provável que se arriscasse a nado até tão longe.

Robinson começou então a percorrer toda a ilha, gritando o nome do companheiro. Da baía da Evasão às dunas do Levante, da gruta ao Combo Rosa, da floresta da costa ocidental às lagunas orientais, correu, tropeçando e gritando, desesperadamente convencido, no íntimo, de que as buscas eram inúteis. Não compreendia como Sexta-Feira pudera traí-lo, mas já não podia recuar perante a evidência de que estava só na ilha, só como nos primeiros dias. Essa procura desvairada acabou por abatê-lo, levando-o aos lugares carregados de recordações onde, havia anos, não voltava. Sentiu sob os dedos fugir a serragem vermelha do *Evasão* e, sob os pés, deslizar a lama tépida do pântano. Encontrou na floresta a capa de couro, encarquilhada, da sua Bíblia. Todas as páginas estavam queimadas, salvo um fragmento do Primeiro Livro dos Reis, e leu numa névoa de enfraquecimento:

"O rei Davi era velho, avançado em idade. Cobriam-no de vestes sem que ele conseguisse aquecer-se. Os seus servos disseram-lhe: Que se procure para o meu Senhor, o Rei, uma jovem Virgem. Que ela venha à presença do rei e cuide dele, e que se deite no seu seio, e meu Senhor, o Rei, se aquecerá."

Robinson compreendeu que os 28 anos, ainda na véspera inexistentes, acabavam de lhe cair sobre os ombros. O *Whitebird* trouxera-os – como germes de mortal doença –, e Robinson, de repente, transformara-se num velho. Compreendeu também que não há pior maldição para um velho do que a solidão. *Que ela se deite no seu seio, e meu Senhor, o Rei, se aquecerá.* Na verdade, tiritava sob o orvalho da manhã, mas nunca mais teria alguém para aquecê-lo. Aos seus dedos uma última relíquia se apresentou: a coleira de Tenn, carcomida pelo bolor. Todos os anos decorridos, que pareciam definitivamente apagados, regressavam, evocados por vestígios sórdidos e dilacerantes. Apoiou a cabeça no tronco de um cipreste. Seu rosto crispou-se, mas os velhos não choram. Com o estômago revolvido, vomitou no húmus as dejeções vinosas da infame refeição que comera frente a Hunter e a Joseph. Quando levantou a cabeça, encontrou os olhares de um areópago de abutres, reunidos a alguns metros dali, que o vigiavam com os seus pequenos olhos róseos. Também eles, portanto, tinham vindo a este encontro com o passado!

Seria preciso recomeçar tudo, as plantações, a criação de animais, as construções, esperando o aparecimento de um novo araucano que tudo varreria com um sopro de chama, obrigando-o a elevar-se a um nível superior? Que ridículo! Na verdade, não havia alternativa a não ser o tempo e a eternidade. O eterno retorno, filho bastardo de ambos, não passava duma vesânia. Para ele apenas havia uma salvação: encontrar o caminho desses limbos intemporais e povoados de inocentes, aonde se elevara por etapas e de onde a visita do *Whitebird* o havia feito cair. No entanto, velho e sem forças, como poderia ele recuperar esse estado de graça tão longa e duramente conquistado? Só talvez, muito simplesmente, morrendo? A morte nesta ilha, da qual ninguém mais violaria a solidão antes de decênios, não seria a única forma de eternidade que, daí por diante, lhe convinha? Era importante, porém, frustrar a vigilância dos abutres misteriosamente advertidos e prontos a cumprir o seu ofício fúnebre. O esqueleto deveria encanecer-lhe sob as pedras de Speranza, como um jogo de varetas, cuja disposição ninguém pode alterar. Assim teria fim a extraordinária e desconhecida história do grande solitário de Speranza.

Encaminhou-se a passos curtos para o caos rochoso que se erguia no local da gruta. Tinha a certeza de encontrar uma forma, deslizando por entre os blocos, de penetrar o quanto bastasse para ficar ao abrigo dos animais. Talvez encontrasse, mesmo à custa da paciência de um santo, um acesso até o alvéolo, onde seria suficiente pôr-se em posição fetal e fechar os olhos para que a vida o abandonasse, tão completo era o seu abatimento, tão profunda a sua tristeza.

Encontrou, com efeito, uma passagem, uma só, apenas um pouco mais larga que o suficiente para um gato passar, mas sentia-se tão diminuído, tão comprimido que não duvidava poder introduzir-se. Perscrutava-lhe a sombra, numa tentativa de lhe avaliar a profundidade, quando lhe pareceu distinguir um movimento. Uma pedra rolou no interior e um corpo obstruiu o pequeno espaço negro. Libertaram-no do estreito orifício umas tantas contorções, e eis, frente a Robinson, uma criança, com o braço direito dobrado à altura do rosto, a proteger-se da luz ou na previsão de uma bofetada. Robinson recuou, atordoado.

– Quem és tu? Que fazes aqui? – perguntou-lhe.

– Sou o grumete do *Whitebird* – respondeu o garoto. – Queria fugir do barco onde era infeliz. Ontem, quando servia a refeição, olhastes-me com bondade. Então, quando ouvi que não partíeis, decidi esconder-me na ilha e ficar convosco. Na noite passada, escapei para a ponte e ia atirar-me à água para tentar nadar até a praia, quando vi um homem abordar o barco numa piroga. Era o vosso servo mestiço. Empurrou a piroga com o pé e entrou no camarote do imediato, que parecia esperá-lo. Compreendi que ficaria a bordo. Então, nadei até a piroga e icei-me. Remei até a praia e escondi-me nos rochedos. Agora o *Whitebird* partiu sem mim – concluiu ele com uma ponta de triunfo na voz.

– Vem comigo – disse-lhe Robinson.

Deu a mão ao pequeno e, contornando os blocos, começou a subir a encosta para o cume do pico rochoso que dominava o caos. Parou a meio-caminho e olhou-o de frente. Os olhos verdes com cílios brancos de albino voltaram-se para ele. Iluminou-os um pálido sorriso. Abriu a mão e olhou a que nela se tinha aconchegado. Sentiu um aperto no coração ao vê-la tão delgada, tão fraca e, no entanto, tão maltratada por todos os trabalhos de bordo.

– Vou mostrar-te uma coisa – disse ele para esconder a sua emoção, sem saber a que aludia.

A ILHA ESTENDIDA a seus pés estava parcialmente imersa em névoa, mas, a levante, o céu cinzento tornava-se incandescente. Na praia, o escaler e a piroga começavam a mover-se de forma desigual por conta da subida da maré. A norte, fugia para o horizonte um ponto branco.

Robinson estendeu o braço nessa direção.

– Olha-o bem – disse. – Talvez nunca mais vejas isto: um navio ao largo da costa de Speranza.

O ponto desvanecia-se pouco a pouco. O horizonte por fim absorveu-o. Foi então que o sol dardejou as primeiras flechas. Uma cigarra cantou. Uma gaivota volteou no ar e deixou-se cair no espelho d'água. Arremeteu à superfície e ergueu-se com amplas batidas de asas, levando atravessado no bico um peixe prateado. Num instante, o céu ficou cerúleo. As flores, que inclinavam para oeste as corolas fechadas, giraram todas juntas sobre os caules, abrindo as pétalas para o lado do levante. Os pássaros e os insetos encheram o espaço com um concerto em uníssono. Robinson esquecera o garoto. Endireitando o corpo alto, encarava o êxtase solar com uma alegria quase dolorosa. O esplendor que o envolvia lavava-o das manchas mortais do dia e da noite anteriores. Uma espada de fogo penetrava-o e transverberava-lhe todo o ser. Speranza libertava-se dos véus da bruma, virgem e intacta. Na verdade, a longa agonia, o negro pesadelo nunca haviam existido. A eternidade, tomando uma vez mais posse dele, apagava esse lapso de tempo sinistro e irrisório. Uma inspiração profunda encheu-o de um sentimento de saciedade total. O peito encurvava-se como um escudo de bronze. As pernas apoiavam-se na rocha, maciças e inabaláveis como colunas. A luz fulva revestia-o de uma armadura de inalterável juventude e forjava-lhe uma máscara de cobre de uma regularidade implacável em que brilhavam dois olhos de diamantes. O Astro-deus finalmente desfraldou toda a sua coroa de cabelos rubros em explosões de címbalos e estridências de trombetas. Acenderam-se reflexos metálicos na cabeça da criança.

– Como te chamas? – perguntou-lhe Robinson.

– Chamo-me Jaan Neljapäev. Nasci na Estônia – acrescentou, como que para se desculpar pelo nome difícil.

– A partir de agora – disse-lhe Robinson –, teu nome será Quinta-feira. É o dia de Júpiter, deus do céu. É também o domingo das crianças.

Posfácio
Michel Tournier e o mundo sem outrem

"O animal parou subitamente de mastigar, mantendo uma grande gramínea entre os dentes..."*

Estas páginas assim tão belas contam a luta de Sexta-Feira com o bode. Sexta-Feira sairá ferido, mas o bode morrerá, "o grande bode está morto". E Sexta-Feira anuncia seu projeto misterioso: o bode morto voará e cantará, bode voador e musical. Para o primeiro ponto do projeto, ele se serve da pele, depilada, lavada, polida, esticada sobre uma estrutura de madeira. Amarrado a uma vara de pescar, o bode amplifica o menor movimento da linha, assumindo a função de uma gigantesca rolha celeste, transcrevendo as águas sobre o céu. Quanto ao segundo ponto, Sexta-Feira serve-se da cabeça e das tripas, faz deles um instrumento que coloca em uma árvore morta a fim de produzir uma sinfonia instantânea cujo único executante deve ser o vento: é assim que o rumor da terra é, por sua vez, transportado no céu e se torna um som celeste organizado, pansonoridade, "música verdadeiramente *elementar*".** Destas duas maneiras o grande bode morto libera os Elementos. Observar-se-á que a terra e o ar desempenham menos o papel de elementos particulares do que o de duas figuras completas opostas, cada qual reunindo,

---

*Ver p. 174.

**Ver p. 186.

por conta própria, os quatro elementos. Mas a terra é o que os encerra e os estreita, contém-nos na profundidade dos corpos, enquanto o céu, com a luz e o sol, leva-os ao estado livre e puro, liberados de seus limites para formar uma energia cósmica de superfície, una e, contudo, própria a cada elemento. Há, por conseguinte, um fogo, uma água, um ar e uma terra terrestres, mas também uma terra, uma água, um fogo, um ar aéreos ou celestes. Há um combate entre a terra e o céu, em que está em jogo o aprisionamento ou a liberação de todos os elementos. A ilha é a fronteira ou o lugar deste combate. É por isso que é tão importante saber de que lado vai pender; se será capaz de derramar no céu seu fogo, sua terra e suas águas e de se tornar ela própria solar. O herói do romance é a ilha tanto quanto Robinson, tanto quanto Sexta-Feira. A ilha muda de figura no curso de uma série de desdobramentos, não menos do que Robinson que muda de forma no curso de uma série de metamorfoses. A série subjetiva de Robinson é inseparável da série de estados da ilha.

O termo final é Robinson feito elementar em sua ilha, ela própria entregue aos elementos: um Robinson de sol na ilha tornada solar, uraniano em Urano. O que importa aqui não é, por conseguinte, a origem, mas, ao contrário, o desfecho, o alvo final, descobertos através de todo tipo de avatares. É a primeira grande diferença em relação ao Robinson de Defoe. Observou-se frequentemente que o tema de Robinson em Defoe não era somente uma história, mas o "instrumento de uma pesquisa": pesquisa que parte da ilha deserta e que pretende reconstituir as origens e a ordem rigorosa dos trabalhos e das conquistas que delas decorrem com o tempo. Mas é claro que a pesquisa é duas vezes falseada. De um lado, a imagem da origem pressupõe o que ela pretende engendrar (cf. tudo o que Robinson tirou dos restos do naufrágio). De outro lado, o mundo reproduzido a partir desta origem é o equivalente do mundo *real*, isto é, econômico ou do mundo tal como seria, tal como deveria ser se não existisse a sexualidade (cf. a eliminação de toda sexualidade no Robinson de Defoe).* Será preciso concluir a partir daí que a sexualidade é o único princípio fantástico capaz de fazer desviar o mundo da ordem econômica rigorosa fixada pela origem? Em suma, em Defoe a intenção era boa: o que pode ocorrer a um homem só, sem Outrem, em uma ilha deserta? Mas o problema estava mal colocado. Pois, ao invés de levar um Robinson assexuado a uma origem que reproduz um mundo econômico análogo ao nosso, arquétipo do nosso, seria preciso conduzir um Robinson assexuado a fins *completamente diferentes e divergentes* dos nossos, em um mundo fantástico tendo ele próprio desviado. Colocando o problema em termos de fim e não de origem, Tournier se proíbe de deixar Robinson abandonar a ilha. O fim, o alvo final de Robinson é a "desumanização", o encontro da libido com os elementos livres, a descoberta de uma energia cósmica ou de uma grande Saúde elementar, que não pode surgir a não ser na ilha e ainda na medida em que a ilha se tornou aérea e solar. Henry Miller falava destes "vagidos de recém-nascidos dos elementos fundamentais hélio, oxigênio, silício, ferro". E sem dúvida há um pouco de Miller e mesmo de Lawrence neste Robinson de hélio e de oxigênio: o bode morto já organiza o vagido dos elementos fundamentais.

Mas o leitor tem também a impressão de que esta grande Saúde do Robinson de Tournier esconde algo, que não é em absoluto milleriano ou lawrenciano. Não seria este *desvio* totalmente essencial que ela implica, inseparável da sexualidade desértica? O Robinson de Tournier se opõe ao de Defoe

*Sobre Robinson de Defoe, cf. as observações de Pierre Macherey, que mostra como o tema da origem está ligado a uma reprodução econômica do mundo e a uma eliminação do fantástico em proveito de uma pretensa "realidade" deste mundo: *Pour une théorie de la production littéraire*, ed. Maspero, p. 226-275.

por três traços que se encadeiam com rigor: ele é relacionado a fins, a alvos, ao invés de sê-lo a uma origem; ele é sexuado; estes fins representam um desvio fantástico de nosso mundo, sob influência de uma sexualidade transformada, no lugar de uma reprodução econômica de nosso mundo sob a ação de um trabalho continuado. Na verdade, este Robinson não faz nada de perverso; e, contudo, como nos desembaraçarmos da impressão de que ele é perverso, isto é, segundo a definição de Freud, aquele que desvia quanto aos fins? Era a mesma coisa, em Defoe, referir Robinson à origem e fazê-lo produzir um mundo conforme ao nosso; é a mesma coisa em Tournier referi-lo a fins e fazê-lo desviar, divergir quanto aos fins. Referido às origens, Robinson deve necessariamente reproduzir nosso mundo, mas, referido aos fins, ele desvia necessariamente. Estranho desvio que não é, contudo, daqueles de que nos fala Freud, uma vez que é solar e toma como objeto os elementos: tal é o sentido de Urano. "Se fosse preciso, necessariamente, traduzir em termos humanos esse coito solar, é sob as espécies femininas e como esposa do Céu que conviria definir-me. No entanto, esse antropomorfismo é um contrassenso. Na verdade, no supremo grau a que nós acedemos, Sexta-Feira e eu, a diferença de sexo está ultrapassada e Sexta-Feira pode identificar-se com Vênus, tal como, em linguagem humana, pode dizer-se que eu me abro à fecundação do Astro Maior".* Se é verdade que a neurose é o negativo da perversão, a perversão, de seu lado, não seria o *elementar* da neurose?

O CONCEITO DE PERVERSÃO é bastardo, semijurídico, semimédico. Mas nem a medicina, nem o direito ganham nada com isso. No interesse renovado hoje por um tal conceito, parece

*Ver p. 204.

que procuramos em uma estrutura da perversão mesma a razão de sua relação eventual muito ambígua, tanto com a justiça como com a medicina. O ponto de partida é este: a perversão não se define pela fora de um desejo no sistema das pulsões; o perverso não é alguém que deseja, mas que introduz o desejo em um outro sistema e faz com que ele desempenhe, neste sistema, o papel de um limite interior, de um foco virtual ou de um ponto zero (a famosa apatia sádica). O perverso não é um eu que deseja, mais do que o Outro, para ele, não é um objeto desejado, dotado de existência real. O romance de Tournier não é, contudo, uma tese sobre a perversão. Não é um romance de tese. Nem um romance de personagens, uma vez que não há outrem. Nem um romance de análise interior, Robinson tendo muito pouca interioridade. É um surpreendente romance cômico de aventuras e um romance cósmico de avatares. Em vez de uma tese sobre a perversão, é um romance que desenvolve a tese mesma de Robinson: o homem sem outrem em sua ilha. Mas a "tese" encontra tanto mais sentido quanto mais anuncia aventuras em vez de se referir a uma origem suposta: que vai ocorrer no mundo insular sem outrem? Procuraremos, pois, primeiro o que significa outrem por seus *efeitos*: buscaremos os efeitos da ausência de outrem na ilha, induziremos os efeitos da presença de outrem no mundo habitual, concluiremos o que é outrem e em que consiste sua ausência. Os efeitos da ausência de outrem são, por conseguinte, as verdadeiras aventuras do espírito: um romance experimental indutivo. Então, a reflexão filosófica pode recolher o que o romance mostra com tanta força e vida.

O primeiro efeito de outrem é, em torno de cada objeto que percebo ou de cada ideia que penso, a organização de um mundo marginal, de um arco, de um fundo que outros objetos, outras ideias podem sair segundo leis de transição que regulam a passagem de uns aos outros. Olho um objeto, em seguida me desvio; deixo-o voltar ao fundo, ao mesmo tempo em que se destaca do fundo um novo objeto da minha atenção. Se este novo objeto não me fere, se não vem me chocar com a violência de um projétil (como quando batemos em alguma coisa que não vimos), é porque o primeiro objeto dispunha de toda uma margem em que eu sentia já a preexistência dos seguintes, de todo um campo de virtualidades e de potencialidades que eu já sabia capazes de se atualizarem. Ora, um tal saber ou sentimento de existência marginal não é possível a não ser por intermédio de outrem, "(...) outrem é para nós um poderoso *fator de distração*, não apenas porque nos perturba constantemente e nos arranca do pensamento atual, mas ainda porque a simples possibilidade do seu aparecimento lança uma vaga luz sobre um universo de objetos que, embora situados à margem da nossa atenção, são capazes a todo o momento de se tornar o seu centro."* A parte do objeto que não vejo, coloco-a ao mesmo tempo como visível para outrem; tanto que, quando eu tiver feito a volta para atingir esta parte escondida, terei alcançado outrem por trás do objeto, para dele fazer uma totalização previsível. E os objetos atrás de mim, sinto que eles se ligam e formam um mundo, precisamente porque visíveis e vistos por outrem. E esta *profundidade* para mim, segundo a qual os objetos se invadem ou mordem uns aos outros e se escondem uns atrás dos outros, eu a vivo também como sendo uma *largura possível* para outrem, largura em que se alinham e se pacificam (do ponto de vista de uma outra profundidade). Em suma, outrem assegura as margens e transições do mundo. Ele é a doçura das contiguidades e das semelhanças. Ele regula as transformações da forma e do fundo, as variações de profundidade. Ele impede os assaltos por trás. Povoa o mundo de um rumor benevolente.

---

*Ver p. 37.

Faz com que as coisas se inclinem umas em direção às outras e de uma para a outra encontrem complementos naturais. Quando nos queixamos da maldade de outrem, esquecemos esta outra maldade mais temível ainda, aquela que teriam as coisas se não houvesse outrem. Ele relativiza o não sabido, o não percebido; pois outrem para mim introduz o signo do não percebido no que eu percebo, determinando-me a apreender o que não percebo como perceptível para outrem. Em todos estes sentidos é sempre por outrem que passa meu desejo e que meu desejo recebe um objeto. Eu não desejo nada que não seja visto, pensado, possuído por um outrem possível. Está aí o fundamento de meu desejo. É sempre outrem que faz meu desejo baixar sobre o objeto.

O que ocorre quando falta outrem na estrutura do mundo? Só reina a brutal oposição do sol e da terra, de uma luz insustentável e de um abismo obscuro: "a lei sumária de tudo ou nada". O sabido e o não sabido, o percebido e o não percebido enfrentam-se em termos absolutos, num combate sem nuanças; "a minha visão da ilha reduz-se a ela própria. O que eu não vejo dela é um *desconhecido absoluto*. Reina uma noite insondável em todos os lugares em que não me encontro no momento".* Mundo cru e negro, sem potencialidades nem virtualidades: é a categoria do possível que se desmoronou. Ao invés de formas relativamente harmoniosas, saindo de um fundo para a ele voltar segundo uma ordem do espaço e do tempo, nada mais do que linhas abstratas, luminosas e contundentes, nada mais do que um sem-fundo, rebelde e sugador. Nada além de Elementos. O sem-fundo e a linha abstrata substituíram o modelado e o fundo. Tudo é implacável. Tendo cessado de se estender e se curvar uns em direção aos outros, os objetos se erguem ameaçadores; descobrimos então maldades

*Ver p. 52-53.

que não são mais as do homem. Pode-se dizer que cada coisa, tendo abdicado de seu modelo, reduzida a suas linhas mais duras, esbofeteia-nos e golpeia-nos pelas costas. A ausência de outrem, nós a sentimos quando damos uma topada, instantes em que nos é revelada a velocidade estupidificante de nossos gestos. "A nudez é um luxo que só o homem calorosamente rodeado pela multidão dos seus semelhantes pode dar-se sem perigo. Para Robinson, enquanto não tivesse mudado de alma, era provação de mortal temeridade. Despojado daqueles pobres trapos – usados, lacerados, maculados, mas saídos de vários milênios de civilização e impregnados de humanidade –, a sua carne oferecia-se vulnerável e branca à irradiação dos elementos brutos."* Não há mais transições; acabou-se a doçura das contiguidades e das semelhanças que nos permitiam habitar o mundo. Mais nada subsiste além das profundidades infranqueáveis, das distâncias e das diferenças absolutas ou então, ao contrário, de insuportáveis repetições, assim como extensões exatamente superpostas.

COMPARANDO OS PRIMEIROS efeitos de sua presença e de sua ausência, podemos dizer o que é outrem. O engano das teorias filosóficas é reduzi-lo ora a um objeto particular, ora a um outro sujeito (e mesmo uma concepção como a de Sartre do *O Ser e o Nada*, que se contentava em reunir as duas determinações, fazendo de outrem um objeto sob meu olhar que me olhe, por sua vez, e me transforme em objeto). Mas outrem não é nem um objeto do campo de minha percepção, nem um sujeito que me percebe: é, em primeiro lugar, uma estrutura do campo perceptivo, sem a qual este campo no seu conjunto não funcionaria como o faz. Que esta estrutura seja efetuada por personagens reais, por sujeitos variáveis,

---

*Ver p. 32

eu para vós e vós para mim, não impede que ela preexista como condição de organização em geral aos termos que a atualizam em cada campo perceptivo organizado - o vosso, o meu. Assim, *Outrem - a priori* como estrutura absoluta, funda a relatividade do outrem como termos efetuando a estrutura de cada campo. Mas qual é esta estrutura? É a do possível. Um semblante assustado é a expressão de um possível mundo assustador ou de alguma coisa de assustador no mundo que ainda não vejo. Compreendemos que o possível não é aqui uma categoria abstrata designando alguma coisa que não existe: o mundo possível expresso existe perfeitamente, mas não existe (atualmente) fora do que o exprime. O semblante terrificado não se parece com a coisa terrificante, ele a implica, a envolve como algo de diferente, numa espécie de torção que põe o expresso no exprimente. Quando apreendo, por minha vez e por conta própria, a realidade do que outrem exprimia, não faço nada mais do que explicar outrem, desenvolver e realizar o mundo possível correspondente. É verdade que outrem já dá uma certa realidade aos possíveis que envolve: falando, precisamente. Outrem é a existência do possível envolvido. A linguagem é a realidade do possível enquanto tal. O eu é o desenvolvimento, a explicação dos possíveis, seu processo de realização no atual. De Albertine percebia ao longe, Proust diz que envolve ou exprime a praia e a arrebentação das ondas: "Se ela me tivesse visto, o que é que eu poderia ter representado para ela? Do seio de que universo ela me distinguiria?" O amor, o ciúme, serão a tentativa de desenvolver, de desdobrar este mundo possível chamado Albertine. Em suma, outrem como estrutura, é *a expressão de um mundo possível*, é o expresso apreendido como não existindo ainda fora do que o exprime. "Cada um desses homens era um mundo *possível*, bastante coerente com os seus valores, os seus focos de atração e de repulsa, o seu centro de gravidade. Por mais diferentes que fossem uns dos outros, esses *possíveis* tinham em comum, atualmente, uma pequena imagem de Speranza – tão sumária e superficial! – em volta da qual se organizavam, e num ponto da qual se encontravam um náufrago chamado Robinson e o seu servo mestiço. Contudo, por muito central que essa imagem fosse, ela estava, em cada um deles, marcada pelo signo do provisório, do efêmero, condenada a voltar, num curto prazo, ao nada de onde a tinha tirado o desvio acidental do *Whitebird*. E cada um desses mundos possíveis proclamava ingenuamente a sua realidade. O outrem era isto: um possível que se obstina em passar por real."*

Podemos compreender melhor os efeitos da presença de outrem. A psicologia moderna elaborou uma rica série de categorias que explicam o funcionamento do campo perceptivo e das variações de objetos neste campo: forma-fundo, profundidade-comprimento, tema-potencialidade, perfis-unidade de objeto, franja-centro, texto-contexto, estético-não estético, estados transitivos-partes substantivas etc. Mas o problema filosófico correspondente não está, ao que parece, bem colocado: pergunta-se se essas categorias pertencem ao próprio campo perceptivo e lhe são imanentes (monismo), ou se remetem a sínteses subjetivas exercendo-se sobre uma matéria da percepção (dualismo). Estaríamos enganados se recusássemos a interpretação dualista sob o pretexto de que a percepção não se faz por meio de uma síntese intelectual ajuizadora; podemos evidentemente conceber sínteses passivas sensíveis de um tipo bem diferente, exercendo-se sobre uma matéria (Husserl, neste sentido, nunca renunciou a um certo dualismo). Mas, mesmo assim, duvidamos de que o dualismo esteja bem definido enquanto o estabelecermos entre

*Ver p. 212.

uma matéria do campo perceptivo e sínteses pré-reflexivas do eu. O verdadeiro dualismo encontra-se alhures: entre os efeitos da "estrutura Outrem" no campo perceptivo e os efeitos de sua ausência (o que seria a percepção se não houvesse outrem). É preciso compreender que outrem não é uma estrutura entre outras no campo da percepção (no sentido em que, por exemplo, reconhecer-lhe-íamos uma diferença de natureza com relação aos objetos). *Ele é a estrutura que condiciona o conjunto do campo* e o funcionamento deste conjunto, tornando possível a constituição e a aplicação das categorias precedentes. Não é o eu, é outrem como estrutura que torna a percepção possível. São pois os mesmo autores que interpretam mal o dualismo e que não escapam da alternativa segundo a qual outrem seria ou um objeto particular no campo ou então um outro sujeito de campo. Definindo outrem, segundo Tournier, como a expressão de um mundo possível, fazemos dele, ao contrário, o princípio *a priori* da organização de todo campo perceptivo segundo as categorias, fazemos dele a estrutura que permite o funcionamento assim como a "categorização" deste campo. O verdadeiro dualismo aparece então com a ausência de outrem: o que ocorre, neste caso, para o campo perceptivo? Será que é estruturado segundo outras categorias? Ou, ao contrário, abre-se sobre uma matéria muito especial, fazendo-nos penetrar em um informal particular? Eis a aventura de Robinson.

A tese, a hipótese-Robinson, tem uma grande vantagem: apresenta-nos como devido às circunstâncias da ilha deserta o desaparecimento progressivo da estrutura Outrem. Certamente, ela sobrevive e funciona ainda, muito tempo depois que Robinson, na ilha, não mais encontra termos atuais ou personagens para efetuá-la. Mas vem o momento em que tudo acaba: "Os faróis desapareceram do meu campo. Alimentada pela fantasia, a sua luz ainda por longo tempo veio até mim. Agora, acabou: rodeiam-me as trevas."* E quando Robinson reencontrar Sexta-Feira, nós o veremos, não é mais como outrem que encontrará. E quando, no final, chega um navio, na ilha, Robinson saberá que não pode mais restaurar os homens em sua função de outrem, uma vez que a própria estrutura que preencheriam desapareceu: "O outrem era isto: um possível que se obstina em passar por real. E que era cruel, egoísta e imoral rejeitar essa exigência, eis o que toda a sua educação inculcara em Robinson, mas ele tudo esquecera durante estes anos de solidão; perguntava-se, agora, se algum dia conseguiria recuperar os hábitos perdidos."** Ora, esta dissolução progressiva mas irreversível da estrutura não é o que o perverso atinge por outros meios, na sua "ilha" interior? Para falar como Lacan, a "perempção" de outrem, uma vez que inexiste a estrutura que poderia dar-lhes este lugar e esta função. Mas não é, assim, todo o nosso mundo percebido que se desmorona? Em proveito de outra coisa?...

Voltemos, por conseguinte, aos efeitos da presença de outrem, tais como decorrem da definição "outrem-expressão de um mundo possível". O efeito fundamental é a distinção de minha consciência e de seu objeto. Esta distinção decorre com efeito da estrutura Outrem. Povoando o mundo de possibilidades, de fundos, de franjas, de transições – inscrevendo a possibilidade de um mundo espantoso quando ainda não estou espantado ou então, ao contrário, a possibilidade de um mundo tranquilizante quando eu me encontro realmente assustado com o mundo –, envolvendo sob outros aspectos o mesmo mundo que se mantém diferentemente desenvolvido diante de mim – constituindo no mundo um conjunto de bolhas que

*Ver p. 53.

**Ver p. 212.

contêm mundos possíveis: eis o que é outrem.* A partir daí, outrem faz com que minha consciência caia necessariamente em um "eu era", em um passado que não coincide mais com o objeto. Antes que outrem apareça, havia por exemplo um mundo tranquilizante, do qual não distinguíamos minha consciência; outrem surge, exprimindo a possibilidade de um mundo assustador, que não é desenvolvido sem fazer passar o precedente. Eu nada sou além dos meus objetos passados, meu eu não é feito senão de um mundo passado, precisamente aquele que outrem faz passar. Se outrem é um mundo possível, *eu* sou um mundo passado. E todo o erro das teorias do conhecimento é o de postular a contemporaneidade do sujeito e do objeto, enquanto que um não se constitui a não ser pelo aniquilamento do outro. "O sujeito é um objeto desqualificado. O meu olho é o cadáver da luz, da cor. O meu nariz é tudo o que resta dos odores quando a sua irrealidade fica demonstrada. A minha mão refuta a coisa carregada. Logo, o problema do conhecimento nasce de um *anacronismo*. Implica a simultaneidade do sujeito e do objeto cujas misteriosas relações desejaria iluminar. Ora, o sujeito e o objeto não podem coexistir porque são a mesma coisa, a princípio integrada no

*A concepção de Tournier comporta evidentemente ecos leibnizianos (a mônada como expressão de mundo), mas também ecos sartrianos. A teoria de Sartre de *O Ser e o Nada* é a primeira grande teoria de outrem, porque ultrapassa a alternativa: outrem é um objeto (ainda que fosse um objeto particular no campo perceptivo) ou então é sujeito (ainda que fosse um outro sujeito para um outro campo perceptivo)? Sartre aqui é precursor do estruturalismo, pois ele é o primeiro a ter considerado outrem como estrutura própria ou especificidade irredutível ao objeto e ao sujeito. Mas como ele definia esta estrutura pelo "olhar", caía de novo nas categorias de objeto e de sujeito, fazendo de outrem aquele que me constitui como objeto quando me olha, pronto para se converter em objeto quando o olho. Parece que a estrutura Outrem precede o olhar; este marca antes o instante em que alguém vem preencher a estrutura; o olhar não faz mais do que efetuar, atualizar uma estrutura que deve ser definida independentemente.

mundo real, depois lançada ao refugo."* Outrem assegura, por conseguinte, a distinção da consciência e de seu objeto, como distinção temporal. O primeiro efeito de sua presença concernia ao espaço e à distribuição das categorias da percepção; mas o segundo efeito, talvez mais profundo, concerne ao tempo e à distribuição de suas dimensões, do precedente e do seguinte no tempo. Como haveria ainda um passado quando outrem não funciona mais?

Na ausência de outrem, a consciência e seu objeto não fazem mais do que um. Não há mais possibilidade de erro: não simplesmente porque outrem não está mais lá, constituindo o tribunal de toda realidade, para discutir, infirmar ou verificar o que acredito ver, mas porque, faltando em sua estrutura, ele deixa a consciência colar ou coincidir com o objeto num eterno presente. "Dir-se-ia, por conseguinte, que os meus dias se endireitaram. Já não se inclinam uns sobre os outros. Têm-se de pé, verticais, e afirmam-se orgulhosamente no seu valor intrínseco. E, como já não são diferenciados por etapas sucessivas de um plano em vias de execução, assemelham-se tanto que se sobrepõem exatamente na minha memória, parecendo-me sempre reviver o mesmo dia."** A consciência deixa de ser uma luz sobre os objetos para se tornar uma própria fosforescência das coisas em si. Robinson não é senão a consciência da ilha, mas a consciência da ilha é a consciência que a ilha tem dela mesma e é a ilha nela mesma. Compreende-se então o paradoxo da ilha deserta: o náufrago, se é único, se perdeu a estrutura-outrem em nada rompe o deserto da ilha, antes o consagra. A ilha se chama Speranza, mas o Eu quem é? "A pergunta está longe de ser inútil. Nem sequer é insolúvel. *Porque se não é ele, então é Speranza.*"*** Eis que progressivamente Robinson se aproxima

*Ver p. 90-91.
**Ver p. 195.
***Ver p. 81.

de uma revelação: a perda de outrem, ele o experimentara primeiro como perturbação fundamental do mundo; nada mais subsistia além da oposição da luz e da noite, tudo se fazia contundente, o mundo tinha perdido suas transições e suas virtualidades. Mas ele descobre (lentamente) que é outrem, ao contrário, que perturbava o mundo. Era ele a perturbação. Outrem desaparecido não são mais somente os dias que se retificam. São as coisas também que não são mais baixadas umas sobre as outras. É também o desejo não mais baixando sobre um objeto ou um mundo possível expresso por outrem. A ilha deserta entra numa retificação, numa ereção generalizada.

A consciência não se tornou somente uma fosforescência interior às coisas, mas um fogo nas suas cabeças, uma luz acima de cada uma, um "Eu voador". Nesta luz aparece *outra coisa*: um duplo aéreo de cada coisa. "Parecia-me então entrever, por um curto instante, *outra ilha* escondida (...). Essa outra Speranza, eis-me transportado agora para ela, eis-me para sempre instalado num 'momento de inocência'."* É isto que o romance descreve de maneira excelente: em cada caso, o extraordinário nascimento do duplo erigido. Ora, qual é exatamente a diferença entre a coisa tal como aparece em presença de outrem e o duplo que tende a se destacar em sua ausência? É que outrem presidia a organização do mundo em objetos e as relações transitivas entre estes objetos. Os objetos não existiam senão pelas possibilidades com as quais outrem povoava o mundo; cada qual não se fechava sobre si, não se abria sobre outros objetos a não ser em função de mundos possíveis expressos por outrem. Em suma: outrem é quem aprisionava os elementos no limite dos corpos e, mais ao longe, nos limites da terra. Pois a própria terra nada mais é do que o grande corpo que retém os elementos. A terra não é terra a não ser povoada de outrem.

*Ver p. 196.

Outrem é quem fabrica os corpos com elementos, os objetos com corpos assim como fabrica seu próprio semblante com os mundos que exprime. O duplo liberado, quando outrem se desmorona, não é, pois, uma réplica das coisas. O duplo, ao contrário, é a imagem endireitada em que os elementos se liberam e se retornam, todos os elementos tornados celestes e formando mil figuras caprichosas elementares. E primeiro a figura de um Robinson solar e desumanizado: "Estás satisfeito comigo, ó Sol? Olha-me. A minha metamorfose caminha no sentido da tua chama? A minha barba, cujos pelos, como radículas geotrópicas, vegetavam em direção da terra, desapareceu. Em compensação, a minha cabeleira retorce os caracóis ardentes como um braseiro dirigido para o céu. Sou uma flecha arremessada contra a tua fornalha, (...)".* Tudo se passa como se a terra inteira tentasse escapar-se pela ilha, não somente restituindo os outros elementos que retinha indevidamente sob a influência de outrem, mas traçando por si mesma seu próprio duplo aéreo que a torna, por sua vez, celeste, que a faz concorrer com os outros elementos no céu e para as figuras solares. Em suma, outrem é o que, envolvendo os mundos possíveis, impedia os duplos de se endireitarem. Outrem era o grande abaixador. Tanto que a desestruturação de outrem não é uma desorganização do mundo, mas uma organização de pé por oposição à organização deitada, o endireitamento, a circunscrição de uma imagem vertical e sem espessura; depois de um elemento puro enfim liberado.

Foram necessárias catástrofes para esta produção dos duplos e dos elementos: não somente os ritos do grande bode morto, mas uma formidável explosão, em que a ilha largou todo seu fogo e vomitou-se a si mesma através de uma de suas cavernas. Mas, por meio das catástrofes, o desejo retificado

*Ver p. 193-194.

aprende qual é seu verdadeiro objeto. A natureza e a terra já não nos diziam que o objeto do desejo não é o corpo nem a coisa, mas somente a Imagem? E quando desejávamos o próprio Outrem, sobre o que incidia nosso desejo senão sobre este pequeno mundo possível expresso que outrem havia cometido o engano de envolver dentro de si ao invés de deixá-lo flutuar e voar acima do mundo, desenvolvido como um duplo glorioso? E quando contemplamos esta borboleta que saqueia uma flor que reproduz exatamente o abdômen de sua fêmea e que vai embora levando em sua cabeça dois bicos de pólen, percebemos que os corpos não são mais do que desvios para atingir as Imagens e que a sexualidade realiza tanto melhor e mais prontamente seu fim quando mais economiza este desvio, dirige-se diretamente às Imagens e, finalmente, aos Elementos liberados dos corpos.* A conjugação da libido com os elementos, tal é o desvio de Robinson; mas toda a história deste desvio quanto aos fins é também "retificação" das coisas, da terra e do desejo.

Quantas dificuldades foram necessárias para se chegar até aí, quantas aventuras romanescas. Pois a primeira reação de Robinson foi o desespero. Ele exprime exatamente esse momento da neurose em que a estrutura Outrem funciona ainda, embora não haja mais ninguém para preenchê-la, efetuá-la. De uma certa maneira, ela funciona tanto mais rigorosamente quanto não é mais ocupada por seres reais. Os outros não estão mais ajustados à estrutura; esta funciona no vazio, tanto mais exigente por isso mesmo. Ela não cessa de rejeitar Robinson em um passado pessoal não reconhecido, nas armadilhas da memória e nas dores da alucinação. Este momento da neurose (em que é Robinson inteirinho que se acha "rejeitado") encarna-se no *chiqueiro*, que Robinson partilha com os porcos: "Só os olhos, o nariz e a boca afloravam no tapete flutuante

*Ver p. 107-108.

das lentilhas-d'água e dos ovos de sapo. Liberto de todos os laços terrestres, seguia, num devaneio pasmado, migalhas de recordações que, vindas do passado, dançavam no céu, entre o emaranhado das folhas imóveis."*

O segundo momento, contudo, mostra que a estrutura Outrem começa a se esboroar. Libertando-se do chiqueiro, Robinson procura um substituto de outrem, capaz de manter, apesar de tudo, o hábito que outrem dava às coisas: a ordem, o trabalho. A ordenação do tempo pela clepsidra, a instauração de uma produção superabundante, o estabelecimento de um código de leis, a multiplicidade dos títulos e funções oficiais de que Robinson se encarrega, tudo isto dá testemunho de um esforço para repovoar o mundo de outros que são ainda ele mesmo e para manter os efeitos da presença de outrem quando a estrutura abre falência. Mas a anomalia se faz sentir: enquanto o Robinson de Defoe se proíbe de produzir além de sua necessidade, pensando que o mal começa com o excesso da produção, o de Tournier se lança em uma produção "frenética", o único mal constituindo em consumir, na medida em que sempre consumimos sozinhos e para nós mesmos. E, paralelamente a esta atividade de trabalho, como correlato necessário, desenvolve-se uma estranha paixão de distensão e de sexualidade. Detendo por vezes sua clepsidra, habituando-se à noite sem fundo de uma caverna, untando seu corpo com leite, Robinson mergulha até o centro interior da ilha e encontra um alvéolo em que consegue se enrodilhar, que é como o envelope larvar de seu próprio corpo. Regressão mais fantástica que a da neurose, pois que remonta à Terra-Mãe, à Mãe primordial: "Robinson era essa massa mole, segura por mão de pedra toda-poderosa. Era a fava, presa na carne maciça e inabalável de Speranza."** Enquanto o trabalho conservava

---

*Ver p. 39.

**Ver p. 99.

a forma de objetos como uma porção de vestígios acumulados, a involução renuncia a todo objeto formado em proveito de um interior da Terra e de um princípio de enterramento. Temos, porém, a impressão de que as duas condutas assim tão diferentes são singularmente complementares. De uma e de outra parte há frenesi, duplo frenesi definindo o momento da psicose e que aparecia, evidentemente, no retorno à Terra e à genealogia cósmica do esquizofrênico, mas não menos já no trabalho, na produção de objetos esquizofrênicos inconsumíveis, procedendo por amontoamento e acumulação.* Aqui é, pois, a estrutura Outrem que tende ela própria a se dissolver: o psicótico tenta aliviar a ausência dos outrem reais instaurando uma ordem de vestígios humanos e a dissolução da estrutura organizando uma filiação sobre-humana.

Neurose e psicose são a aventura da profundidade. A estrutura Outrem organiza a profundidade e pacifica-a, torna-a possível de ser vivida. Da mesma forma as perturbações desta estrutura implicam em desregramento, um enlouquecimento da profundidade como um retorno agressivo do sem-fundo que não podemos mais conjurar. Tudo perdeu sentido, tudo se torna *simulacro e vestígio*, mesmo o objeto do trabalho, mesmo o ser amado, mesmo o mundo em si mesmo e o eu no mundo... A menos, contudo, que haja uma salvação de Robinson. A menos que Robinson invente uma nova dimensão ou um terceiro sentido para a expressão "perda de outrem". A menos que a ausência de outrem e a dissolução de sua estrutura não desorganizem simplesmente o mundo, mas abram, ao contrário, uma possibilidade de salvação. É preciso que Robinson volte à superfície, que descubra as superfícies. A superfície pura é,

*Cf. as páginas de Henri Michaux descrevendo uma mesa fabricada por um esquizofrênico, *Les Grandes Épreuves de l'esprit*, Gallimard, p. 156. A fabricação por Robinson de um barco transportável não deixa de ter analogia com isso.

talvez, o que outrem nos escondia. É talvez na superfície, assim como um vapor, que uma imagem desconhecida das coisas se determina e, na terra, uma nova figura enérgica, uma energia superficial sem outrem possível. Pois o céu não significa, em absoluto, uma altura que seria somente o inverso da profundidade. Na sua oposição com a terra profunda, o ar e o céu são a descrição de uma superfície pura e sobrevoo do campo desta superfície. O céu solipsista não tem profundidade: "Estranha prevenção essa que valoriza cegamente a profundidade à custa da superfície e que faz com que 'superficial' signifique não 'de vasta dimensão', mas, sim, 'de pouca profundidade', enquanto 'profundo' significa, pelo contrário, 'de grande profundidade' e não 'de pequena superfície'. No entanto, parece-me que um sentimento como o amor mede-se bem melhor – caso possa ser medido – pelo tamanho de sua superfície do que pelo seu grau de profundidade."* Na superfície, primeiro se levantam estes duplos ou estas Imagens aéreas: depois, no sobrevoo celeste do campo, estes Elementos puros e liberados. A ereção generalizada é a das superfícies, sua retificação, outrem desaparecido. Então os simulacros sobem e convertem-se em *fantasmas*, na superfície da ilha e no voo sobre o céu. Duplos sem semelhança e elementos sem constrangimento são os dois aspectos do fantasma. Esta reestruturação do mundo é a grande Saúde de Robinson, a conquista da grande Saúde ou o terceiro sentido de "perda de outrem".

É aí que intervém Sexta-Feira. Pois o personagem principal, como diz o título, é Sexta-Feira, o jovem. Somente ele pode guiar e acabar a metamorfose começada por Robinson e lhe revelar seu sentido, o objetivo. Tudo isso, inocentemente, superficialmente. É Sexta-Feira que destrói a ordem econômica e moral instaurada por Robinson na ilha. É ele que faz Robinson

---

*Ver p. 64-65.

deixar de gostar da encosta, tendo feito crescer, segundo seu próprio prazer, uma outra espécie de mandrágora. É ele que faz explodir a ilha fumando o tabaco proibido perto de um barril de pólvora, e restitui ao céu a terra, assim como as águas e o fogo. É ele que faz voar e cantar o bode morto (= Robinson). Mas é ele, sobretudo, que apresenta a Robinson a imagem do duplo pessoal, como complemento necessário da imagem da ilha: "Robinson debate-se interiormente com essa dúvida. Pela primeira vez, entreviu nitidamente, no mestiço grosseiro e estúpido que o irritava, a possível existência de *outro Sexta-Feira* – tal como outrora pressentira, antes de descobrir a gruta e o combo, *outra ilha*, escondida sob a ilha administrada."* Enfim, é ele que conduz Robinson à descoberta dos Elementos livres, mais radicais que as Imagens ou os Duplos, pois que os formam. Que dizer de Sexta-Feira, senão que é travesso e moleque, mas apenas na superfície? Robinson não deixará de ter sentimentos ambivalentes a seu respeito, só o salvando por acaso, graças a um erro de tiro, quando, na realidade queria matá-lo.

Mas o essencial é que Sexta-Feira não funciona em absoluto como outrem reencontrado. É muito tarde, pois a estrutura desapareceu. Ora ele funciona como um objeto insólito, ora como um estranho cúmplice. Robinson trata-o ora como um escravo que procura integrar à ordem econômica da ilha, pobre simulacro, ora como o detentor de um segredo novo que ameaça a ordem, misterioso fantasma. Ora quase como um objeto ou um animal, ora como se Sexta-Feira fosse um além de si mesmo, um além de Sexta-Feira, o duplo ou a imagem de si. Ora aquém de outrem, ora além. A diferença é essencial. Pois outrem, no seu funcionamento normal, exprime um mundo possível; mas este mundo possível existe em nosso mundo e,

*Ver p. 161.

se não é desenvolvido ou realizado sem mudar a qualidade de nosso mundo, ele o é, pelo menos, segundo leis que constituem a ordem do real em geral e a sucessão do tempo. Sexta-Feira funciona bem diferentemente, ele que indica um *outro* mundo suposto verdadeiro, um duplo irredutível unicamente verdadeiro e, neste outro mundo, um duplo de outrem que ele não é mais, que não pode mais ser. Não um outrem, mas um outro do outrem. Não uma réplica, mas um Duplo: o revelador dos elementos puros, aquele que dissolve os objetos, os corpos e a terra. "Parecia que o araucano pertencia a outro reino, em oposição ao reino telúrico do patrão, sobre o qual tinha efeitos devastadores, por menor que fosse a tentativa de nele o conservar prisioneiro."* Eis por que ele não é nem mesmo para Robinson objeto de desejo. Robinson pode muito bem envolver seus joelhos, contemplar seus olhos, ele o faz só para apreender seu duplo luminoso que quase não retém mais do que os elementos livres escapados de seu corpo. "Ora, tratando-se da minha sexualidade, noto que nem uma só vez Sexta-Feira despertou em mim qualquer tentação sodomita. Em primeiro lugar, porque chegou *tarde demais*: a minha sexualidade tornara-se *elementar*, e era para Speranza que se voltava.(...) Não era para me fazer regressar aos amores humanos, mas, sim, sem sair do elementar, para fazer-me *trocar de elemento*."** Outrem *baixa*: baixa os elementos na terra, a terra em corpos, os corpos em objetos. Mas Sexta-Feira, inocentemente, endireita de novo os objetos e os corpos, leva a terra até o céu, libera os elementos. Endireitar de novo, retificar, é também encurtar. Outrem é um estranho desvio, ele baixa meus desejos sobre os objetos, meus amores sobre os mundos. A sexualidade não está ligada à geração a não ser um tal desvio que faz passar por outrem primeiro a diferença dos sexos. É primeiro em outrem, por

---

*Ver p. 167.

**Ver p. 203-204.

outrem, que a diferença dos sexos é fundada, estabelecida. Instaurar o mundo sem outrem, reendireitar o mundo (como Sexta-Feira o faz ou antes como Robinson percebe que Sexta-Feira o faz), é evitar o desvio. É separar o desejo de seu *objeto*, de seu desvio por um corpo, para referi-lo a uma *causa* pura: os Elementos. "(...) desapareceu a estrutura de instituições e de mitos que permite ao desejo *tomar corpo*, no duplo sentido da palavra, isto é: dar a si próprio uma forma definida e fundir-se a um corpo feminino."* Robinson não pode mais apreender-se a si mesmo ou apreender Sexta-Feira, do ponto de vista de um sexo diferenciado. A psicanálise está livre para ver nesta abolição do desvio, nesta separação da causa do desejo com relação ao objeto, neste retorno aos elementos, o signo de um instinto de morte – instinto tornado solar.

Tudo é aqui romanesco, inclusive a teoria que se confunde com uma ficção necessária: uma certa teoria de outrem. Devemos primeiro conceder a maior importância à concepção de outrem como estrutura: não "forma" particular em um campo perceptivo (distinta da forma "objeto" ou da forma "animal"), mas sistema condicionando o funcionamento do conjunto do campo perceptivo em geral. Devemos pois distinguir *Outrem-a priori*, que designa esta estrutura e *este-outrem-aqui*, *aquele-outrem-lá*, que designam os termos reais efetuando a estrutura neste ou naquele campo. Se este outrem aqui é sempre alguém, eu para vós, vós para mim, isto é, em cada campo perceptivo o sujeito de um outro campo, outrem *a priori*, em compensação, não é ninguém, pois a estrutura é transcendente aos termos que a efetuam. Como defini-la? A expressividade que define a estrutura Outrem é constituída pela categoria do possível. Outrem *a priori* é a *existência* do possível em geral: na medida em que o possível existe somente

*Ver p. 106.

como expresso, isto é, em um exprimente que não se parece a ele (torção do expresso no exprimente). Quando o herói de Kierkegaard reclama: "possível, possível, por favor, senão sufoco", quando James reclama o "oxigênio da possibilidade", nada mais fazem do que invocar Outrem *a priori*. Tentamos mostrar neste sentido como outrem condicionava o conjunto do campo perceptivo, a aplicação a este campo das categorias do objeto percebido e das dimensões do sujeito que percebe, enfim, a distribuição dos outrem particulares em cada campo. Com efeito, as leis da percepção para a constituição de objetos (forma-fundo etc.), para a determinação temporal do sujeito, para o desenvolvimento sucessivo dos mundos, pareceram-nos depender do possível como estrutura Outrem. Mesmo o desejo, quer seja desejo de objeto ou desejo de outrem, depende da estrutura. Não desejo objeto a não ser como expresso por outrem no modo do possível; não desejo em outrem senão os mundos possíveis que exprime. Outrem aparece como o que organiza os Elementos em Terra, a terra em corpos, os corpos em objetos e que regula e mede ao mesmo tempo o objeto, a percepção e o desejo.

Qual é o sentido da ficção "Robinson"? Que é uma robinsonada? Um mundo sem outrem. Tournier supõe que através de muitos sofrimentos Robinson descobre e conquista uma grande Saúde, na medida em que as coisas acabam por se organizar bem diferentemente do que o fariam com outrem presente, porque liberam uma imagem sem semelhança, um duplo delas próprias ordinalmente recalcado e que este duplo, por sua vez, libera puros elementos ordinalmente prisioneiros. Não é o mundo que é perturbado pela ausência de outrem, ao contrário, é o duplo glorioso do mundo que se acha escondido por sua presença. Eis a descoberta de Robinson: descoberta da superfície, do além elementar, do Outro para Outrem. Então por que a impressão de que esta grande Saúde é perversa, que esta "retificação" do mundo e do desejo é também desvio, perversão? Robinson, contudo, não tem nenhum comportamento perverso. Mas qualquer estudo sobre a perversão, qualquer romance sobre a perversão esforça-se por manifestar a existência de uma "estrutura perversa" como princípio do qual os comportamentos perversos decorrem eventualmente. Nesse sentido a estrutura perversa pode ser considerada como aquela que se opõe à estrutura Outrem e se substitui a ela. E da mesma forma como os outrem concretos são termos atuais e variáveis efetuando esta estrutura Outrem, os comportamentos do perverso, sempre pressupondo uma ausência fundamental de outrem, são somente termos variáveis efetuando a estrutura perversa.

Por que tem o perverso a tendência para se imaginar um anjo radioso, de hélio e de fogo? Por que ele tem, ao mesmo tempo, contra a *terra*, contra a fecundação e os objetos de desejo, este ódio que encontramos já sistematizado em Sade? O romance de Tournier não se propõe explicar, mas mostra. Por aí ele reencontra, com a ajuda de meios bem diferentes, os estudos psicanalíticos recentes que parecem dever renovar o estatuto do conceito de perversão e primeiro fazem com que ele saia desta incerteza moralizante em que era mantido pela psiquiatria e o direito reunidos. Lacan e sua escola insistem profundamente: sobre a necessidade de compreender os comportamentos perversos a partir de uma *estrutura* e de definir esta estrutura que condiciona os próprios comportamentos; sobre a maneira pela qual o desejo sofre uma espécie de *deslocamento* nesta estrutura e pela qual a *Causa* do desejo se destaca assim do *objeto*; sobre a maneira pela qual a *diferença dos sexos* é desautorizada pelo perverso, em proveito de um mundo andrógino dos *duplos*; sobre a anulação de outrem na perversão, sobre a posição de um "além de Outro" ou de um Outro de outrem, como se outrem desprendesse aos olhos do perverso sua própria *metáfora*; sobre a "dessubjetivação" perversa – pois é certo que nem a vítima nem o cúmplice funcionam como outros.* Por exemplo, não é porque ele queira, não porque deseje fazer sofrer o outro que o sádico o destitui de sua qualidade de outro. É o inverso, é porque ele carece da estrutura Outrem, e vive sob uma outra estrutura servindo de condição a seu mundo vivo, que apreende os outros seja como vítimas seja como cúmplices, mas em nenhum dos dois casos não os apreende como outrem, sempre ao contrário como Outros do que outrem. Aí, ainda, é chocante ver em Sade até que ponto as vítimas e os cúmplices, com sua reversibilidade necessária, não são em absoluto captados como outrem: mas ora como corpos detestáveis, ora como duplos ou Elementos aliados (não sobretudo duplos do herói, mas duplos de si mesmos, sempre saídos de seu corpo à conquista dos elementos atômicos).**

O contrassenso fundamental sobre a perversão consiste, em razão de uma fenomenologia apressada dos comportamentos perversos, em virtude também das exigências do direito, relacionando a perversão a certas ofensas feitas a outrem. E tudo nos persuade, do ponto de vista do comportamento, de que a perversão não é nada sem a presença de outrem: o voyeurismo, o exibicionismo etc. Mas, do ponto de vista da estrutura é preciso dizer o contrário: é porque a estrutura Outrem falta, substituída por uma outra estrutura, que os "outros" reais não podem mais desempenhar o papel de termos efetuando

---

*Cf. A coletânea *Le Désir et la Perversion*, Ed. du Seuil, 1967. O artigo de Guy Rosolato, "Estudo das perversões sexuais a partir do fetichismo" apresenta observações muito interessantes, embora talvez um pouco rápidas, sobre a "diferença dos sexos" e sobre o "duplo" (pp. 25-26). O artigo de Jean Clavreul, "O casal perverso" mostra que nem a vítima ou o cúmplice ocupam o lugar de outrem (sobre a "dessubjetivação", cf. p. 110 e sobre a distinção da Causa e do Objeto do desejo, cf., do mesmo autor, "Observações sobre a questão da realidade nas perversões", *La Psychanalyse*, nº 8, p. 290 e s.). Parece que estes estudos, fundados no estruturalismo de Lacan e sua análise de *Verleugnung*, estão em desenvolvimento.

**Em Sade, o tema constante das combinações de moléculas.

a primeira estrutura desaparecida, mas somente, na segunda, o papel de corpos vítimas (no sentido muito particular que o perverso atribui aos corpos) ou o papel de cúmplices-duplos, cúmplices-elementos (aí ainda no sentido muito particular do perverso). O mundo do perverso é um mundo sem outrem, logo, um mundo sem possível. Outrem é o que possibilita. O mundo perverso é um mundo em que a categoria do necessário substitui completamente a do possível: estranho spinozismo em que falta o oxigênio, em proveito de uma energia mais elementar e de um ar rarefeito (o Céu-Necessidade). Toda perversão é um outremcídio, um altruicídio e, por conseguinte, um assassínio dos possíveis. Mas o altruicídio não é cometido pelo comportamento perverso, mas sim suposto na estrutura perversa. O que não impede que o perverso seja perverso não constitucionalmente, mas no desfecho de uma aventura que passou seguramente pela neurose e roçou a psicose. É o que sugere Tournier neste romance extraordinário: é preciso imaginar Robinson perverso; a única robinsonada é a própria perversão.

Gilles Deleuze

EDIÇÕES BESTBOLSO

Alguns títulos publicados

1. *Robinson Crusoé*, Daniel Defoe
2. *Orgulho e preconceito*, Jane Austen
3. *A abadia de Northanger*, Jane Austen
4. *Razão e sensibilidade*, Jane Austen
5. *O morro dos ventos uivantes*, Emily Brontë
6. *O grande Gatsby*, F. Scott Fitzgerald
7. *Suave é a noite*, F. Scott Fitzgerald
8. *Este lado do paraíso*, F. Scott Fitzgerald
9. *A valsa inacabada*, Catherine Clément
10. *40 contos escolhidos*, Machado de Assis
11. *A taça de ouro*, Henry James
12. *O primo Basílio*, Eça de Queirós
13. *O crime do padre Amaro*, Eça de Queirós
14. *Amor de perdição*, Camilo Castelo Branco
15. *Riacho doce*, José Lins do Rego
16. *Fim de caso*, Graham Greene
17. *As seis mulheres de Henrique VIII*, Antonia Fraser
18. *O Gattopardo*, Tomasi di Lampedusa
19. *Doutor Jivago*, Boris Pasternak
20. *A época da inocênica*, Edith Wharton
21. *A casa das sete mulheres*, Leticia Wierzchowski
22. *Um farol no pampa*, Leticia Wierzchowski
23. *As neves do Kilimanjaro e outros contos*, Ernest Hemingway
24. *Bom dia, tristeza*, Françoise Sagan
25. *O príncipe das marés*, Pat Conroy
26. *Caetés*, Graciliano Ramos
27. *Memorial de Maria Moura*, Rachel de Queiroz
28. *A cidadela*, A. J. Cronin
29. *As aventuras de Huckleberry Finn*, Mark Twain
30. *Spartacus*, Haward Fast

EDIÇÕES
BestBolso

Este livro foi composto na tipologia Minion Pro Regular, em corpo 10,5/13, e impresso em papel off-set 56g/m² no Sistema Cameron da Divisão Gráfica da Distribuidora Record.